我們一家不炮灰 3

完

風 文創 1260

白梨 著

目錄

第五十三章

大喜的事情，王家人怎麼會忘記在書院裡的四個孩子？王英卓帶著王晴嵐，拎著好些食物，有新鮮的飯菜，也有王詩涵她們早先做好的零食、肉乾，叔姪坐著馬車就直接往書院而去。

「怎麼瘦了這麼多？」看著王英越和王偉業四個，王英卓將眉頭皺了起來。才一個來月的時間沒見啊？「是不是書院裡的飯菜不可口？」

王英越搖頭。「五哥，不是的，我說的他們不聽，你勸勸偉業他們。」

王晴嵐看著確實瘦了許多的三個兄弟，有些心疼，趕緊把飯菜趁熱端出來。「大哥，你們快吃，這些都是涵姑姑她們親手做的，有什麼事情邊吃邊說。」

王英越面無表情地把事情說了一遍。原來，一進書院，王偉業就去找先生，說了家裡的情況，得到了一份不輕不重的活計——打掃學子住宿的地方。銀子不多，卻足夠應付伙食費和其他雜費。

只是，王偉業想到五百兩銀子的學費，又經常熬夜抄書。後來，王偉義和王偉榮兩兄弟也參與進來。至於王英越在入學前就已經跟書院的人說過，身體還在調理之中，可身為長輩，看著三人這麼折騰，自然要勸的。

不過，每一次王偉業都會說小八叔和嵐妹妹明明比他們還小，就可以跋山涉水地一路照顧家人到京城，告御狀、挨鞭子，他們這一點苦算得了什麼，小叔以前在縣學的時候也是這麼過來的。

王晴嵐不是多愁善感容易掉眼淚的人，但關係到親人就不一樣，聽到這些話，眼眶都有些紅了。「你們是傻子嗎？你們這麼累死累活所掙的銀子，能管什麼用？」

「積少成多。」王偉業說出這麼四個字。

王英卓的臉色同樣不好看，不過，他多少猜到了王偉業的心情。「今天我們來，就是要告訴你們，小八又添了十個姪兒、姪女。大嫂和四嫂家生了兩個兒子，二嫂生了三個兒子，三嫂生了兩個兒子和一個女兒。」

四人聽到這話，臉上都帶著笑容。「先生說過，會試的時候，書院會放假，到時候我們就可以回家看弟弟、妹妹了。對了，小叔，我娘還有三位嬸嬸可還好？」

「都挺好的。」王英卓笑著點頭。

王晴嵐看著三位瘦了的兄弟，心裡有些疑惑。小叔怎麼不勸勸他們？

下山的時候，她就問王英卓。

「偉業他們已經十二歲了，知道自己在做什麼。這事說白了就是銀子鬧的，回去再商量，得再給大哥和妳爹找點掙錢的路子。」

王晴嵐就明白了，原來不僅她擔心，大哥的心情和她是一樣的。

「院長好！」

王英越叔姪四人在書院裡遇上這一屆的院長陳博耘，收起笑臉，恭恭敬敬地行禮問好。祁山書院的院長，一直由陳家人擔任。

陳博耘讓他們起身，笑看著四人，開口說道：「學生就應該努力地學習，家裡有困難的話，就更應該努力。書院裡排名前十的學子，書院都會有獎勵。」

王英越眼睛一亮。王偉業等人也能想到，比起他們抽時間幹活、抄書賺的銀子，顯然祁山書院的獎勵肯定更多。「院長，我們家裡有困難，獎勵的話，能是銀子嗎？」

王英越問出這話的時候，一點都不覺得羞愧。

「可以。」陳博耘想到這孩子的身分，心裡不由得想到，若是那個老東西知道嫡親的孫子，竟然會落到這樣窘迫的地步，不知道還能不能笑得出來……不對，這孩子壓根兒就不稀罕成為他嫡親的孫子，不錯，很有眼光。

「多謝院長。」王英越叔姪四人由衷地感謝。他們是聰明的孩子，想著估計是剛才在亭子裡的談話被院長無意間聽到了，才會有這次相遇，院長真是個好院長。

「去吧。」陳博耘笑著說道，看著四人的背影消失以後，才露出一臉的苦笑。

若不是小妹來信，他查實後才知道，真的有一位明明能成為母儀天下的皇后卻從小被賣身成丫鬟，最後嫁給一介農夫的外甥女。

雖然外甥女現在的日子挺不錯的，但這並不妨礙他的心疼，特別是在打聽到外甥女的兒子、孫子，他嫡親的外甥孫、外甥曾孫們竟然在他的書院裡為了那麼一點銀子如此辛苦，他就更心疼了。

看著四人乖巧懂事的模樣，心裡更難受了。

不過，很快他又笑開了。果然還是第二家的家教有問題，跟他們陳家的血緣沒有關係。瞧瞧第二府裡養出的幾個主子，連在外面自生自滅長大的外甥女都比不上，活該第二府越來越落魄。

真期待第二嚴帶著心愛的女人遊歷回來，看到快要敗落的第二府時是什麼樣的表情……

王英卓完全不知道有人已經特別照顧了四個孩子，回到王家的第二天，就把王偉業兄弟三人的情況說了一遍，聽得宋氏妯娌三個直抹眼淚。

「偉業他們是好孩子。」夏雨霖嘆氣。「英武，你們兄弟得更努力掙錢才行。」

「嗯。」王英武用力地點頭。

「大哥，三哥，我建議你們農莊不要全都種糧食，糧食什麼的，夠我們一家人吃的就行了，空出來的地種些之前的東西。」王英奇想了想說道。

王英武和王英傑兩眼發光地看著王英奇。

在兩個兄長期盼的目光下，王英奇也不覺得有壓力，想了想，開口說道：「至於具體種什麼，等我出去打探一下。京城裡缺什麼，我們就種什麼，這樣才能賺錢。」

「四弟，我們聽你的。」

一邊的趙氏突然開口說道：「爹，娘，要不以後我每天出城打獵吧？」

聽到這話，王家人的腦海裡不由自主地就想到趙氏拎著一頭活生生的老虎招搖過市的場景，紛紛搖頭，這樣實在是太出格了。

王晴嵐開口說道：「娘，大寶他們還需要妳照顧呢，掙錢的事情交給爹就行了。」

王英傑連連點頭。

這天晚上，距離會試剩沒有多久，王詩涵再一次見到了苗鈺，兩人聊了一會兒，苗鈺表達的意思就一個——後天，皇上會召見她的五位哥哥，說說他們婚事的問題，讓她最好和家裡人通個氣。

於是，第二天早飯，王詩涵終於鼓起勇氣將事情告訴家裡人。

王晴嵐驚訝得下巴都掉到碗裡，面上雖然極力壓抑震驚，不過，心裡還是在不斷咆哮：我的老天爺，涵姑姑真的把那個終極大反派給拿下了？

王家的其他人也覺得需要冷靜冷靜，除了不在狀況內的王英武等人。

「六妹，苗鈺是什麼人？品行怎麼樣？靠不靠得住？妳什麼時候認識的？」王英武開口問道：「對了，明天我們真的要去見皇上嗎？這麼說，妳的婚事可能是皇上下旨賜婚？」

王英武一連串的問題讓王詩涵一時間不知道該回答哪一個，紅著臉看著他。

「武哥，你不能這麼問，六妹是個姑娘家，會害羞的。」宋氏在一邊笑著說道。

「小涵，這事妳怎麼想？」夏雨霖想了想，覺得還是先問女兒的意思比較好。

「我覺得挺好的，苗鈺雖然性子古怪了點，可不像出爾反爾之人。」王詩涵回答的聲音非常小，有些不敢看家人的目光。「我已經答應了。」

「不是那個苗鈺逼妳的？」王英文開口問道。

王詩涵連忙搖頭。「這事是他先提出來的。」然後將那天晚上的對話隱去苗鈺身世的部分，其他的都告訴夏雨霖他們。

「他會不會也是見大嫂她們生了好些兒子，所以，打得和之前那些提親的人一樣的目的？」王英奇想了想問道。

王詩涵再一次搖頭。「他說這事的時候，大嫂她們都還沒有生。」

她這一句話，讓王家所有人紛紛拿著大眼珠子瞪她。這也太能隱瞞了！他們想著，如果不是苗鈺說要讓王英武他們見皇上，估計到現在他們依舊不知道這事。

「爹，娘，我不是故意的，就是不知道怎麼開口。」王詩涵趕緊解釋。

「好了，既然事情已經這樣，」夏雨霖想了想說道：「一天的時間，苗鈺究竟是個什麼樣的人，我們也問不清楚。這樣，一會兒我帶著紅梅去一趟將軍府，虎哥你帶著英武和英文一起去，向大將軍和將軍夫人打聽一下，回來再商量明天進宮的事情。」

話雖然是這麼說，可有心人都明白，這門親事，他們恐怕是沒有拒絕的權力，之所以想去打聽一下，不過是想要更安心一些。

「什麼?!」

南宮晟和南宮夫人都有些失態，對視一眼，覺得可能是分神才會聽錯了。「你們再說一遍，是誰？」

看著他們反應這麼大，夏雨霖等人的心不由得往下沈。

「苗鈺。」王英文口齒清晰地說道。

「苗鈺和你們家六姑娘？」南宮晟再次問道。南宮夫人此時低頭喝水，一副什麼都沒聽見的模樣。

還是交給老爺吧，她相信他知道什麼該說，什麼不該說。

王家的人齊齊地點頭。

「你們確定沒錯？」南宮晟深吸一口氣，緊盯著王家的人，又問了一遍。

被他的態度弄得心裡發毛的王家人用力地點頭。王大虎十分乾脆地問道：「大將軍，是不是這位苗公子有什麼不妥？」

南宮晟終於相信，這件事情是真的了。聽到王大虎這麼問，尷尬地笑了笑。「大虎，關於苗鈺苗公子的事情，我也不敢說。」說著的時候，手還在脖子上比劃了一下，意思再明顯不過了。

「還有啊，英武，英文，明天見皇上時注意些。這麼說吧，在皇上心裡，十個皇子加起來都比不上一個苗鈺。」最後這句話是他用眼珠子看了四周，非常小心翼翼地說出來。

聽到這話，王家人倒抽了一口氣，也沒有為難大將軍，帶著沈重的心情回到家裡。

「爹，娘。」王詩涵看著家人這樣的表情，想了想開口說道：「苗鈺的事情，他都告訴我了，我跟你們說。」

「小涵！」

「六妹！」夏雨霖和王英文同時阻止道。

「小涵，妳放心吧，爹和娘都沒事，只是想到過不了多久，妳和小韻就要嫁人了，心裡捨不得，才會難受的。」夏雨霖笑著說道。大將軍都不敢說的事情，苗鈺願意告訴小涵，這讓他們沈重的心舒坦了那麼一點點。

「爹，娘……」王詩涵紅著臉，溫柔地笑著。「你們別為我擔心，我會努力跟苗鈺好好過日子。只要苗鈺這個人沒有大的問題，我都有信心。」

既然這事他們只有接受的分，不如像王詩涵所說的那樣。女兒的話讓夏雨霖不由得想到自己出嫁的時候。

「那個時候，我提出的條件，所有人都覺得我瘋了。後來，和妳爹定下以後，沒人覺得我會過好日子。你們爹那時已經二十多歲，還沒成親，許多人都在猜測，原因更是各種各樣。」

王大虎雖然板著臉，不過，聽霖霖提起往事，眼裡也是濃濃的懷念。

「結果怎麼樣？你們都記住了，小涵的話一點也沒錯，踏踏實實，好好地過自己的日子，維護好自己的小家庭。這做起來說容易也容易，說困難也困難，關鍵就是要用心，知道嗎？」

王家所有人都點頭，氣氛也因此又溫暖熱絡起來。

皇宮裡，康天卓笑咪咪的，對於明天的事情還是有些期待。兒子雖然有那麼多，但想到要以普通人的身分去提親，這樣的經歷還是第一次。雖然苗鈺說已經講好了，可他還是得了解了解，免得出了紕漏，豈不丟臉。

若是問他現在的心情，那就是高興，開心。

他一直都非常擔心苗鈺這孩子，怕他受到那對無恥夫婦的影響不願意成親。若真是這樣，等到他百年之後有什麼臉面去見他的結拜大哥，苗嚴忠？

想到年少時的結拜之情，再想著這個大哥三番兩次的救命之恩，他當上皇帝以後，就下定決心要讓他享受世間的榮華富貴，絕對不讓他受一絲委屈。

苗嚴忠是他過命的兄弟，也是最要好的唯一朋友，只是在他皇位剛剛坐穩後，這個結義大哥就走了。

他為此傷心了好久，好長一段時間都用處理國事來麻痺自己。

後來想起大哥還留下一個兒子，再想到苗府發生的事情，他生氣，想要將那對狗男女千刀萬剮，可最後顧慮到苗鈺，還是忍了。

那孩子真的和大哥長得一模一樣，聰明懂事，做事也很有大哥的風範，最重要的是他將自己當成唯一的親人，一看到自己有危險就擋在前面，這讓皇帝感受到了親情。

因此，他還去給大哥的靈位上香，告訴他苗鈺長大了，要成親了，讓他放心，以後這孩子一定會幸福美滿，子孫滿堂的。

至於為什麼只見王家的五個兒子，康天卓心裡也有些彆扭。現在已經確定了，若是沒有第二府那些膽大包天的人，那夏雨霖實際上就是自己的皇后，皇后變成親家，旁邊還有一個老實的男人，他覺得這事他得再緩一緩。

第二天，太陽升得老高的時候，才有人上門，叫走了早就準備好的王家五個兄弟。坐在馬車上左轉右轉，完全不是去皇宮的方向，王英武想問，卻被王英文阻止了。

馬車在一個安靜的院子前停下，五人跟著走了進去，就看見康天卓穿著一件和楊正仁差不多的錦衣袍子，樂呵呵地坐在主位上，苗鈺沒什麼表情地在他身邊坐著。

王英文扯了一下王英武的袖子；至於王英傑，有王英奇提醒，兄弟五個齊齊地跪下行禮。

「起來，起來。」康天卓笑呵呵地說道。既然是喜事，笑總沒錯。

王英文等人站起身來，心想皇上今天的心情好像格外地好。

「呵呵，今天我不是皇上，而是苗鈺的長輩，特意向你們家六姑娘提親的。」康天卓直接開口說道：「你們幾個都坐吧。」

王英文等人哪裡能把這話當真，行了禮以後，規規矩矩地在一邊坐下。

康天卓也不在意，示意一邊站著的媒婆可以說話了。

媒婆就是之前替楊家提親的那位，被康天卓看了一眼，渾身都在打哆嗦。不過她好歹算是見過大世面的，雖然心裡害怕，可笑容已經掛在臉上，嘴巴裡的好話更是一串串地往外搬，把苗鈺誇得天上有、地下無，百年難得一見的好男兒。

苗鈺和王家五兄弟聽得很無語，不過康天卓滿意地點頭。在媒婆眼裡，皇上才是重點，於是，誇獎得就更賣力了。

「你們有什麼話可以儘管說。」康天卓笑著說道：「有什麼要求也可以儘管提，聘禮什麼的儘管要。」一副財大氣粗的模樣。

這話是康天卓了解訂親流程後，想出來的。

王英文兄弟三個抬頭看了一眼康天卓，心想對方是皇帝，這些話多半都是真心的，因為他壓根兒就沒有必要對他們虛情假意。

「皇上，既然您這麼說了，那我也說兩句。」王英文在心裡想了想，才開口。

康天卓點頭。

「我們雖然不知道苗公子到底是什麼人，不過，以苗公子能請皇上出面，可見他的身分是很尊貴的。」王英文擺正自己的位置，既然現在皇上是苗鈺的長輩，他作為小涵的兄長，和苗鈺也算是平輩，有些話還是該說的。「我們家六妹從小在鄉野長大，對於貴人之間交往的規矩都不了解，但我們家六妹腦子很聰明，我希望苗公子能多給她一些時間去調整、適應。」

康天卓點頭。

苗鈺看著王英文，知道他在等自己的回答。「可以。」

「苗公子，你們貴人夫妻之間的相處之道我們不了解，可既然已經答應我六妹以後不會納妾，那麼六妹以後將會是你唯一的女人，是你的妻子，是你兒女的娘。」王英文的每一句話都是在心裡仔細地斟酌過的。「夫妻之間的相處，在我看來，就是互相包容和諒解，會有吵鬧的時候也正常。我希望你們有什麼矛盾，都不要出現打打殺殺的情況，或者使用什麼陰謀詭計。」

說到這裡，王英文看著康天卓說道：「皇上，這不是我杞人憂天，實在是京城裡這樣的事情並不算少見。不怕皇上笑話，我們兄弟幾個也經常和媳婦吵鬧，不過都是一家人，吵過了、發洩過了，就算過了。事情大家商量著解決，一人退一步，哪裡會有解不開的死結。從來沒有記仇這一說，更沒有想過要人性命。」

小涵能想到的，他這個做兄長的又如何想不到。

康天卓聽了這話，雖然笑容依舊，不過心裡有些尷尬，因為他現在就在暗自地想著怎麼不著痕跡地弄死皇后。

「苗公子，我最希望的是你能和我們家六妹白頭偕老，共度一生。若是不能，最起碼要相敬如賓；再不能，哪天覺得我們家六妹煩了、厭了，就給她一封休書，把她送回娘家，我們保證不會給你添任何麻煩。」王英文說這話，與其說是要求，不如說是懇求。

「對的，對的。」王英武跟著點頭。

苗鈺想著，人是最善變的，現在的王詩涵是挺好的，誰知道十幾二十年以後會不會變成他討厭的那個樣子，不過……

「我沒有必要說謊，白頭偕老不敢說，只要王詩涵變化不太大，相敬如賓我肯定能做到。」

有他這句話，王英文確實是安心不少。

「行了，英文啊，你別擔心，朕給你保證，只要你家六姑娘沒犯下罪不可赦之事，朕保她一生平安。」

康天卓一句話，讓王英武兄弟幾個都高興起來。

「我們沒有其他的要求，只要小涵和苗鈺能夠好好地過日子，我們就滿足了。」王英文這話一落下，王家的其他幾個兄弟紛紛點頭。

接下來就是商量婚期。在康天卓看來，自然是越快越好，今年成親，說不定明年苗鈺就是兩個孩子的爹了。

王家人也有這樣的打算，一合計，婚事就定在王詩韻的前面了，誰讓王詩涵是姊姊。

親事定下來後，康天卓身邊的人將媒婆送走，看了看苗鈺，又看了看王家五個兄弟，眉間難得地有些猶豫掙扎。

第五十四章

「說吧，大家都心知肚明的事情，與其聽旁人添油加醋地說起，還不如直接告訴他們。」苗鈺面無表情地看著王家五兄弟。「想必他們也挺好奇的，我這樣的身分，為什麼到現在都還沒有成親？」

老實的王英武和王英傑直接點頭。

「哼，那是朕瞧不上。那些願意嫁給你的，哪一個不是衝著你背後的朕來的。」在康天卓眼裡，苗鈺是千好萬好，就算他的出身有問題，也不是他的錯。

「皇上。」苗鈺冷冰冰的目光在看向康天卓的時候，增添了一絲絲的溫度和人氣。

「你別急，我說就是了。」康天卓看著王家五兄弟，有些難以啟齒。

「還是我來說吧。」苗鈺不想他為難，開口說道。

「朕來，苗鈺，你要不要出去轉轉？」康天卓詢問。

「主子。」站在苗鈺身後的黑子是一樣的意思，這是主子的傷疤，當著外人的面揭開，心裡肯定會難受。

苗鈺點頭，走了出去。

王家五兄弟齊齊地吞了吞口水。從南宮晟夫婦的態度、皇上的表情，還有黑子和苗鈺的行為，都讓他們清楚，接下來要聽的可能會超出自己的接受範圍。

「皇上，只要苗鈺這個人沒有問題，他是什麼身分我們並不在意。」就在康天卓準備開口的時候，王英卓突然搶先說道：「皇上，我大哥和三哥是老實人，藏不住話，知道太多對他們也不好。」

王英武和王英傑再一次點頭。

果然是個聰明人，康天卓看著王英卓的眼裡多了幾分欣賞。「你們難道就不擔心？」

「擔心肯定是有的。」王英文反應過來，有些事情還是不知道得好。「不過，皇上願意保我們家六妹一生平安，我們就什麼也不擔心了。」

「既然如此，那朕就不詳細說了。你們只需要知道，苗鈺真正的親人只有朕一個，其他人特別是姓苗的，都不配當他的親人。告訴你們家六妹，朕對她沒有別的要求，好好地跟苗鈺過日子就行，其他人哪怕是自稱苗鈺親娘的人找上門，都不必理會。」

康天卓說起這個，語氣很冷酷無情。

王英文等人點頭，心裡多多少少有些猜測。但這跟他們並沒有多大的關係，他們想要的只是六妹平安，至於幸福，就要靠六妹自己去經營了。

王家五兄弟很快就離開，康天卓把事情告訴苗鈺，然後拍了拍苗鈺的肩膀。「好好對人家姑娘，知道嗎？」

「嗯。」苗鈺點頭。

王詩涵的親事就這麼定了下來。王家所有人在聽到皇上的保證後，都長長地鬆了一口氣。

就這樣，王家第二代現在剩下唯一的老光棍，老五王英卓。

不過，比起親事，他馬上就要參加會試了，王英越叔姪四人也在會試前一天回了家。

於是，這一晚，王家的女人整了好大一桌子菜，其中又以葷菜為主，雞鴨魚肉樣樣不缺。宋氏等人一個勁兒地往王偉業他們碗裡挾菜，恨不得一下子把兒子消失的肉給補回來。

最後，夏雨霖實在是看不下去了，阻止道：「這還有幾日呢，慢慢地補。我想著以後每隔幾天，就去書院送一次飯菜，反正英武和英傑經常去農莊，繞一下路去書院也很方便。」

王英武和王英傑點頭，親眼見到兒子瘦成這樣，可比聽五弟說的時候還要心疼。

至於第二天是王英卓的考試，家裡人倒沒有放在心上。他們對他是非常有信心，況且也不像其他人那樣想著，一定要考個狀元什麼的。

這天早上，夏雨霖帶著兩個女兒煮了早飯，吃過之後，一家人送王英卓出門。

夏雨霖對著王英卓說道：「盡力就行。」

「好好考。」這是王大虎的話。

到了門口，打開門，見到楊長寧，王家人說的也是跟王英卓差不多的話，然後目送兩人坐著馬車離開。

「你說的是真的？」

此時，第二月看著面前的年輕男子，臉色有些發白。

二妹總算是對楊長寧死心了，她原本打算等過一陣子，二妹恢復過來，就撮合她和苗鈺。想到前世苗鈺對王詩涵的萬般呵護，她覺得二妹並不比王詩涵差。

可為什麼會這樣？怎麼兩人的親事就定下了？

康興寧看著坐在他對面的第二月，點頭。「是真的，昨日母后跟父皇提起苗鈺的親事，有意把第二仙嫁給他。」

「什麼？」第二月聽到這話，有些反應不過來。「皇后姑姑怎麼會突然想到這個？」

康興寧輕笑出聲。他一直覺得這樣憨傻可愛的模樣才是真正的她，見到她因為自己沒回話，眉宇間又增添了幾分急迫，令他更相信這種感覺。

「宮裡有心的人都明白，母后如今的皇后之位不過就是個擺設，父皇對她的忍耐已經快到極限了，母后估計也察覺到了，所以在想辦法挽回。」說到這裡，康興寧狹長帶笑的鳳眼裡閃過一絲嘲諷。

第二月瞪大眼睛。她現在真的很認同娘的話，姑姑也是個蠢貨。

「京城裡誰不知道，父皇最護著的人是苗鈺。」

「所以姑姑就想撮合第二仙和苗鈺？」第二月反問道。姑姑是瘋了吧，這樣的主意也想得出來。苗鈺的身分在別人眼裡是問題，但只要皇上不這麼認為，那些人無論心裡對此多麼的噁心和嫌棄都得憋著。

「或許在母后眼裡，這門親事就是一種犧牲。在她心裡，苗鈺是配不上第二仙的。」康興寧笑著說道。

對此，第二月也很無語。現在的她終於確定，前世皇后姑姑對她的好，完全是沾第二仙的光。「也是，在姑姑眼裡，第二仙恐怕是最好的姑娘。」

「再好，也只是個庶女。母后覺得是犧牲，父皇則覺得是侮辱，所以，結果妳能想到的，母后的皇后之位已經搖搖欲墜了。」康興寧這話說得輕飄飄的。

「那你……」

第二月一臉愧疚地看著他。原本以為是幫他，沒想到卻害了他。皇后姑姑倒臺，興寧作為姑姑名下的兒子肯定會受到影響。

「放心，這對我沒多大的影響。」

沒多大影響嗎？第二月是不信的。她到現在還記得，前世那個男人提到這件事情時面目猙獰的模樣，有了對比，這樣的安慰更讓她內疚不已。

「小月？」

「嗯。」第二月再抬頭的時候，眼眶隱隱有些紅色。

「母后的事情，我估計父皇早有決斷。」康興寧想到她的性子，假裝沒看見她的內疚。

「這事誰也不管不了，所以，妳——」

「我不會管的。」

康興寧鬆了一口氣。「以妳的醫術以及之前救治皇家的功勞，要求情的話，父皇或許會考慮，但我覺得母后並不值得妳用這些去救她。」

「我知道。」第二月點頭。

「我不知道妳和王家有什麼恩怨，但小月，現在王家六姑娘和苗鈺已經訂婚，以我對苗鈺的了解，若妳再對王家下手，苗鈺絕對不會善罷甘休的。」康興寧收起笑容，一本正經地說道。

第二月再一次驚訝地看著他。「你知道？」

「嗯，妳放心，京城裡知道這件事情的並不多。」康興寧點頭，再次十分認真地說道：「小月，記住我的話了嗎？誰都可以得罪，千萬不要得罪苗鈺，否則，誰也救不了妳。」

「我知道。」

這些日子，她也想了許多，雖然有些仇放不下，但隨著娘的日益教導，讓她看清了許多事情，前世落得那般的結果，也和她自己的愚蠢有關係。

「怎麼了？」看著有些恍神的第二月，康興寧關心地問道。

「興寧，你說，我是不是挺傻的？」她其實更想問自己的眼睛是不是瞎了，好壞都分不清。

「還好。」康興寧沒有點頭，也沒有否認。

「現在也是嗎？」

第二月一直覺得，重生以後，自己已經長了許多的心眼。可問完這話以後，看著對面眼中笑意濃了幾分的康興寧，她覺得答案也許不是自己想的那樣。

「也還好。」

康興寧心裡已經笑岔氣了。這樣的小月可比端著一副清冷架子的模樣要有趣得多。

第二月有些洩氣，只是她不知道，他說的這三個字其實還有水分。對於出生就失去了母妃，一個人在皇宮裡長大成人的寧王來說，第二月的那點小心思，還真是不夠看。

「小月，妳心機不深，不擅長陰謀算計。」康興寧想了想提醒道：「但妳醫術好，連太醫院的太醫都望塵莫及，這就是妳最大的優勢。既然不擅長陰謀，就使用陽謀。」

第二月知道他是為了她好，認真地想著這話。「可我要對付的不是一般人。」

「不一般？妳說第二仙？」康興寧笑著說道：「第二仙一個庶女，早在她對妳弟弟下手的時候，就注定了她的結局。」

「怎麼說？」第二月一臉的不明白。

「妳覺得，妳母親會真的什麼都不做？」沒有人比康興寧更明白女人狠起來有多可怕。比起宮裡的那些女人，面前的小月用的那些手段，在他看來就如同小孩子過家家一般。「這事妳回去問妳母親，她應該會告訴妳。」

「哦。」第二月點頭。她不明白，自從娘從佛堂裡出來後，她經常會感覺腦子不夠用，跟不上別人的思維，如今面對康興寧，她也有同樣的感覺。

微微猶豫了一下，第二月才小聲地說道：「我有一件很重要的事情要告訴你。」

隔牆有耳這個詞，她還是知道的，因此，食指蘸了茶水，在桌面上寫了一行字。原本覺得有趣的康興寧看見後，笑容也有些維持不住。

「興寧，你沒事吧？」第二月擔心地問道。

「呵呵。」康興寧笑出聲來，搖頭。「我沒事。這事妳確定了嗎？」

「嗯，我娘帶著我去祖母跟前詢問過了。」既然已經說了，第二月就沒打算隱瞞。

康興寧沈默，過了許久之後，才說出一句話。「難怪皇后娘娘這麼些年一直無所出，原來是這位的手筆。小月，妳那位祖母，也是個狠人，當年妳祖父那麼用心地將第二柔推上皇后的位置，無非就是想要她生下嫡子，然後登上皇位。當皇帝的外祖，可比國丈要尊貴得多。」

既然第二柔只是丫鬟所生的庶女，那麼他的這聲母后，她也承擔不起。

第二月回想著祖父，眼裡的恨意沒有掩飾。

「小月，放心，他所有的算計都被妳祖母看在眼裡。我估計，在第二柔還是姑娘，第二嚴用心培養的時候，妳祖母就察覺了他的心思。我雖然不知道當年為什麼會出現那樣的意外，但一個當家祖母，要對付她名義上的親生女兒，實在是再簡單不過的了。」

聽到康興寧的話，第二月這才反應過來。「你的意思是，祖母給皇后娘娘下了生不出孩子的藥？」

康興寧點頭。「這事很好猜。當年第二柔還是姑娘家的時候，第二嚴對她的用心堪比妳爹，能讓她的身體出問題嗎？只可惜，爛泥再用心也是扶不上牆的，我估計，第二嚴之所以會帶著那位姨娘出去遊歷，恐怕也是察覺到了什麼。」

這一次，第二月倒是搖頭，十分肯定地說道：「他們是出去為皇后娘娘尋藥了。」

前世祖父帶回丹藥的時候，皇后姑姑已經被廢，打入冷宮。那個時候她心裡還會難受，現在想起來卻是通體舒暢，活該，報應。

看著將自己的表情都寫在臉上的第二月，康興寧心裡嘆氣。「小月，妳娘難道沒告訴妳，無論說什麼話都要留有餘地。我不問妳這麼肯定的原因，但妳想想，若是旁人，問起妳為何如此篤定？妳要如何回答？」

第二月一愣，臉色都有些發白。她能怎麼回答？

「別怕，我不問妳，也不會說出去。」康興寧看著她這個樣子，又有些不忍心，趕緊安慰道。

連續三天的會試，之前說不在意，等人走了以後，又開始惦記起來。等到最後一天，夏雨霖早早地就催王英武和王英文去貢院門口等著。

等把王英卓接回來後，看著精神好卻瘦了不少的人，好一陣子噓寒問暖，吃完晚飯後，才開始問起他會試的情況。

「應該沒有問題。」

王英卓的回答和之前的鄉試差不多，王家人鬆了一口氣，接下來就是等消息。

苗鈺在訂親後第一次上門，黑子準備了一馬車的東西，王家人也沒有拒絕，笑著收下。如今關係不一樣了，相處起來自然就不能像之前那麼客氣，熱情周到的同時，也沒有再拿苗鈺當外人。

「上次的事情，謝謝你。」

王晴嵐看見黑子，就明白當初告訴她南宮晟身分的人是這位反派大人。所以，感謝起來沒有一點彆扭。

「嗯。」對此，苗鈺有些不習慣，不過也在慢慢地適應。

好在，中午的飯是王詩涵做的。許久沒吃，苗鈺這一次，直接就吃撐了。

飯後，苗鈺覺得應該回報點什麼給他們，於是開口說道：「會試五哥和楊長寧都過了，好好準備殿試吧。」

王家人一愣，沒弄明白他怎麼突然就說起這個了。

王詩涵覺得家裡是自己和苗鈺接觸得最多，所以，她明白苗鈺的用意。「你不用這樣，一頓飯而已，以後想吃，有空就過來吃，沒空就讓人過來拿。多準備你一份，不費事的。」

聽到她這麼說，夏雨霖等人才弄明白這句話是飯錢，讓他們有些哭笑不得。

「小涵說得沒錯，你這樣就太見外了。」夏雨霖想了想，又接著說道：「苗鈺，我們之所以答應你和小涵的親事，並不是看在你的身分地位，也從來沒有想過要從中獲取什麼。以後關於朝廷或者皇上的事情，你不必跟我們說；至於我們家英卓，以後無論能走到哪一步，我都希望他靠的是自己的真本事。」

這一次，苗鈺和黑子都有些詫異了。先不說他們會不會幫忙，有多少人想要和他扯上關係，都是為了前程。這一家子倒好，扯上關係了卻不用，是不是傻啊？

苗鈺和黑子的眼神明明白白地說明了他們的心情。

或許是丈母娘看女婿，越看越喜歡的原因，夏雨霖竟然覺得這個時候繃著一張臉的苗鈺有幾分可愛。

「我這麼做也是為了英卓好，他有多大本事就做多大的事情，走捷徑這樣的事情，有了第一次就很容易有第二次。我怕到時候英卓養成了習慣，反而不努力了，那他這些年的書不就白讀了嗎？」

夏雨霖說著這話的時候，王英卓跟著點頭。

「再者，小涵的兄妹有七個，下面還有這麼多的姪兒、姪女，你只幫英卓，一次沒什麼，次數一多，難免家裡其他人會心裡不平衡，遇到一點事情就找你幫忙，不想著自己努力，久而久之，人就廢了。」

苗鈺和黑子看著夏雨霖，這個道理很多人都明白，但真正能抵擋的了一步登天誘惑的人，卻是少之又少。

「還有另外一點，你主動幫忙和被要求幫忙是不一樣的。你能保證被我們家這麼多人麻煩，沒有厭煩的一天？到時候，只會讓小涵在丈夫和娘家人中間，兩邊為難。」

王家人一個個都認真聽著。

「所以，無論是你，還是長寧，我和英文他們商量過，都當成普通的女婿對待。我們家一向是親兄弟、明算帳，哪個兄弟姊妹有難了，過不下去的時候幫一把可以，但其他的時候，都好好地過自個兒的日子。」這話不僅僅是對苗鈺說的，也是對王家其他人說的。「你們都是為人父母的，只有你們自己做好了這一點，下面的孩子才不會養成好吃懶做的惡習，才會有出息。」

「我明白了。」

苗鈺點頭，沒待多久就離開了。至於苗鈺送來的東西，夏雨霖全都讓人收起來，等到王詩涵出嫁的時候，再一起當作嫁妝帶到婆家去。

殿試安排在四月初，結果很快就出來了。

狀元並不是王晴嵐的小叔，而是楊長寧。對於這個結果，王家人並不意外，因為之前王英卓就說過，楊長寧的才學在自己之上。只是，王晴嵐有些想不通，這樣的人才為何在女主角的前世和書中所描寫的今生，都那麼平庸和不堪。

不過，王英卓考得也不錯，第三名，也就是探花。

聽到這個消息，一向沒什麼表情的王大虎激動得眼角都在冒淚水。當王英卓跪在王大虎和夏雨霖面前，哪怕僅僅只是說了幾句感謝的話，這樣的場合，幾個女人都在吸鼻子、擦眼淚；就是王晴嵐，也將腦袋轉到一邊，偷偷地用袖子把眼淚抹掉。

那一天，家裡並沒有做飯，而是奢侈地去酒樓裡叫了一桌子酒菜，一家人吃吃喝喝，直到夜深。

第五十五章

第二月聽到這個消息的時候，並不覺得意外。前世也是這樣，楊長寧考中狀元，王英卓則是探花。只是希望這一世的楊長寧能夠好好地對王家姑娘，不要讓她像小妹那樣，整日鬱鬱寡歡。

第二月現在正在為自己的醫館忙碌，回到第二府的時候，天已經快黑了。

「妳再說一遍！」父親的怒吼讓第二月皺起了眉頭，腳步也加快了許多。

雖然娘很厲害，但面對父親，她還是會擔心。

「我說幾遍都是一樣。人家狀元郎已經訂親，壞人姻緣可是要遭報應的；至於探花，你更不用想了，嬌兒我還想多留兩年。」第二夫人絲毫不退讓。「別把主意打到我的兩個女兒身上。第二昌，我告訴你，別再惹我，也別再異想天開地做出些蠢事，否則，你信不信，我一轉頭就可以讓第二輝和第二仙身敗名裂，永不翻身。」

「妳敢！」第二昌看著第二夫人，面目猙獰，恨不得把她吃了一般。只可惜，一想到第二夫人的娘家，他就沒膽子動手。

第二夫人柳欣桐出身名門柳家，父親曾為朝廷丞相，雖然前兩年退了下來，但柳家的實力依舊不可小覷。不說有好些地方官員，單單是京城裡有個去年才當上吏部尚書的兄長，就讓第二昌忌憚不已。

「夫人，第二府好不了，妳和月兒、嬌兒都別想過好日子。」第二昌想了想，軟下語氣，開口說道：「再說，王家探花郎有什麼不好？長得一表人才，風度翩翩的。」

「第二昌，你就是說出個花來，這事我都不會同意的。」

不是王英卓不好，如果沒有之前嬌兒愛慕楊長寧那事，第二夫人或許還有可能促成這門親事。可楊長寧已經是王家的女婿，再把嬌兒嫁給王英卓，就算女兒對楊長寧已經放下，可第二夫人還是不敢冒險。

再者，她可以肯定，這門親事，王家不會同意的。

「妳怎麼變得如此不可理喻了？」第二昌覺得自從夫人從佛堂出來後，整個人都變了，不再溫柔端莊，尖銳刻薄得很，有時候瘋起來讓他都覺得害怕。

「父親，你怎麼可以這麼說娘。」第二月走進來，對著兩人行禮。第二昌看著大女兒，露出慈愛的面容，卻沒發現女兒在稱呼上的親疏遠近。

第二月上前扶著第二夫人坐下，才笑著對第二昌說道：「我勸父親一句，不要去招惹王家。父親別忘了，王家還有另外一個女婿苗鈺，若惹了他，父親，只會害了姑姑。」

第二夫人掃了一眼第二昌，就知道他心裡的想法。「你要找死，自己去，別拉上嬌兒。你那仙兒不是美若天仙嗎？讓她去吧。」

第二昌還想說些什麼，對上夫人那一雙眼裡明明白白地寫著「白癡」兩個字，再一次氣得一臉通紅。

「月兒，走吧，我累了。」

第二月點頭。

這一天，狀元、榜眼、探花騎馬遊街，衣服是早早就準備好的。情緒平復的王家人，和四個兒媳婦一下子生十個孩子一樣，無論那些達官貴人怎麼關注，都只是關起門來過自個兒的小日子。

王晴嵐和王詩韻都想看熱鬧，姑姪倆磨了許久，才得到家裡人的同意，歡歡喜喜地出門。街道似乎比往常更熱鬧一些，特別是狀元郎他們要走過的地方，兩邊早就站了許多人，一個個都伸長脖子等著。

王晴嵐和王詩韻兩人費了好大的力氣，還挨了不少白眼和口水，才擠到前面去。

「兩位姑娘也是來看狀元郎和探花郎的？」一個身材嬌小，長相卻異常俊美的年輕公子眨著一雙大眼睛，扯了扯王晴嵐的手，笑著問道。

花美男？王晴嵐有些花癡，雖然面前這位沒有丞相大人那麼出塵的氣質和強大的氣場，但也十分可愛、漂亮，最重要的是接地氣一些。

「幹什麼，把手放開，不然我揍你。」王詩韻反應很快，一張俏臉上，眼睛都在冒火。

「喲，生氣了。」花美男笑起來更像一朵花。「小姑娘火氣太大可不好。」

不過，在身邊小廝急得額頭冒汗的示意下，他還是把手放開了。

「關你屁事。」

清醒過來的王晴嵐，直接甩給他四個字。還是丞相大人好，至少不會做這麼失禮的事情。唉，接了地氣、染了塵埃，真是辜負了他這副好相貌。

「來了！」

鑼鼓聲從遠處有節奏地傳來，等了許久的人群也開始沸騰。王晴嵐和王詩韻同樣踮起了腳尖。「小姑，妳看誰？」

「當然是看五哥了。」王詩韻想也沒想就開口說道。

王晴嵐為未來姑父鳴不平，每次只要有她家姑姑在，楊長寧基本上就看不到旁人，只是姑姑雖然羞澀，但似乎還沒怎麼開竅。

隊伍慢慢出現，王晴嵐看著小叔，就一個字，帥，帥氣逼人；然後分了點眼神給楊長寧，心想，長得還算可以，再對她小姑好點，也勉強配得上她家小姑。

「小叔！」

三人經過她們身邊的時候，王晴嵐大聲地叫人。

王英卓看見她和王詩韻笑著點頭。

楊長寧看見王詩韻也有些激動，笑容明顯比剛才燦爛了許多。可能是他的目光太過明顯火熱，王詩韻收到後，紅著臉凶狠地瞪了過去，得到對方一個更燦爛的笑容。

然而，在這樣高興的時候，令王晴嵐想吐血的意外再一次發生。

拿著古怪彎刀的黑衣人像下餃子似的從天而降，接著，兩邊的人群中，又飛出好些穿著各色各樣百姓衣服的人。

看著明顯是兩隊的人馬，王晴嵐真心覺得不是自己想吐槽，而是為那些黑衣人的腦子哀傷。這大白天的，為什麼非得用一身黑衣來表現刺客或殺手的反派身分？穿著這身衣服，真的有利於隱藏嗎？

答案顯然不是，從一個個穿著百姓衣服、手裡拿著武器，將黑衣人團團圍住的正面角色就可以看出來，這就是一場甕中捉鱉的陷阱。

唉，外面好可怕，還是先回家吧。

王晴嵐在其他百姓尖叫的時候，抓著小姑的手，姑姪倆很默契地往後退。

「別動！」兩把彎刀擋在她們面前。

「大哥，我們只是路人而已。」王晴嵐開口說道，王詩韻跟著點頭。

接著，兩個黑衣人惡狠狠地晃了晃手裡的刀，意思是再明顯不過了。

好吧，識時務者為俊傑，王晴嵐姑姪倆同時這麼想著。

見面前的黑衣人滿意了，王晴嵐又開始在心裡吐槽，這不科學啊，這些黑衣人難道是從地底下冒出來的？

街道因為黑衣人的出現而混亂不已，對視的兩幫人馬一句話沒說就開始打了起來，尖叫哭喊聲更多了。

不過，黑衣人雖然不是那些穿普通衣服之人的對手，可他們不用顧忌百姓的安危，一時間倒是勢均力敵。那些黑衣人也明白，這裡是京城，很快就會有兵馬前來，所以必須快刀斬亂麻。

王英卓沒有管王晴嵐和王詩韻，而是在第一時間把楊長寧這個手無縛雞之力的未來妹夫拉到自己的馬背上。

「五哥，小韻和嵐兒……」

「閉嘴，別慌，她們有自保的能力。」王英卓開口說道。

楊長寧側頭，看著兩人的背影，心裡還是忍不住擔心。

「跟著我，別亂動，知道嗎？」

王英卓腦子聰明，在外面的時候也很少笑，但這並不能否認他是一個心地善良的人。他帶著楊長寧下馬，立刻吸引了一邊的黑衣人。

「五哥，他們過來了！」楊長寧緊張地說道。

話才落下，就見王英卓十分威武霸氣地一腳將那黑衣人踢開，楊長寧閉上了嘴巴，努力跟著，力求不給他添麻煩。

王英卓一路往外走，一般不主動招惹那些黑衣人。當然，那些對百姓下手的黑衣人除外，特別是對老人和孩子動手的，王英卓出手時一點都沒有留情。

「妳家小叔可真厲害。」黑衣人冷冷地說道。剛才顯然是聽到了王晴嵐的喊話，兩把刀慢慢地朝著兩人逼近。

王詩韻和王晴嵐對視一眼，齊齊出腳踢了過去，招式和王英卓的一模一樣。「蠢貨，既然知道那是我小叔，就應該明白什麼叫不是一家人，不進一家門！」

兩個黑衣人冷不防地被踢倒在地，姑姪倆就沒打算再讓他們爬起來，上前又是一頓猛踢，直到確認他們暈過去了才停下。

「都給我住手！」一聲尖利的吼聲傳來。離得最近的姑姪倆回頭，就見剛才還老實巴交的小廝將一把匕首橫在花美男的脖子上。這算是怎麼回事啊？

「小姑，我們走。」這渾水，她們這些平民百姓還是不要摻和進去比較好。

王詩韻跟著點頭，只是還沒有轉身，那小廝推著臉色慘白的主子走了出去。「住手，誰敢亂動，我就殺了你們公主！」

花美男是公主？

兩人抬起的腳都有些不敢落下，要是因為她們一動，讓公主掉了腦袋，這個罪她們承受不起，還是金雞獨立吧！

只是公主不好好地在皇宮裡待著，出來湊什麼熱鬧啊？湊熱鬧也就算了，帶個可靠的人出來啊，這樣扯後腿的豬隊友也沒誰了。

聽到公主二字，那些人果然停下了動作。

「你想做什麼？」

「把我們家王子帶來，不然——」小廝說話的時候，就在公主的脖子上劃了一道血痕，痛得公主直接飆出了眼淚。

王晴嵐聽著雙方的對話，完全明白了，心裡鄙視黑衣人的智商。他們部落的王子在牢裡待著或許還有性命，這些白癡，這麼光明正大地闖到了京城，以為能帶走他們家王子，回去重新振興部落，能不要這麼天真嗎？

康天卓看著下面害怕得直哭的女兒，臉上的表情並沒有多大變化。「就是這些了？」

苗鈺點頭，身後的黑子已經換了一身紅衣，整個人只露出一雙眼睛在外面。

「可以了，一網打盡。」

「放心。」苗鈺笑著喝了一杯水，對黑子點頭。

出現在街道上的紅衣人並不多，但一出現，公主就被解救，黑衣人也在眨眼間被他們抹了脖子。

王晴嵐瞪大了眼睛，直到那些紅衣人消失才回神。這就是大反派手裡掌握的紅衣衛，無孔不入又個個武藝高強，果然厲害，瞧瞧多輕鬆，出場不到一分鐘，就輕而易舉地把事情解決了。

「嗚嗚。」

王晴嵐看著坐在地上，身上濺了不少鮮血的公主，無比同情。紅衣衛所有行動都是皇上點頭的，可見公主身邊的奸細估計一早就暴露了。唉，皇家人真無情，不行，她得回去吃頓好的，壓壓驚。

王英卓和楊長寧的任命很快就下來了，沒有特殊照顧，一起去翰林院磨經驗、蹭資歷。因為王英卓高中探花，還未娶妻，騎馬遊街以後，媒婆再一次頻繁登門。這一次，夏雨霖經過篩選，留下了不少姑娘。

門第太高的第一個被排除，因為家裡已經有一個苗鈺了。夏雨霖很懷疑這些高門第之人的用心，哪怕這中間有的沒有那麼想，她也不願意冒險。當然，她的想法是和家裡人商量過了的。

女婿和兒媳婦一樣，都要好好地挑。問了王英卓，他只說了一句，娶妻娶賢，其他的讓娘親看著辦。

「什麼？」聽到媒婆所說的姑娘，夏雨霖一時間有些反應不過來。

王家其他人也同樣如此。

「國舅爺家的姑娘，長得就跟天仙一般，琴棋書畫樣樣精通，針織女紅也是一等一的好，性格品貌更是沒話說。怎麼樣？這樣的兒媳婦妳滿意吧？」

媒婆見過形形色色的人，幾次談話下來，就知道王家作主的是夏雨霖。

王晴嵐也沒想到，第二家竟然也看中了小叔。

「這麼好的姑娘，我們家英卓只是窮小子一個，實在是配不上。」夏雨霖很委婉地拒絕。第二府的人，還是算了吧，他們真的高攀不起。

「妳確定？」原本以為十拿九穩，沒想到會遭到拒絕，所以，媒婆多問了一句。

「確定，我們小門小戶的，實在是配不上那樣的千金小姐。」

夏雨霖的拒絕沒有半點猶豫，媒婆就明白這親事是不成的，也沒有多說，起身離開。

下午，王英卓回來的時候，臉色有些不好。楊長寧有些擔心，所以一路跟著。

「發生什麼事情了？」夏雨霖問楊長寧。

「五哥被興陽公主纏上了。」楊長寧想著興陽公主離開之前，說要回宮請皇上賜婚，面色也有些不好。

對方雖然是公主，可之前發生被挾持的事情，再加上這些日子以來不斷地糾纏五哥，他一個旁人看著都厭煩，更何況是置身其中的五哥。

「就是那天被嚇得直哭的公主？」王詩韻反問道。

楊長寧點頭。

「娘，我的親事必須以最快的速度定下來。」王英卓想了想，開口說道：「我不知道皇上會如何，但早做準備總是好的。」

「嗯。」夏雨霖點頭。

高門大戶都不在她的考慮範圍之內，更何況是公主，他們家是真的配不上。在王家人的計劃裡，王英卓即使成親了，王家人的生活也不會有太大變化，不過是多了一個兒媳婦。

這個兒媳婦和其他媳婦沒什麼差別，王家管事的依舊是宋氏，小兒媳婦只需要管好她那一房的事情，然後和家裡人和睦相處就行。可夏雨霖完全不能想像，紅梅她們幾個和公主坐在一起要怎麼相處。

她更不認為，一國公主會聽從大兒媳婦的安排，輪流給家裡做飯。

王英卓也不想家裡發生太多改變，想了想，開口說道：「我是家裡的老么，對媳婦的要求不用太高，能安穩過日子，願意為我洗衣服，為家裡人做飯就行。」

夏雨霖點頭，明白小兒子的意思。

雖然他們的要求簡單，但一時半刻要找到合適的，還真不是那麼容易的事情。王詩涵看著五哥每天回來的臉色都很不好，好幾次她去開門，都看到那位公主纏著五哥非要進門的樣子，她看著都覺得有些煩人。

皇宮裡，康天卓對於女兒的胡鬧很頭疼。

「這事朕無論如何都不會同意的，妳死了這條心吧！」

興陽跌坐在地上，有些吃驚地看著他。「父皇。」

「出去吧。」可能是因為興陽單純沒有心機，也許是因為她敢在他面前像普通女兒那樣撒嬌胡鬧，所以，康天卓對這個女兒是有幾分寵愛的。

只是，他沒想到，這份寵愛會讓這個女兒越來越任性。難不成上次給她的教訓還不夠嗎？

他拒絕倒不是因為王家的身分。可能是因為夏雨霖的關係，也可能是王家人本身的與眾不同，所以，他很欣賞這一家人，哪怕是王家老大和王家老三，他也有幾分帶著長輩般的寵愛。

不同意只是因為從苗鈺那裡得到消息，王家才是不願意的一方。再聽聽理由，他也覺得很有道理，以女兒的性子，嫁過去了，好好的王家可能會被她攪得雞飛狗跳。

「你幫忙給王英卓找一個賢慧的妻子。那也算是你丈母娘家，他們家亂了，多多少少會影響到你。」康天卓對著苗鈺說道。

「嗯。」苗鈺點頭，心裡早就有了人選。「皇上，興陽公主這事，或許應該警告一下她母妃。」苗鈺離開前說了這麼一句話。

第五十六章

苗鈺的速度很快，直接把合適的人選挑了出來，送到王詩涵那裡。接著那些姑娘的資料就出現在夏雨霖手裡。

「娘，既然是這樣，就再好好看看。」王英卓笑著說道：「從裡面挑出妳最滿意的。」

夏雨霖搖頭。「親事要兩邊都同意才行，單單我們挑好了也沒有用，先找媒婆吧。這些姑娘的家庭條件不算好但也不差，未必都願意為你洗手作羹湯。」

王英卓點頭，不願意他也不勉強。

事情果然如夏雨霖所說的那樣，滿意王英卓的很多，但不帶丫鬟，吃穿什麼都要自己動手的，有些是爹娘疼愛女兒捨不得，也有的是姑娘自小就沒有做過的，不願意。

這麼一番篩選下來，人選就越來越少，到最後只剩下兩、三個。然後，夏雨霖帶著兒媳婦出門，親自看了那些姑娘，又四處打探了情況，最後問了王英卓的意見，選定了一個老秀才家的姑娘。

苗鈺對此毫不意外，倒是老秀才徐陽文有些吃驚。主子未免也太神了，要知道那些姑娘，條件、相貌比他們家女兒優秀的可不少，就因為他家女兒會洗衣做飯，這會不會太草率了？以王家現在的情況，幾個下人應該請得起吧？

苗鈺並沒有解釋。「別多想，等你見了王家人就會明白，這是門好親事。」

徐陽文選擇相信主子。在雙方都有意的情況下，王英卓和徐家姑娘的親事選定了日子，準備定下來。因為王英卓的年紀，成親的日子估計也不會太遠。

而這個月，王家有兩個女兒要出嫁，一個在中旬，一個在下旬，自然是有些忙碌。

到了王詩涵出嫁的那一天，王家人也是要添妝的。雖然比起聘禮，嫁妝加起來的價值連一抬聘禮都比不上，不過這份心意卻是一點也不差的。

王大虎的是一張銀票，夏雨霖給了一副金飾頭面，接下來是王英武他們。東西在王詩涵的親事定下來的時候就已經開始準備，並且一準備就是兩份。

家裡所有的姪兒、姪女也都送了一些不怎麼值錢的小東西，很快的，王詩涵面前的桌子上就擺滿了。

「小涵，家裡不用擔心，我和妳爹也是，有妳幾個哥哥、嫂子在，日子差不了的。」夏雨霖抓著王詩涵的手，溫柔地說道：「妳安心地和苗鈺過日子，苗鈺的府邸距離我們家也不遠，有空就回來看看，沒事的時候，我們也會過去看妳的。嫁了人了，雖然我們依舊是妳的親人，不過，妳和苗鈺也有了另外一個家。」說到這裡，她看著眼睛有些發紅的王詩涵，停頓了一下。「對於妳，我是放心的，妳只要記得，無論發生什麼事情，我們永遠是妳的親人，也是妳的後盾。」

「娘……」王詩涵開口叫道。

「別哭，否則，明天就不好看了。」

夏雨霖笑著說道。不過，她話是這麼說，自己的眼眶裡卻也閃著淚光。

雖然一直為兩個女兒操心，可真到出嫁的時候，她又恨不得一輩子都把女兒留在身邊。

夏雨霖說完，就輪到王大虎，一個接著一個，王英武這個王家老大，話一句都沒說就開始抹起眼淚了。嫁妹妹和弟弟娶媳婦不一樣，從明天起，妹妹就成為別家的人了。

「武哥。」宋氏擦著眼淚叫道。

「我就是難受。」王英武用手摀著臉，他是真的忍不住。

「大哥。」

得了，他這一哭，王詩涵也忍不住了。只不過比起王英武一個大男人嗚嗚地哭泣，王詩涵只是默默掉眼淚。

這一晚，基本就是哭著結束的，夏雨霖陪著王詩涵睡。不僅是跟她講一些夫妻相處之道，還有洞房花燭夜的時候，羞得王詩涵頭都抬不起來。

第二天一大早，晚睡的王家人早早地起來，一個個都圍著王詩涵轉。至於幫忙的人，根本就不用他們操心，苗鈺那邊已經安排好了。

「涵姑姑今天好漂亮。」王晴嵐真心地說道。

原本以為起了個大早，時間還很多，只不過，等到把所有的事情都做好，吉時已經快到了。

王家在京城本來就沒什麼親戚，再加上對方是苗鈺，就連跟他們熟悉的大將軍一家都請去了苗府，所以王家並不是很熱鬧。

原本苗鈺提議讓他們過去男方那邊吃酒，不過，夏雨霖他們拒絕了。王家人不認為送走王詩涵後，還有心情吃喝。

揹王詩涵出門的是王英武，這個一向認為自己是家裡老大，以後要支撐王家門戶的男人，這兩天似乎眼淚特別多，一路走著都在掉眼淚。一邊的宋氏拿著手絹一會兒給自家相公擦擦，一會兒又給自己抹抹。

昨天晚上，絮叨話多的夏雨霖，今天卻格外的沈默。王晴嵐看著爺爺、奶奶，原本覺得還挺年輕的兩個人，今天似乎比往日要老幾分。

王英文兄弟三個忍得住，一路跟著沒有說話，王英傑的情況卻和自家大哥差不多。受大人影響，家裡幾個孩子哭聲震天。

王晴嵐同樣被感染，即使知道大喜的日子應該高興的，可自家溫柔體貼的涵姑姑出了這個門，就變成別人家的了，實在是高興不起來。

於是，如果不是那身衣服，完全看不出他是新郎的苗鈺，就見一路哭著過來的王家人，再一次滿頭黑線。這是要成親的樣子嗎？

再捨不得，王英武也不得不將妹妹交給苗鈺，然後眼巴巴地看著迎親的隊伍離開。一大家子站在門口，明明頭頂著明媚的春光，可他們的心情卻一點也明媚不起來。

好在他們家裡也不是一個客人都沒有，楊長寧一家三口都在呢，還得招呼。

第三天回門的時候，王家人是望眼欲穿，終於看著綰著婦人頭的王詩涵和苗鈺一起出現。前者臉色紅潤，眉眼中都帶著笑容，看見他們後，走路的腳步都快了不少；至於後者，請恕他們眼拙，不能從那張萬年不變的、沒有任何表情的臉上看出苗鈺的心情。

不過，在王詩涵小跑著走向王家人的時候，他雖然依舊悠閒自在，卻一直和王詩涵並肩行走就可以看得出來，這是在遷就王詩涵。

進了屋，詢問了情況以後，王家人都放下心來，開始熱情地招待苗鈺。

四月下旬，王詩韻出嫁，王家人心裡又難受了一次。難過之後，看著兩個女兒的日子至少看起來都很美滿，他們又跟著高興起來。

王英卓是在五月初定的親事，婚期定在六月底。

王晴嵐再一次見識了古代成親是什麼樣子的。小嬸是個很溫柔，長相不是特別出眾，看起來卻很舒服的人。這樣的人好相處，再加上王家人真心接納，沒多久就融入了王家的生活。

「小嬸，妳在廚房做什麼？」

今天輪到他們三房做飯，但親爹紅著臉找她，讓她幫忙做一天的飯，說親娘的身體不方便。王晴嵐很快就想到原因，估計是大姨媽來了。

所以，她就接下了做飯的活。

「我想練練我的手藝。」徐芳菲紅著臉說道。她在成親之前就知道嫁過來要洗衣做飯，原本對自己的廚藝還是挺有信心，只是吃過幾個嫂子做的飯菜以後，她才明白，差在哪裡。

「小嬸，不用著急，大伯娘她們也是嫁過來以後，才跟著我奶奶慢慢練出來的手藝。」王晴嵐一邊準備菜，一邊笑著說道：「我們家的人都不挑食的。」

這一點徐芳菲並不懷疑，因為她做的飯菜，王家人也吃得一乾二淨。

「是嗎？」

「當然。」王晴嵐點頭。「我們家手藝最好的是奶奶，其次是兩個姑姑。」

王家人的生活平淡而溫馨。

第二月的醫館已經正式步上軌道，即使是京城的百姓對於一個姑娘當大夫，也是難免懷疑她的醫術，很少進去。但達官貴人不少，知道第二月神醫之名的自然也不在少數，所以，上門的人也不算少。

伴隨著轟隆一聲雷響，一道閃電劃破天際，隨後就是瓢潑一般的大雨。雖然是白天，卻看不到一絲光亮。

夏雨霖燃了蠟燭，這麼大的雨，想著還在農莊的兩個兒子，不由得擔心起來。

直到兩人進門，王家人才把心放下來。

「這雨，實在是太大了。」已經被淋成落湯雞的王英武抱怨道。

「你們快回去換一身乾淨的衣服。」夏雨霖趕緊催促兩個兒子，看著遮天的雨幕。「這雨確實是大，也不知道英武和英傑田地裡的瓜果會不會受到影響。」

王晴嵐心頭一跳，看著大雨，突然想到女主角揚名大康，就是因為一場瘟疫。而導致這場瘟疫的，就是洪澇。去年的蝗災緊接著今年的洪災，要知道，這才六月，大康大部分地方的糧食都還沒有到收割期，加上接踵而至的瘟疫，這還能有活路嗎？

王晴嵐一邊想著空間裡堆積成山的糧食，另一邊想像著屍橫遍野的場景。她一直不承認自己是個好人，可這一次，她真的能當作不知道嗎？

「嵐兒。」

「啊。」王晴嵐茫然地轉頭，看著身邊的二伯。「二伯？」

「怎麼了？」

王晴嵐搖頭，然後又點頭，心裡亂得很。「二伯，沒事，我就是有點害怕，我回房間睡會兒。」

「去吧。」

王英文沒有追問，只是看著王晴嵐離開的背影出神。他有種不太好的感覺，姪女說害怕，他會相信一個連御狀都敢告的人這時害怕打雷嗎？以前又不是沒見過打雷閃電。

這天晚上，王晴嵐把三位叔伯叫到書房，自然加上奶奶。然後，王晴嵐很無賴地把自己的問題拋了出去，看著四個長輩跟著皺起眉頭，有些內疚的同時，心裡的掙扎卻少了許多。

「阿彌陀佛。」夏雨霖最先說出這四個字。「嵐兒，若是真的什麼也不做，我覺得我們五個都會遭雷劈的。」

實際上，王晴嵐也有這種感覺。

「現在問題的關鍵在於，糧食我們有，可怎麼解釋這糧食的來歷？」王英文開口說道。

王晴嵐再次點頭。「二伯，我想不出法子。」

「嵐兒，妳那空間不能移除嗎？」王英卓一直知道姪女有秘密，可從沒有想過會是這樣，太聳人聽聞了。腦子裡竟然有一片土地？但仔細想來，這東西對於他們家現在其實並沒有多大用處。

而嵐兒將這件事情說出來，王英卓看得出來，她在心裡是想幫忙的，可又害怕危險，既然這樣，倒不如把這東西送出去。

「能移除嗎？」王晴嵐有些傻眼。

「捨不得？」王英奇贊同五弟的意思。

王晴嵐搖頭，舉起自己的右手，讓他們看到她手心的桃花痣。「我覺得跟這顆痣有關，可這顆痣和空間都是莫名其妙出現的，怎麼移除，我真的不知道。」

這一下，夏雨霖母子四人也抓瞎了，比起王晴嵐，他們就更不了解了。

書房內陷入沈默。

王晴嵐看著面前的四張臉都一副愁眉不展的模樣，心裡的內疚更甚，有些弱弱地建議道：「要不，我琢磨琢磨？」

四人看著她，齊齊地點頭。

然後，他們就見原本坐在椅子上的王晴嵐，整個人一下子消失在面前，心裡的震撼比剛才聽到她說空間的時候更大。

許久之後，夏雨霖才開口說道：「這事誰也不能說。」

王英文兄弟再一次整齊地點頭。

再說，回到空間的王晴嵐，經過這麼些年的經營，空間已經擴展到了極限，一百二十八塊地完全不用她動手，直接操作出現在她面前的面板就行。

每個按鈕她都熟悉得不能再熟悉了，卻完全沒有發現移除鍵。

「應該沒有吧？」

王晴嵐回想著她前世所看的空間文情節，像這樣長在身上的一般都是綁定了的，很少有能轉移到別人身上的。

正準備出去的時候，面板一下子就發生了改變。她看著上面出現的一行行空間說明書——什麼?!還可以複製？王晴嵐驚喜得無以復加。

這樣的話，多複製一些，人人一份，什麼災難都不用怕了。

結果，空間似乎知道她的想法一般，不斷地閃爍著下面一行小紅字：將真龍之血倒九碗入玉珮中。

看過之後，王晴嵐才知道自己太天真了。若真像她想的那樣，世界大同都不是夢想了。

不過，有條件總比剛才一籌莫展得好。再說，外面不是還有奶奶和三位叔伯嗎？她就不信，五個聰明人還想不到辦法。

「真龍？」夏雨霖反應過來，問道：「是皇上？」

「應該是這個意思。」王晴嵐點頭。

「玉石倒是不難找，只是……」王英卓皺眉說道：「要皇上的九碗血，我不能確定這話說出去，我們的腦袋還會不會在脖子上。」

九碗血，雖然不是大碗，但是真的不少了。

「那就不管了？」

王晴嵐也挺無語的，既然可以複製，為什麼還要弄出這麼苛刻的條件？他們本來就很煩了好不好？一個問題沒解決，又出現新的，讓她都有些想撂挑子了。

「嵐兒，這其中還有一個更大的問題。」王英卓開口說道。

「小叔，你別嚇我。」

王英卓也不想嚇她，實際上，他自己也有些害怕。「只有真龍的血才可以複製，妳的空間也只能複製在真龍身上。嵐兒，妳想過沒有，皇上現在的年齡也不算小了，在這些皇子中，應該會有下一個真龍，也就是說，妳有一個確定未來皇上是誰的法子，嚇不嚇人？」

王晴嵐猛地點頭，真是嚇死人了。

她只想安靜地過自個兒的小日子，等到成年後，武藝練得差不多的時候就去各地走走，二十歲再回來，找個如意郎君嫁了。

而小叔的話讓她覺得，這麼簡單的願望似乎都很難實現了。

書房裡再次安靜下來。被王英卓這麼一提醒，他們要考慮的事情就更多了。

外面的雨還在下個不停，從那啪嗒啪嗒的聲音就可以聽得出來，沒有一點變小的趨勢。

第二月盯著外面的雨水，心裡也在猶豫。接下來的一場災難，她要不要提醒皇上？瘟疫她倒是不太擔心，前世就研究出了方子。只是，藥不能當飯吃，那些百姓即使是熬過了洪澇和瘟疫，沒有糧食，依舊會餓死。

邊疆看起來雖安穩，可大康一旦出事，那些隱在暗處的各方勢力恐怕會有所行動，到時候朝廷還要面對戰爭，一個不注意，那就是民不聊生。

第五十七章

第二月輾轉了一晚上，還是約了康興寧。

「興寧，你不覺得這雨下得有些不尋常嗎？完全沒有要停的樣子。」第二月皺著眉頭看著外面灰暗的雨幕，擔憂不已。她說得這麼含蓄，興寧會注意，重視嗎？

果然，康興寧依舊笑得一臉溫和。「是不是不喜歡這樣的天氣？」

想著剛才進門時，小月看見裙襬上的雨水和污漬皺眉的樣子，姑娘家大多不喜歡下雨天，會弄髒衣裙。

「不喜歡。」第二月下意識地點頭說道，然後覺得不對勁。「興寧，我說的不是這個。你就沒想過，這麼大的雨若下十天半個月，甚至更長的時間，會怎麼樣嗎？」

「怎麼可能？」

康興寧反駁的話在看見外面遮天的雨幕時停下，笑容也有一瞬間的僵硬。「小月，妳是不是知道什麼？」

第二月低著腦袋，默默地點頭。她相信興寧，可前世的那些事情她真的說不出口，她怕興寧知道以後，就不再對她好了。

只是，她也不想再編什麼理由去騙他。

康興寧只看到她髮上的白玉簪子不停地跟著腦袋搖動，想了想，換了個方式問道：「剛剛妳所說的話，妳能確定嗎？」

第二月還是點頭。

「這事妳跟別人說了嗎？」

第二月搖頭。

「為什麼跟我說？」康興寧問完又愣住了，剛剛還在想著姑娘有些傻，自己就問出這麼一個傻問題，有些尷尬。

避開了她不知道該怎麼回答的問題，這一次，第二月倒是抬起頭，一臉坦然地告訴他。「我只能想到你。」

康興寧聽到這句話，臉有些發熱，喝了有些涼的茶水，穩住躁動的心。見對面的姑娘沒發現自己的異常，才放下心來。「妳別擔心，再等兩日，若是這雨還沒停的話，我會告訴父皇的。」

「這件事情會不會很麻煩？」

康興寧點頭。「若是真的，恐怕會有些麻煩；不過，父皇可是很厲害的，他肯定能解決。」

第二月再一次點頭。她最恨的人就是皇上的兒子，特別是安王。想到前世自己被騙得那麼慘，她就恨不得立刻弄死對方……不，不能讓他死得太輕鬆，一定要折磨得他生不如死。

對自己親生的兒女都能下死手，現在想起那個男人的狠毒，親手點火燒死自己時的笑容，第二月就想戳瞎自己的雙眼。當初的她怎麼就那麼蠢，竟然被他欺騙，還相信對方是自己的真愛，蠢死了。

但對於皇上，她卻沒什麼厭惡。不僅是因為他從來沒有害過自己，也因為這位皇帝確實算得上勵精圖治，為國為民。

因為外面的天氣，兩人又說了一會兒話，就準備離開。

「我回醫館。」聽到康興寧要送她的時候，第二月開口說道：「這樣的天氣，醫館開門的不多，在府裡待著也沒事情，我待在醫館裡以防萬一。」

康興寧點頭，送她去了距離這裡不遠的醫館，叮囑了兩句就離開，直接去了皇宮。

王家完全不知道被他們惦記的真龍，已經抱著寧可信其有、不可信其無的想法，開始布置起來。

「娘，要不我給妳請大夫看看吧，妳的臉色很不好。」

吃早飯的時候，王英武看著面色憔悴的夏雨霖，十分擔心。宋氏在一邊跟著點頭。

「沒事，就是這雨下的，我心裡煩躁，晚上沒睡好。」夏雨霖搖頭，看著外面依舊沒有減小的暴雨。已經兩天兩夜了，可他們依舊沒想出一點法子。

其實王英文兄弟三人還有王晴嵐都沒有睡好，但他們年輕，看起來並沒有那麼憔悴。

罪魁禍首的王晴嵐心裡很愧疚。都是她的錯，是她考慮不周，應該把這件事情告訴三位叔伯就行，奶奶的年紀大了，不該讓她跟著一起焦心的。

「這雨確實是煩人得很，只希望它能快點停下，不然莊子裡的瓜果都會受影響。」王英武也皺著眉頭，一臉的愁苦。自從偉業進了祁山書院後，他高興自得的同時，壓力也不斷地增大。

王英傑跟著點頭。

書房裡，王晴嵐一臉期待地看著三位叔伯，希望他們已經想出了切實可行的法子。結果卻是和她一樣，一點頭緒都沒有。

「二伯、四叔、小叔，不能再拖下去了。」王晴嵐開口說道。兄弟三人也知道這個道理。只是，這不是小事，弄不好可能全家都會跟著陪葬。

「去苗府。」王英卓沈默了許久，才開口說道。

王晴嵐一下子就明白，這是要找那個大變態幫忙，這似乎也是個法子。「現在就去嗎？」

王英卓搖頭。

「等到這雨再多下幾天。嵐兒，空間的事情已經夠嚇人了，妳的另一個秘密絕對不能再暴露了。」王英卓看著王晴嵐一臉遲疑。「我知道妳擔心什麼，不過就幾天的時間而已，餓不死人的。」

王晴嵐想了想，也覺得小叔說得有道理。她有空間，能夠複製不說，還有特殊的法子確認下一任皇帝，若再添一個預知未來的能力，她想，就算皇上英明不弄死她，恐怕也會失去自由。

不僅是她，王英文兄弟三人也是這麼想的。在保全自己的條件下，善良的他們願意救人，甚至為了救人，他們也願意做出一些犧牲，就像這一次的事情；但這樣的犧牲絕對不包括自己和家人的性命。

叔姪四人開始商量怎麼跟苗鈺說。之後，四人一身輕鬆地出了書房。既然做了決定，接下來要做的事情就是把商量好的事情儘可能完美地變成現實。

王英文第一時間把這事告訴了夏雨霖，幾人都睡了一個好覺。

大雨連續下了七、八天，依舊是淅淅瀝瀝，下得起勁。

王英卓從翰林院回來，想到身邊的人所說的話，覺得時間差不多了。於是第二天，叔姪四人便直接去了苗府。

苗府很大，布置得漂亮精緻，即使在這樣的雨天，景致依舊美得令人駐足。

王詩涵看著四人，已有好幾天沒見，一一詢問家裡人的情況。聽到二哥說大哥和三哥的事情時，並不意外也不擔心。娘和三位兄長不會看著他們日子過不下去的，就是她也不會。

「小涵，妹夫在嗎？我們有很要緊的事情找他。」問候過後，王英文開口問道。

「在的。」王詩涵點頭，讓人去找苗鈺。

書房內，苗鈺面無表情地看著對面四人，從進門以後，他們就在繞圈子。

「妹夫，因為這個事情有些大，我們平民百姓有些兜不住，才想問問你的意見。」王英文笑嘻嘻地說道。

「是啊，妹夫，給你添麻煩了，你得有個準備。」王英奇接下二哥的話，雖然同樣帶笑，卻是一副小心翼翼的模樣。

王英卓看起來要認真一些。「我們是實在想不到主意才過來，想請你指條明路的。」

「有話直說。」

苗鈺卻不想聽他們一直圍繞著這個意思在廢話，忽然又想到自己現在和他們也算是親戚關係，語氣緩和不少。「別著急，天塌不下來。」

王家叔姪四人雖然算不上絕頂聰明，但也不是榆木疙瘩，一聽他這話，就明白他的意思。王晴嵐更是揚起燦爛的笑容，用自認為最甜的聲音開口說道：「六姑父，我就知道你最好了。」

對此，苗鈺毫無反應，倒是他身後的黑子翻了個白眼。而王英文兄弟三人手臂冒起雞皮疙瘩，第一次見姪女拍馬屁，他們有些受不了。

雖然這馬屁拍的沒什麼效果，不過，厚臉皮的王晴嵐倒是不覺得尷尬，而且因為她這麼一鬧，緊張的氣氛一下子就消失了。

「嵐丫頭。」王英文提醒小姪女。

王晴嵐點頭，看著苗鈺。「六姑父，那我開始說了。」

苗鈺面無表情地看著她。無論之前進京和告御狀是誰策劃的，面前這個孩子和王英越都把計劃執行得很好，他不會因為兩個孩子年齡小，就真的把他們當成孩子看。

「嗯。」

本來沒打算回答的，不過，見她睜著和王詩涵相似的大眼睛盯著自己時，難得給面子地回應了一聲。

王晴嵐站起身來，走到比較空曠的地方，笑臉收了起來。王英文兄弟三人看見她的動作，也跟著一臉嚴肅。雖然不是第一次見，可每次都覺得很震驚。

輕鬆的氣氛似乎也因為他們的表情而再次緊張，唯有苗鈺和黑子兩人的臉色從都到尾都沒有一點變化。

飽滿的玉米粒、穀子、麥子、圓滾滾的馬鈴薯、肥胖胖的紅薯等等，王晴嵐空間裡種過的糧食，突然出現在四周。每種都以同樣的速度增長，很快就出現幾個糧食堆。

王晴嵐停下手，看著對面的苗鈺。

苗鈺眨了眨眼睛，那憑空出現的東西並沒有消失。他再將視線停在王晴嵐身上，想到她之前所說的話，好吧，他承認自己被嚇到了。放在書桌底下的手用力地掐了一把腿上的肉，真的會疼，不是幻覺。

站在苗鈺身後的黑子，掐自己比苗鈺狠多了。原來真的不是在作夢啊？

看著依舊面無表情的主僕兩人，王晴嵐微微有些失望，沒有看到大反派的變臉。不過，若是六姑父嚇得臉色大變或者出現更誇張的動作，她估計就會懷疑六姑父是不是被人穿了。

王英文兄弟三個心裡卻是滿滿地佩服，想著他們最初看見這件事情的時候，好長一段時間都沒有回神過來，嗯，看來他們的定力和心性都還要努力鍛鍊才行。

「說清楚。」

苗鈺的話依舊簡單明了。雖然此時的內心很不平靜，不過，他已經開始理智分析了。顯然，這並不是變戲法，因為任何的戲法都逃不過他的眼睛。

「六姑父，這就是我們今天要跟你說的大事情。」王晴嵐回到座位上，笑著說道。接著，四人條理分明地把王晴嵐的空間以最簡單的方式說了出來。

苗鈺和黑子看著面前這四人，原本以為他們挺聰明的，現在卻覺得他們蠢得可以。這已經不能說是「大事情」了好吧？這麼驚天的秘密，就如此輕易地告訴他們？他們能平安活到現在，其實也算是個奇蹟。

「這事還有誰知道？」苗鈺開口問道。既然他們告訴了自己，少不得他得想辦法幫他們隱瞞，誰讓他娶了王家的姑娘。至於他們選擇在這個時間把秘密說出來，為了什麼，他不用想就知道。

「就我們四個，還有我娘。」王英文心裡想著，爹估計也是知道。不過，他完全不擔心，雖然爹的腦子不是很靈活也不聰明，可他的嘴緊得很。

還沒蠢到無藥可救，要是王家所有人都知道，那就要頭疼了。

「六姑父，最近我在空間裡還發現一個更大的秘密，你要不要聽？」王晴嵐笑著說道。和王家三兄弟想得一樣，雖然他們是信任苗鈺，才找他幫忙的；不過，從另一個方面來說，也是把這個巨大的麻煩扔給對方，她心裡還是有些發虛。

「還可以不聽？」苗鈺面無表情地反問，心裡猜想，比這更大的秘密是什麼？

「是這樣的，這個空間是可以像抄書一樣，抄一份給別人的。」

王晴嵐的話一落下，就感覺空氣瞬間冷了不少。她看了一眼六姑父，就把頭低了下來，大反派的氣勢好強大，好可怕，她差點被嚇死了。

「你們都有？」

苗鈺的目光停留在王英文兄弟三人身上。他現在總算明白這四人剛才為什麼要說那麼多的廢話了，現在的他確實是被嚇到了，這要是換另一個人，要麼驚喜激動得暈過去，要麼就嚇得暈死過去。

王英文他們反應過來，把腦袋搖得跟撥浪鼓似的。這麼強大的氣場，現在只是芝麻小官的他們實在是扛不住。

苗鈺看著對面的叔姪四人坐在椅子上，縮著腦袋和身子，跟四隻鵪鶉似的，時不時地拿眼珠子瞟他，那表情直接就告訴了他，後面還有話沒說。

現在關係不一樣，不能像以前那樣威脅他們了。平復下心情，也把氣勢收了收，他才開口說道：「一起說完。」

王晴嵐看向身邊的王英卓，眼裡的意思很明顯。

王英卓很聰明地轉頭，看向王英奇；王英奇接受到訊息，拉扯王英文的袖子。

王英文轉頭，就看見坐在書桌旁的苗鈺，心裡在呼喚自家親娘。因為大哥和爹即使在，估計也說不出什麼來，關鍵時刻還是娘靠得住，為什麼今天娘不在呢？

「是這樣的，六妹夫。」王英文扯起有些僵硬的臉色說道：「嵐丫頭其實自己對她的空間都了解得不清楚，出現得莫名其妙，這不，這次的大雨，估計會造成災害，嵐丫頭是個善良的姑娘，空間裡有這麼多的糧食堆著不用，要是好多人因為沒飯吃而餓死，我估計她一輩子都會良心不安。」

王晴嵐連連點頭。

對於這點，沒良心的苗鈺和黑子雖然不能理解他們因此暴露空間的行為，卻也認同王英文說自家姪女善良的這句話。實際上，他們早就發現，王家這一群人都有一顆善心。

「這麼多的糧食，又不像我們之前在王家村那樣，現在在天子腳下，不能憑空地搬出來，我們叔姪四人想破腦袋都沒想出個好辦法來。」

王英文擺出一副憨厚的笑容，懊惱地說道。

好吧，苗鈺承認，比起王家人選擇各種各樣的藉口來敷衍，他更喜歡這樣直說的，即使事情麻煩一些。

「結果，嵐丫頭就發現空間多了一個複製的功能。」王英文說了這麼多，終於繞到點子上了。「只是，六妹夫，你應該也能夠理解，嵐丫頭能得到空間是機緣巧合，還是因為她上輩子積德，這個我們不追究；不過，那麼好又神奇的東西，要複製自然是有條件的，是不是？」

苗鈺點頭，認同這話，也等著他接下來的話。

「這個世上，除了嵐丫頭，只有一個人有資格，那就是——」說到這裡，王英文豎起右手食指，朝屋頂指了指，聲音比原來的輕了不少。「皇上。」

苗鈺看著王英文，沈默了一會兒，才開口。「接著說。」

「複製空間需要上好的玉，是否合格，要嵐丫頭拿到空間裡去鑑定。」

「這個不是問題。」財大氣粗的苗大反派說得很肯定。

「六妹夫，之所以說只有皇上才有資格，是因為複製空間還需要九碗真龍血。」王英文小心翼翼地說道。

「真龍？」苗鈺眉心一挑，反應極快。「未來的真龍是不是也算？」

「不知道。」王英文很含糊地回答。這是他們之前就商量好的。

苗鈺總算知道他們心裡害怕的是什麼了，並沒有接著問：「多大的碗？」

王英文兄弟三人看向自家姪女。

王晴嵐立刻會意，從空間裡拿出一個透明中帶著淡綠的綠碗。碗並不是很大，她的一隻手都能抓住碗口，不過若是用來裝血的話，就挺大的了。

苗鈺看了一眼，心裡有數後，又開始沈默。這次有些久，王英文他們知道他是在想辦法，也沒有出聲打擾。

也不知道過了多久，苗鈺才開口說道：「你們四個，暫時就在我府邸住下。今天晚上，我的病會復發，皇上會帶著太醫來給我看病，到時候，對皇上實話實說。」

「嗯。」四人點頭。

「不用擔心，只要你們嘴牢，不把這事再告訴別人，就什麼事情都不會有。」苗鈺的聲音雖然依舊冷冰冰的，語氣裡也完全沒有安慰人時該有的溫柔。但王英文他們明白，這對於苗鈺來說已經很不容易了。

王晴嵐提著的心也跟著放了下來。她是王家唯一知道苗鈺是做什麼的，有他這句話，那就是真的沒事。

王英文他們離開書房後，沒一會兒，黑子就出了苗府，而苗鈺舊疾復發的消息很快就傳了開來。

第五十八章

京城有兩個苗府，都位在貴人區，苗鈺的府邸據說是以前一位非常受寵的親王府邸，距離皇宮很近；而另一個苗府，則是在貴人區的邊緣，若只以這個區來看的話，兩個府邸的距離可以說是最遠的。

「那畜生要死了？」

苗延慶一臉的喜悅，說完這話，看著一邊已在垂淚的夫人，連忙把喜悅表情收起來，開始安撫。「夫人，我不是那個意思。」

「老爺，我明白。」夫人一邊哭、一邊開口說道：「我本就是個不該活著的女人，因為我和他的原因，讓老爺還有琪兒這些年飽受爭議，我心裡真的是很難受……」

「夫人，這怎麼能怪妳呢？」苗延慶一臉心疼地給苗夫人擦眼淚，苗琪在一邊點頭。

苗夫人擦乾眼淚，笑得如雨後的荷花，清麗無雙，楚楚動人。「其實，他死了也好，不用再受病痛折磨，也不用再被人非議羞辱，對大家都好。」

這話她說得很真心，很動情。

顯然，苗延慶和苗琪也是這麼想的。

這巴不得苗鈺立刻斷氣的話，一聽就知道是仇人說出來的。

事實上，三人不但是苗鈺的仇人，還算得上是苗鈺從血緣上來說最親近的人。一個是苗鈺的親叔叔，一個是苗鈺的親娘。

這在多年前是一件醜事，不過隨著苗鈺越來越受皇上看重，提及的人也越來越少，現在成為不能提及的禁忌。

宮裡，皇上正在御書房和幾個成年的皇子、重臣商議這次雨災的事情。守門的太監突然一臉慌張地進來，包括康天卓在內的所有人都皺起了眉頭。

跪在地上的太監開口說道：「皇上，苗公子病重。」

這麼一句話，讓康天卓站了起來。「可嚴重？」

「回皇上的話，整個京城都傳開了，奴才一聽到這個消息，就派人去了苗府確認，據說已經臥床不起，人事不省了。」太監語速很快，顯然是很著急的樣子。

「把太醫院所有的太醫都給我請到苗府去。」康天卓直接開口命令。「你們先回去吧，這事明天再說。」說完，也不管其他人是什麼反應，就走出了御書房。

如此匆匆忙忙，令留下的皇子和大臣們都有些發懵。當然，好些人的臉色都很難看。

宇文皓面色如常地站起身來，準備離開。

「宇文丞相，現在時間尚早，不如到我府裡去坐坐？」大皇子康興安，也就是安王笑著邀請。

「多謝安王，只是這樣的大雨，我有些放心不下家中二弟，告辭。」宇文皓的拒絕理由是真的。這些天被大雨困著，二弟不能出門，只要他一回家就總是向他抱怨無聊，今天有空，多陪陪他也好，接下來的日子恐怕會很忙。

安王被拒絕，也不生氣，轉頭和其他幾位重臣說話。

康天卓並沒有隱瞞行蹤，拋下朝中大事，冒雨前往苗府探病的消息也很快就傳開了。另一座苗府裡，所有的主子臉色都變了。他們實在是想不明白，就苗鈺那古怪的性子、病懨懨的身體，皇上怎麼就對他那麼好呢？

第二月知道這個消息的時候，一點都不奇怪，很清楚苗鈺是一點事情都不會有的。她只是微微嘆了口氣，覺得有些可惜，她之前想撮合嬌兒和苗鈺，不僅是因為皇上對苗鈺的看重，還有苗鈺對自己夫人的專一以及用心。

不過，這樣的想法很快就被她拋開了。因為，王家七姑娘和楊長寧的生活，並沒有像前世嬌兒和楊長寧那樣，回門的時候哭哭啼啼的。她無意間碰到過他們幾次，那兩人之間的濃情密意，一看就是很幸福的一對。

這事讓第二月明白，或許真正適合嬌兒的那個人還沒有出現。

「大夫。」

陌生的聲音打斷了第二月思考，看著進來的人，她精神奕奕地站起身來，開始工作。

康天卓經常到苗府，這次看見王英文他們也在，倒是有些吃驚。

「怎麼樣？」他問著擠在房間門口的太醫。

太醫苦著臉，還沒回答，裡面就扔出一個花瓶來，在康天卓的腳邊炸開。王家人和太醫們看得心臟直跳。「滾！我還沒死，看什麼太醫！」

苗鈺的吼聲從房間裡傳來。不過，一句話吼完，接著又是一連串的咳嗽。王家人若不是知道苗鈺是裝病的，恐怕也會跟著著急。

出人意料的是，康天卓卻是一點也不生氣，好言好語地哄道：「苗鈺，有朕在，你不會死的。別生氣，你說不看就不看。哪裡難受，說給這些太醫聽，他們聽了就能給你開藥，吃了藥你就不會難受。」

哄完苗鈺，康天卓側頭，眼神凌厲地看著那群太醫。

「臣等一定竭盡全力！」

房間裡沒聲了，康天卓這個皇帝和一群太醫一樣等在房間外，焦急地等著。

不一會兒，黑子冷著臉開門，把苗鈺的病情描述了一遍，太醫們就被康天卓攆到外面去商量用藥了。他自己大搖大擺地走了進去，看見苗鈺坐在椅子上也不覺得意外。

「去書房。」苗鈺一刻也沒有耽擱。

王家叔姪四人從正門進了書房。他們到的時候，康天卓和苗鈺已經在裡面了，很明顯走的是外人不知道道的近道。

苗鈺當著王家人的面，幾句話就把王英文他們囉囉嗦嗦一大堆的事情說清楚，完全不擔心皇上接受不了。「嵐丫頭，給皇上看看。」

康天卓看著王晴嵐。在他看來，這事帶給他的喜大於驚。糧食啊，只要有了糧食，所有的災難在他的眼裡都不是問題。

而王晴嵐頂著皇上的目光，站了出來，又表演了一次。

「好，好！」康天卓笑著說道。

「皇上，九碗血，您覺得您能撐得住？」苗鈺反問。

康天卓沈默了一下，然後，看了一眼王晴嵐。那一眼，王晴嵐竟然看明白了意思，再次拿出玉碗來。

「只要真龍血就可以？」

「嗯！」王晴嵐點頭。

「妳沒聽明白，朕的意思是，朕和朕的兒子兩個人的血都可以嗎？」康天卓一看王晴嵐的表情，就知道她不明白他的意思。

「應該可以，空間是這麼說的。」王晴嵐再次點頭，表示她聽得很明白。

康天卓此時看著王晴嵐的眼神就是看稀奇寶貝的眼神，所以，耐心地再說了一遍。「我的意思是，朕和朕的兒子加起來，九碗血可不可以？」

原來是這個意思啊，她還真的理解錯了。

王晴嵐看著康天卓。「皇上，這個我就不知道了。不過，那樣就算可以的話，這個複製出來的空間應該也不屬於皇上您一個人的。」怕皇上不明白，她又補充道：「像我的空間，只有我能進去。」說完她表演了一下，原地消失再出現在眾人面前。「裡面的土地以及收穫的東西，同樣只有我一個人才能支配。」

康天卓沈默了。糧食是一大誘惑，在災難年間作用是顯而易見的，至於風調雨順的時候，他也可以種植一些稀罕的藥材。最關鍵的是，這空間他能進的話，遇上刺客，這保命手段是再多的侍衛都比不上的。

「朕想問妳，朕的空間也能複製嗎？」康天卓想了想，開口問道。

「這個我不知道，不過，應該是可以的。」王晴嵐沒有把話說死。

康天卓卻已經決定，若是可以最好；要是不可以的話，面前這丫頭，一定要讓她長命百歲。

至於空間，他已經打消了和兒子湊血的打算，空間還是一個人用比較好；再說，等以後他傳位了，兒子也會有自己的空間，到時候兒子自個兒用著也放心。

看皇上沒什麼話要說了，王家叔姪四人想了想，又用眼神交流了一會兒，才決定依舊按計劃行事，把該說的都說完。

「皇上，您放心，以後我一定離那些皇子遠遠的，絕對不會和他們有任何交集。」王晴嵐很誠懇地開口。

「我們也是。」王英文兄弟三人緊跟她的步伐，想了想又補充了一句。「也會讓家裡人離皇子們遠遠的。」

苗鈺看著四人恨不得指天發誓的模樣，有些頭疼。皇上本來還沒往那方面想，他們這麼一說，不是提醒皇上了嗎？好吧，他是絕對不會跟他們一樣傻，告訴他們，皇家早就有確認真龍的法子。

而且不是剛才就跟他們說了嗎？不會有事的，還信誓旦旦的幹什麼？

康天卓笑咪咪地看著四人。「行了，朕相信你們。不過，你們可千萬不要辜負朕對你們的信任，知道嗎？」

「絕對不會。」王家叔姪四人很齊心地說道。他們就算是腦子有病也不會把這事說出去的。

「嵐丫頭。」康天卓也跟著這麼稱呼王晴嵐。「朕的空間不著急，血可以慢慢地放吧？」

王晴嵐點頭。

「那麼接下來的這些日子，就辛苦妳一些，朕需要妳把妳空間裡的糧食放到指定的地方。」康天卓笑著說道。

「嗯。」王晴嵐點頭。

等到王晴嵐叔姪四人離開，康天卓看著苗鈺。「朕沒想到，他們倒是信任你。」

「我也沒想到。」

苗鈺其實有些茫然。他的性子陰晴不定，也殺人如麻，雖然明白自己不會做背信棄義的事情，可他還是覺得王家人的舉動有些草率，不夠謹慎。

「他們是善良。」康天卓開口說道：「你以為，他們會不知道這件事情的危險？朕很欣慰，這是朕的子民。」

苗鈺聽到這話，直接翻白眼。

「糧食的事情就交給你了，其他的事情朕來處理。若是有不長眼的官員和乘機撈錢的商販，無論官多大，就算是孔家人，凡是犯事的，你直接處理了就是。」康天卓很快就說到正事上。

「放心。」苗鈺回給他兩個字。「這事過後，我要封王，封親王。」

「可以。」康天卓點頭。「你現在不僅是要氣那邊苗府的人，恐怕也想要護著王家的那些人吧？」

對於這話，苗鈺並沒有反駁。

「朕吃了晚飯再走。」康天卓突然說道。

「為什麼？」

「朕就是好奇，想嚐嚐讓你多吃幾碗米飯的菜是什麼味道。」康天卓說完，上下打量著苗鈺。「苗鈺，你沒發覺，你好像胖了一些。」

「我現在生病了，要回去休息了。您喜歡吃什麼，讓王詩涵給您做。」苗鈺說完起身，離開前又補了一句。「只能點兩道菜。」

「怕累著你媳婦？」康天卓笑著問道。

「王詩涵是在農家出生的，不願意浪費糧食。」說完就離開了。

康天卓搖頭，笑了笑。

苗鈺恐怕自己都沒有發覺，以前的他可沒像現在這樣喜歡解釋。想到這裡，康天卓很得意，他下旨指婚不少，這一對或許是最好的。

有康天卓這個皇上在，王家人的心就是再大，也做不到像在家裡那樣吃得津津有味。好在康天卓這個皇帝是將食不言進行到底，不然他們還得分出心思回話。

康天卓嚐了味道以後，就明白苗鈺為什麼會喜歡王家丫頭所做的飯菜。比起御膳房做出來的，面前的這些多了一些舒適和溫暖，難怪苗鈺看著胖了些。

用過晚飯，康天卓又去了苗鈺的房間，見他正半躺在床上發呆，揮退下人，自顧自地找了把椅子坐下。「你在想什麼？」

苗鈺回神，看著他。「還記得我曾經跟您說過第二月的事情嗎？」

康天卓點頭，很快就反應過來。「你的意思是……」

第二月也有空間。

「不能確定。不過，之前在宮裡，皇后娘娘、皇貴妃，還有二皇子以及第二家那個庶女對第二月的算計，就算不是天衣無縫，也算得上是周密至極。最後第二月依舊能逃脫，關鍵的證據到現在都沒有下落。」

也是因為這件事情，苗鈺才對第二月多了幾分關注。消失的東西並不貴重，可要是他的人都找不到，甚至一點線索都沒有，那就是非常奇怪的事情了。

以前從來沒有遇到過這樣的事情，所以沒往這方面想，現在就不一樣了，他仔細地把關於第二月的情報在腦海裡回想了一遍，越想就越覺得有可能。

「這事還要了解清楚才行。」苗鈺能想到的，康天卓如何想不到。「苗鈺，慢慢來，不著急的。」

至於皇后、皇貴妃、老二為什麼要算計第二月，康天卓非常清楚。

第二月的身分本來就不低，再加上她展現醫術以後自己對她的看重，給了他們錯覺，以為第二月的存在會影響自己對皇位繼承人的挑選。說到底，都是為了爭奪皇位。

「嗯。」苗鈺也明白，抬頭看著眼底全是青色的康天卓。「您回宮休息吧，糧食的事情交給我就可以了；至於其他的，我看宇文皓就很能幹，應該能幫您分擔不少。」

康天卓點頭。「朕明白。」

「皇上，王家這三兄弟，腦子還算可以。」苗鈺想了想，又加了一個人。「還有楊長寧，與其閒在那裡無所事事，倒不如讓他們跟著宇文皓學習，應該也能出點力氣。」

康天卓眉頭一挑，看著他，不說話。

「我想幫他們一把是真的，不過，也是為了皇上著想。他們四人還沒有進朝廷，一顆心還赤誠得很，若是以後能成長起來，皇上也能輕鬆許多。」苗鈺開口說道：「若是他們以後敢有什麼不臣之心，不必皇上開口，我就會把他們收拾了。」

「行了，朕也沒說不答應。」康天卓覺得有些好笑，又有些惆悵。這小子改變得可真多，要是以前的話，他肯定就一句話，絕對不會解釋那麼多。

「王家那麼大的功勞，朕總該賞賜他們一些。原本是想等到這事情結束以後，既然你提出來了，好的壞的都讓你說了，朕豈有不同意之理。」

苗鈺沈默不言，也覺得今天的話有些多了。

「王家人不是笨的，你的苦心他們會明白的。」康天卓開口說道。

雖然王家的功勞很大，就是讓他們一步登天都不過分，只是，這樣的賞賜不一定就是對王家好。

官場的事情哪裡是一句話能說得明白的。王家的人是聰明，但他們的聰明也就是和普通人相比，放到朝堂中，他們的聰明最多就是普通聰明。不說宇文皓、苗鈺還有他的那些兒子們，就是普通的官員，他們恐怕都應付不了。

他點頭同意封苗鈺為親王，是因為他能夠應對隨之而來的算計，比起突然得到高官厚祿，苗鈺這樣的安排對王家的人才是最好的。

在家裡陪弟弟下棋的宇文皓就這麼被苗鈺給坑了，而王晴嵐完全沒想到，今天的事情也在無意之間把女主角坑了一把。

第二天一大早，苗鈺就帶著王晴嵐離開。

走之前，也把對王家兄弟的安排告訴了他們，又留下話，在他沒回來之前，誰來也不用管，他的府邸，沒人敢闖。

王詩涵笑著點頭，看著三人消失在大雨中，摸了摸肚子，心想是不是真的，等他回來應該就可以確定了。

王英文兄弟三人對著王晴嵐囉囉嗦嗦好久。自家的姪女第一次自己出遠門，做大事，心裡免不了擔憂，尤其是跟著的人還是苗鈺。他們承認這人腦子很聰明，但說起照顧人這方面，苗鈺就差得遠了。

「二哥，你們要不要回去收拾一下，叫上小妹夫，去宮門口等著。」王詩涵提醒道。苗鈺讓他們跟著宇文丞相做事，這大雨下了如此久，宇文丞相肯定也很忙的。

「要的。」王英文點頭。他們不傻，這樣的機會若是都放棄了，那可真的是扶不起的阿斗了。

「那六妹，我們就先走了。」王英奇笑著說道。

王詩涵送走三位兄長就回了房間，看著房間裡面站著一個長相和身材都酷似嵐丫頭的姑娘，笑了笑。

雖然不知道苗鈺到底在做什麼，但她知道，肯定是大事。正事上，她幫不了什麼忙，唯一能做的就是守在府裡，像外面的人認為的那樣，在伺候生病的苗鈺。

她很清楚，這件事情絕對不能露餡。

第五十九章

「回來了，吃飯了沒有？」

王英文兄弟三人出現在王家時，其他人正在吃早飯。於是，王英武順口就問了一句。

「吃過了。」王英文先回答了大哥，才對著王大虎和夏雨霖說道：「爹，娘，嵐丫頭在苗府陪六妹，我們回來換身衣服。」接著又把他們要跟著宇文皓的事情告訴家裡人。

「用心學，知道嗎？」夏雨霖就說了這麼一句。宇文皓年紀輕輕就能做到百官之首，絕對不可能只是聰明這麼簡單。

張氏他們一聽，立刻放下碗筷，去給自家男人準備衣服。她們沒有夏雨霖想得那麼多，只是明白這是一個機會，一個自家男人出人頭地的機會。

「英武、英傑，你們也別灰心，你們還有偉業、大頭、小頭他們。」

夏雨霖這話本來是安慰看著三個弟妹離席，有些羨慕的宋氏；至於老三媳婦，眼裡除了吃的，基本不會想太多。不過，王英武和王英傑聽到娘的話，有些低落的他們和宋氏一樣，是真的被安慰到了。

宮裡，宇文皓聽了皇上的話，有些發愣。甩給他四個剛出茅廬的年輕小子是怎麼回事？

被苗鈺給蠱惑了？

「皇上，我很忙。」宇文皓話說得含蓄，意思卻很明顯。

「放心，你可以把他們四個當成下人使用。宇文丞相，朕也是為了你好，帶著他們四個，對你來說並無壞處。」雖然宇文皓是他很看好的年輕人，不過，皇上對他卻沒有對苗鈺的耐心，直接說道：「這是聖旨。」

「臣遵旨。」

宇文皓明白皇上那句對他沒有壞處的意思。可即便皇上現在對他一點都不懷疑，他還是要拒絕一下，表示結黨營私什麼的，他沒有興趣。

「你呀，就是太小心了。朕就是不信你，也得信苗鈺，不是嗎？」

宇文皓點頭，這話他相信。雖然他知道苗鈺絕對沒有表面上那麼簡單，但他不是查不到，而是不願意去查。他很清楚，苗鈺這人看起來凶狠，只要不惹到皇上和他，一般來說兩人就是井水不犯河水。

至於這次的事情，就像皇上所說的那樣，對他來說，真的是沒有半點壞處，好處還一大堆。只不過，他可不會傻到真的把四人當成跟班。「皇上，您希望他們變成什麼樣？」

「至少要有防人之心吧。」康天卓覺得自己的要求並不高。

要求不低啊，宇文皓心想。很明顯這四人以後都要進朝堂，更明白皇上對苗鈺的用心。看看，對比那些每天詛咒苗鈺去死的親人，皇上對這些人的態度簡直就是天壤之別，至於這其中的原因，傻子都看得出來。

這事傳出去後，京城恐怕會有好大一批人羨慕嫉妒還有後悔。他們都想過和苗鈺搭上關係會受到皇上的提攜，誰能想到會這麼快。

「臣會竭盡所能。」宇文皓說著這話，意思很明顯，若是對方朽木不雕，他也沒有辦法。

這個康天卓自然知道。「你盡力就好。」

宇文皓坐在馬車裡，剛出宮門，感覺到馬車停下，掀開簾子就看見王英文四人舉著傘站在大雨之中。

對於他們這樣的態度，宇文皓還是滿意的。「跟上。」

因為下雨的緣故，他說話的聲音比平日裡大了些。

王家兄弟因為習武的原因，自然聽得清楚。楊長寧雖然沒聽清楚，可腦子聰明，直接跟上三位舅兄的腳步。從現在起，他們就開始了辛苦的另類學習生涯。

王英文他們的辛苦比起現在的王晴嵐來說，簡直就是天堂和地獄的差別。

在大雨中策馬疾行，即使是夏天，不會覺得冷，但滋味也絕對不好受；再加上她也就是會騎馬而已，跟身邊的姑父和屬下這些精通馬術的人比起來，差距那不是一點點。

雨又下得這麼大，頭上大大的斗笠以及身上不透氣的蓑衣在這般速度下，作用並不是太大，出門沒一會兒，渾身就濕答答的，難受得很。

他們現在離開京城還沒有半個時辰，身下的馬還不知疲憊地跑著，坐在上面的王晴嵐卻已經在喘粗氣了。其他地方都能忍受，但她的大腿內側真是疼得讓她坐立不安。

「姑父……」

要不是出門前，她堅持自個兒騎馬，也不用遭這罪。不過，她又想著，這怎麼能怪她？這速度也太快了，她一個嬌滴滴的小姑娘，能跟著半個時辰不掉隊已經不錯了。

這麼一想，心裡的那股氣就直接洩了，放慢了速度。

苗鈺停下馬，其他人也跟著停下，除了黑子，他們都不明白，這次出行為什麼要帶著這麼一個姑娘。不過，即使是心裡有疑惑，依舊是聽從主子的命令，沒有半點要詢問的意思。

「我腿疼，走不動了。」

苗鈺對此並不覺得奇怪。「黑子。」

黑子點頭，然後拿出早就準備好的墊子放在馬背上，以迅速又溫柔的動作把王晴嵐拎到他的墊子上。有了兩邊搭著用油布做的、裡面塞著厚厚棉花的軟墊後，同樣是坐在馬上，感覺還真不一樣，舒服多了。

「抓好。」黑子上馬後，對王晴嵐說道。

王晴嵐立刻點頭，用力地抓著黑子的衣服，然後，屁股下的馬就飛奔了起來，速度比剛才明顯快了許多，才知道他們剛才都是在照顧她。

一個上午基本上就沒怎麼休息，到了驛站就換馬，然後繼續上路，餓了便隨便找個地方吃點乾糧。身為姑娘的王晴嵐要好一些，每到一個地方，都有人給她準備吃的。

接下來的日子，每天都是這樣，她的吃喝睡基本上都在馬上。至於苗鈺和黑子他們，除了到地方的時候，她去放糧食，會休息一、兩個時辰，其他時候完全沒有休息。

這讓身心疲憊的王晴嵐都不好意思叫苦，想想皇上對六姑父那麼好也不是沒有道理的，瞧瞧，有幾個人辦差像他這樣拚命的？

好在出發五天之後，大雨終於慢慢地變小，有時候甚至能停一會兒。忍受過最辛苦的時候，只要稍微一改變，就會覺得舒服許多。

就這麼走了大半個月，天氣條件越來越好，不過，遇上的災民也越來越多。特別是那些上有老、下有小的，親眼見到的時候，王晴嵐的心比想像中的還要難受。

大康境內也有一條大河、一條長江，就她從姑父那裡聽到的消息，大河的洪災不嚴重，只有一些在河邊居住的村鎮受了影響，不過也因為兩日的大雨，早有準備，已帶好東西撤離了。

南邊的長江就比較嚴重了，特別是平原地區，受災的面積比較大；洪水一來，有些人避之不及便被沖走了。有幸運的一家子都保住了小命，可糧食是一顆也沒有剩下。

因此，越是往南，災民就越多，都往北邊走。王晴嵐這才明白，為什麼每到一個城市，苗鈺都會詢問糧食的事情，不夠，立刻補上；至於有隱瞞的官員，苗鈺一個眼神過去，就被他的手下拖了出去。

至於抄家的事情，姑父說，後面有人來收拾，讓他們忙。

王晴嵐表示明白，一點也不同情。真是蠢透了，也不想想，面前這位是誰，或許小老百姓雞毛蒜皮的事情他不知道，可糧庫裡有多少糧食，他能不知道？

終於，他們一行人到達了受災最嚴重的湘省，一路上那個淒慘，連王晴嵐都看不下去。

而如今，看著南城緊閉的城門，以及城門外不計其數的災民，表情麻木而絕望，有的守在奄奄一息的親人旁邊，有的哄著懷裡餓得直哭卻只能發出微小聲音的孩子。當然，也有為了一丁點吃食拋棄父母及妻兒，打架鬥毆的。

這個時候，天空中依舊下著綿綿細雨。看著他們一行人的到來，好些災民眼裡閃過一絲亮光，不過，瞬間又熄滅了。

「開門！」到了城門下，自然有人對著守城門的士兵喊話。

那些士兵卻像是沒有聽見一樣，冷漠以對。即使在他們掏出權杖後，依舊如此，坐在黑子後面的王晴嵐勾起一個嘲諷的笑容。

又碰上一個蠢的。

果然，那喊話的人沒再囉嗦，直接拿出懷裡的信號彈射向空中，絢麗的色彩讓人看得有些恍神。

他們這一動作，立刻引起了城門上士兵的注意，一排排士兵拿著弓箭對著他們。

不開門的場面，他們遇過；不過，卻從沒有人敢拿著武器對著他們。要知道那塊牌子代表的可是皇上，所以，她才會說這裡主事的人蠢。

果然，上面的士兵還沒開弓，就被一群同樣穿著、蒙著面的黑衣人給打暈了。

城門一打開，他們一行人就騎了進去，開得並不算大的城門，很快地又在他們的身後關上。

苗鈺不耐煩治理救災的事情。這麼些年，他的行動大多都是用武力完成的，簡單而粗暴。所以，以最快的速度控制了南城後，他直接派人去城門口做飯，發放給災民。

對於這些事情，王晴嵐也不太懂，反正有了飯吃，災民就不會餓死。她想的和苗鈺一樣，除了擔心瘟疫的事情，其他的都等後面的官員來了再說。

關於瘟疫，王晴嵐懂得並不多，但和三位叔伯的相處讓她明白，古人的智慧遠遠比自己所看過的那些小說要高得多。所以，她學會了不自作聰明。

在三位叔伯面前丟臉沒什麼，畢竟是自家人。雖然苗鈺也算是半個自家人，不過，作為涵姑姑的娘家人，她才不想在他面前賣蠢，丟王家的臉呢！

到了南城，狠狠睡了一覺的王晴嵐起身去找苗鈺。原本打算很隱晦地提醒一下瘟疫的事情，結果……

「所有的屍體都燒了。」苗鈺開口說道。

「是，主子。」

「拿錢請人從城內開始清理，給我收拾乾淨。」大反派說這話的時候，高高在上的模樣很欠扁。「若有人不配合，你們知道該怎麼做。」

「是，主子。」

「將全城的大夫都集中到一起，在城外空出一塊地，搭上棚子。無論是城裡還是城外的人，凡是生病的都必須就醫，確認不是瘟疫的方可離開。」

「是，主子。」

王晴嵐撇嘴。這些人除了會說這三個字，能不能換一個？不過，這個時候的六姑父看起來讓人打心底畏懼。她現在是站得遠，才有有心思吐槽，若是離得近，她估計得雙腿發抖。

「做事去吧。」

下屬們非常俐落地消失，當然，黑子依舊留下來了。

苗鈺準確地找到了王晴嵐。「休息好了？」問話的聲音沒有之前那麼冰冷和生硬，當然，也暖和不到哪裡去。

王晴嵐點頭。找六姑父的目的已經被她拋在腦後。

「這幾日不要到處跑，等到接替我的人來了，我們就回京。」

王晴嵐再次點頭。

苗鈺站起身來。「妳是個聰明的孩子，什麼事情不能說，應該不用我提醒，是嗎？」

王晴嵐覺得除了點頭，還真的沒有其他的意見。就算是現在，他們依舊戴著面具，這其中的意思，她還是能明白的，最重要的是，不能連累六姑父暴露身分。

「乖孩子。」

王晴嵐得到這樣的誇讚，不知道是該哭還是該笑。

五天後，接替他們的人就來了。當然，完全沒有什麼交接儀式，兩邊的人馬甚至連面都沒有碰上，人從東邊城門進來的時候，苗鈺帶著他們已經從西邊離開了。

因此，王晴嵐完全不知道，在這個受洪災影響最大的城市裡，她和苗鈺一行人才離開，王英文兄弟三人和小姑父又陷了進去。而且，他們走後不久，瘟疫就爆發了。

「怕嗎？」宇文皓看著面前的四個年輕人，其中兩個比他二弟還小，笑著問道。

四人搖頭。已經在這裡了，怕有什麼用？

「那就好。我告訴你們，接下來會比之前更慢。之所以這麼問你們，就是想說，不管你們怕是不怕，在事情沒有結束之前，都不能回去。」

對於這話，王英文他們心中已經有準備了。

比起苗鈺的暴力鎮壓，宇文皓的手段明顯更老練一些。僅僅幾天的工夫，就把南城及周邊大量的災民都安頓下來，救災、治理以及安撫工作都步入正軌，一切開始井井有條起來。

至於瘟疫，出京城的時候就已經得了藥方，效果比想像中的還要好，除了已經嚥氣的，其他的病人都治好了。

被他派出去的王英文四人雖然每天都很累，可事情順利，一天天都在往好的方面發展，特別是看著原本神情麻木的災民重新露出希望的笑容，他們覺得再累也是值得的。

「很有成就感？」晚上休息的時候，宇文皓問四人。

王英文他們點點頭。

「這些成就跟我們的關係不大。糧食是朝廷準備的，藥方是第二月給的，藥材又很充足，若是在這樣的情況下，我們還把事情弄得一團糟，那就該掉腦袋了。」宇文皓依舊帶著溫潤的笑容。

雖然這話有些打擊人，不過，仔細一想，事實好像是這個樣子。對於第二月竟然會捨得把藥方交出來，不管是什麼原因，王英文三人都不得不承認，她救了許多的百姓，這功勞是誰也抹不去的，儘管他們心裡依舊很厭惡她。

「別想著對付第二月。」宇文皓提醒了一句，卻沒有再多說。

王英文兄弟三個還是很有默契的。「宇文大人，你說什麼？」

才怪，只是現在還沒有那個實力而已。再說，他們只要不傻，都不會選擇在第二月立下大功的時候對付她。當然，即使明白丞相大人是出於好心，他們也不會承認的，所以選擇裝傻。

宇文皓看了一眼幾人，也沒再多說。

他們在南城，除了忙碌之外，什麼事情都沒有，可遠在京城的家人卻擔心得不行。

這一日，天空飄著細雨，對於已經在大雨中疾馳過的王晴嵐來說，這點雨真是什麼也不算，再加上這次回去並不趕時間，感覺只有兩個字，輕鬆。

一行人除了她這個漂亮的小姑娘之外，全是男子，長得怎麼樣有面具遮著不知道，性子卻是跟姑父一樣，冷冰冰的，除非必要絕對不會開口。

所以，渾身輕鬆的王晴嵐坐在黑子後面，舉著把傘遮雨，嘴裡哼著跑到天邊的調子，兩隻手不停地轉著傘柄，看著黑漆漆的傘在頭頂打轉。好無聊啊……

「站住！」

就在王晴嵐快要打哈欠，準備靠著黑子的背睡一覺的時候，自家姑父冰冷的聲音響起。

悶懨懨的人一下子就清醒了，收傘的同時還忍不住伸長脖子往動靜那邊看去。

只見對方的人馬和他們差不多，為首的是一名穿著白衣的公子——等等，這位有點眼熟。

「幹什麼？」宇文樂沒好氣地看著他們。一個個蒙著面，藏頭露尾的傢伙。「我告訴你們，小爺我趕時間，別沒事找事，否則別怪爺不客氣。」想到還困在瘟疫肆虐的城市的大哥，他整個人就暴躁得不行。

「去南城？」苗鈺反問，語氣卻是非常肯定。

「關你屁事！讓開。」宇文樂說話的語氣很囂張。

「帶回京城。」苗鈺也不跟他計較，直接命令道。

跟著宇文樂的侍衛還沒有什麼動作，就被他們給撂倒，宇文樂也被綁了起來。這幾乎就是一瞬間的事情，王晴嵐看得很開心。

「你們想幹什麼！我告訴你們，爺可不是普通人！」宇文樂還在叫囂。

「閉嘴，我們剛從南城回來，那裡的瘟疫已經得到控制，宇文皓也沒有被傳染。」苗鈺本來是不想管的。

宇文樂準備威脅的話立刻吞了回去，然後笑嘻嘻地問道：「真的？」

「嗯。」苗鈺點頭。「回京城，別添亂。」

好久沒有得到大哥的消息，京城甚至有人傳言大哥已經死了，什麼皇上已經在選擇新的丞相人選。本來這些流言他是不信的，只不過，隨著日子一天天過去，以前巴結他的那些紈袴子弟紛紛遠離，有的幸災樂禍，有的一臉同情。

第六十章

「你是什麼人？」

聽到大哥沒事，宇文樂心裡高興，卻沒有完全相信，開口問道。

黑子直接拿出牌子，宇文樂看過之後，臉上揚起大大的笑容。若大哥真的出事了，他這個紈袴就一點用也沒有了，如今這首領讓他回京的用意，他能明白。

於是，隊伍又壯大了不少。之前宇文樂這位大少爺擔心自家大哥，也是拚命趕路，現在不用著急了，大少爺比王晴嵐這個小姑娘的事情還多，還要嬌氣。

到了一個城鎮後，他堅決不騎馬，非要坐馬車。等到苗鈺點頭允許後，就吩咐人去買馬車，並且用了一天時間把裡面裝飾了一番才坐進去，勉勉強強滿意後，才點頭準備出發。

「再休息一天。」苗鈺開口說道。

坐在馬車上招呼眾人出發的宇文樂愣了一下，然後，一個荷包飛了過來，他抬手接住，感覺重量不輕，打開一看，果然是銀子。「做什麼？」

「再準備一輛馬車，要跟你的一模一樣。」苗鈺說完，就進了客棧。

第二天，坐在舒適馬車裡的王晴嵐倒是有些明白，為什麼成親後的六姑姑會說「姑父挺好的」這句話。其實她坐不坐馬車都不要緊，但六姑父明顯照顧她的心意，她領了。

一路上有了宇文樂，雖然慢了許多，但也熱鬧了不少。這少爺能折騰，花樣也挺多，至少，王晴嵐看著挺樂呵的。

只是她不知道有一個詞叫做樂極生悲。這天，她收拾好，準備上馬車出發的時候，肚子傳來熟悉的疼痛，然後一股熱流從下身湧出，她整個人僵在那裡。

「嗯？」苗鈺問道。這個詞翻譯過來，就是在問她怎麼了？

此時，王晴嵐整個人都不好了。初潮什麼時候不來，偏偏選在這個時候，身邊都是男人，關鍵是家裡人沒有告訴過她，在沒有衛生棉的古代，大姨媽來了要怎麼辦？

兩手用力地抓著馬車，她不敢動，就怕流得更厲害。可能是因為之前淋雨或者疲憊的原因，肚子疼得很厲害。

王晴嵐緊張得不行，跨上馬的苗鈺皺著眉頭下馬，一步步地走近。直到一股血腥味傳來，他步子不由得加快，一下子就奔到她身邊。「妳受傷了？」

王晴嵐一臉痛苦地側頭，看著苗鈺。對上六姑父的目光時，突然腦子靈光一閃——既然家裡人從來沒告訴她這些，那麼，她這時候是不是應該拋棄穿越前的記憶？把自己當作一個單純的小妞，這樣不就不尷尬了嗎？

至於以後，她就更不用擔心了。在這個女子名節大如天的時代，她相信有六姑父在，誰也不會再提起這件事情。

電光石火之間，尷尬的小妞立刻做出了決定，虛弱地開口。「我肚子好疼……」

肚子疼？怎麼會有血腥味？

作為一個在迫害中長大，成親沒多久的苗鈺，他知道月事這件事情，卻沒有往這方面想。畢竟王晴嵐在他眼裡，就是一個有些聰明伶俐又膽子大的黃毛丫頭。

「沒有受傷？」苗鈺再次問道。

裝作單純小妞的王晴嵐想哭。六姑父，你的聰明跑到哪裡去了？

「主子。」

這個時候，黑子看見了王晴嵐衣服上的血跡，想到那個位置，讓其他人離遠些才走上前，面具下的臉有些發紅。「她是長大了。」說話的聲音很小，只有王晴嵐和苗鈺聽見。

這說得也太隱晦了吧！王晴嵐在心裡吐槽。

果然，苗鈺沒聽明白。「說清楚。」

黑子好尷尬，特別是在主子和王姑娘都用一模一樣疑惑的目光看著自己的時候。

「王姑娘來月事了。」黑子低著頭，不去看兩人的目光，說話的聲音輕得幾乎聽不見。

「月事是什麼？」身為單純的小妞，王晴嵐自然要反問的。看著黑子尷尬了，她糟糕的心情突然好了許多。

苗鈺的臉色也是一黑，這話要他怎麼回答？主僕兩人第一次覺得王家的人不可靠，都這麼大的姑娘了，連這個都不清楚。不過想想又覺得很正常，畢竟王家的姑娘似乎都和他們認識的那些千金小姐不太一樣。

於是，沈默伴隨著尷尬在三人之間蔓延。

「喂，我說，你們到底走不走啊，磨磨蹭蹭地幹什麼呢？」就在這個時候，沒有吃到好東西，心情不爽的宇文大少爺不滿地叫道。

苗鈺的眼睛一亮。他可是聽蕭久平說過，這位大少爺流連花叢，閱女無數，他應該知道眼前的情況該怎麼辦才對。「把他抓過來。」

「是，主子。」黑子顯然想得和自家主子一樣，身影一閃，再回來的時候，宇文樂就被拎了過來。

「幹什麼，別動手動腳的。」

「她來月事了，接下來該怎麼辦？」

苗鈺不是囉嗦的人，最開始覺得尷尬，不過想到這丫頭是王詩涵的姪女，也算是自己的晚輩，就坦然起來。

「啥？」宇文樂看著苗鈺，一副「我沒聽錯吧」的模樣。「你再說一遍？」

「你沒聽錯。」

「哦。」宇文樂點頭，看著面前戴面具的小姑娘，露在外面的一雙眼睛裡全是懵懂。

「你們不知道？」

黑子覺得這傢伙的廢話還真多。「知道還問你。」

然後，宇文樂露出一個燦爛的笑容，整個人都抖了起來。「我知道怎麼辦，不過，憑什麼要告訴你們啊？」想到剛才被冷待，整張臉上就差沒寫著報應兩個字了。
「你想如何？」苗鈺倒不覺得奇怪。
王晴嵐卻是將眉頭皺起。這傢伙要是敢敲竹槓，大不了她一路流血到下個城鎮，也不會讓他得逞的。
宇文樂想了想，說道：「京城有人造謠，說我哥已經死了，我想知道是哪些人？主謀是誰？」
「可以。」苗鈺想都沒想就點頭答應。在這個時候，敢傳出這樣的流言的，就那麼幾個人。
宇文樂見他答應，才看向王晴嵐。「妳換身衣服，先用乾淨的布應付著，等到了城鎮就好了。」
王晴嵐依舊一臉懵懂。
「她這是第一次，什麼都不懂，你給她說清楚。」苗鈺直接命令宇文樂。
這一次，宇文樂沒有廢話，想了想問道：「肚子疼不疼？」
「疼。」王晴嵐點頭。
「現在條件不允許，你讓人給她煮一碗生薑水，喝下去後會好很多。」宇文樂也沒想到自己竟然會有這麼一天。唉，這小姑娘也真是可憐，一群大男人什麼都不懂，幸好有他在，不然肯定得受苦。

黑子聽了這話便離開。

「記住，以後再遇上這樣的情況，一定不要碰涼水，也不要吃涼的，喝涼的。」

王晴嵐點頭。臭流氓，不會有什麼特殊的癖好吧，不然怎麼會這麼清楚。

宇文樂從自己的馬車裡拿出一件沒穿過的乾淨衣服，用刀子割成方形。想到接下來要做的事情，閱女無數的宇文樂都忍不住臉紅。

收拾乾淨後，王晴嵐整個人舒服不少，一碗薑湯下去，肚子的疼痛也緩解了一些。

「我們走慢點，妳在馬車裡休息，要是不舒服便叫人。」

「知道了。」坐在馬車裡的王晴嵐回答苗鈺的話。

因為行進的速度慢，一行人到下一個城鎮的時候已經是半夜了。雖然城門已經關了，可對於苗鈺這樣的特權人士，還是輕鬆地進了城。

這個身體第一次來月事，疼痛和虛弱並存，以至於被黑子抱進客棧、放到床上時，疲憊的她都沒有醒來。

為了王晴嵐的身體，他們在這個城鎮休息了幾天再出發。

看著久違的城門，雖然只是一個來月的時間，她卻感覺像是過了好久。

以前的苗鈺沒有王晴嵐這樣的感覺，現在也有了，只是沒有那麼濃烈而已。

「先回我府上，收拾一下，妳再回去。」

和宇文樂分開後，苗鈺他們直接進了皇宮，並沒有見皇上，而是從皇宮的地道回到苗府。

「回來了？」王詩涵看到苗鈺和王晴嵐，笑著說道。

「嗯。」苗鈺很冷酷地點頭。

王詩涵也不在意。

「涵姑姑。」王晴嵐上前，看著面色紅潤，比離開之前圓潤不少的王詩涵，笑容燦爛了許多。她倚在姑姑身邊，腦袋放在姑姑肩上，開口說道：「我好想妳啊。」

王詩涵笑得一臉溫柔，側頭看著小姪女，對於她的撒嬌並不奇怪，只是看見姪女瘦巴巴的臉，一點肉都沒有，心疼了。「怎麼瘦了這麼多？」

苗鈺面無表情地坐在一邊。看著面前這麼溫馨的一幕，總覺得有些礙眼，心裡突然升起一股奇怪的感覺。

「嗯，吃了好多苦。」王晴嵐點頭。

「這樣，一會兒姑姑給妳做些好吃的，妳吃完了再回家。」王詩涵說完，見王晴嵐再次點頭，轉頭看向苗鈺。「相公，你想吃什麼？」

「隨便。」

苗鈺感覺王詩涵問自己的那句就是順便的，重點在前面，她寶貝姪女瘦了，要給她補補。回到家裡，這女人似乎就沒正眼瞧過他幾回，他也瘦了好不好？

苗鈺的口氣和表情與之前並沒有什麼不同，所以，王詩涵和王晴嵐姑姪並沒有發現他心裡的異常。

王詩涵起身去做飯，王晴嵐立刻跟上，笑著說要給她打下手。

雖然只是見到姑姑，但在外奔波了這麼久，見了家人，似乎渾身的疲憊都消失了。有一個溫暖的家，有貼心的家人真好。

王晴嵐的感嘆苗鈺感覺不到，看著兩人離開，他直接對著黑子說道：「吃完飯，你立刻把王晴嵐送回王家去。」

「是，主子。」

苗鈺自己都覺得奇怪而不爽的心情，在吃飯的時候，見到擺在面前的全都是自己最喜歡的菜時，瞬間消失不見了。

不過，看著坐在身邊的王詩涵不停地給他和王晴嵐挾菜，他再次覺得王晴嵐這丫頭礙眼得很。

這也導致王晴嵐剛放下碗筷，擦了嘴，就被逐客了。

愣愣地看著苗鈺，王晴嵐心想，六姑父這是病發了嗎？她要不要帶著六姑姑一起回家？好在苗鈺並不知道她心裡的想法，否則，後果不堪設想。

王詩涵也是一愣。姪女離家這麼久，她也沒有打算留她。不過，這是不是太著急了點？

被兩人這麼看著，苗鈺面無表情地開口。「離開這麼久，妳爹娘肯定很擔心。想想宇文樂，岳父和岳母肯定也是同樣的心情。」

聽到後面這句話，王詩涵點頭。別說爹娘，就是她之前都作了好幾個晚上的惡夢。要知道，二哥他們可處在瘟疫最嚴重的地方，讓他們能不恐懼焦慮嗎？

「對，嵐兒，妳現在就回去，讓爹娘他們安心，估計這些日子，他們肯定很不好過。」王詩涵點頭說道。

「嗯。」王晴嵐點頭。「姑姑，那我就先回去了。」

王詩涵想送，黑子已經接到自家主子的命令，搶先說道：「王姑娘，我送妳。」

「六姑姑，姑父，我走了。」王晴嵐也沒有多想，站起身就開口說。

苗鈺只是冷著臉，點了點頭。

王詩涵笑著說道：「回去吧，明天我和妳姑父也會回去。」這些日子，為了不露餡，她一直待在苗府，也有許久沒有見過爹娘。既然苗鈺回來了，他的病應該也好了，也該回去的。

「明天我們去王家？」王晴嵐離開後，苗鈺問王詩涵。

「你有事？」

苗鈺搖頭。在京城的他，就是個無所事事、遊手好閒的病秧子，有事才怪。

王詩涵看著苗鈺，笑容有些羞澀，又帶著幾分喜悅。「是這樣的，這次回去，不僅是看爹娘，還要告訴他們一個好消息。」說著這話的時候，她的兩手放在肚子上，意思表達得很明顯。

苗鈺並不笨，一下子就明白了她的意思，只是有些不敢相信。「妳有身孕了？」

王詩涵點頭。「應該是。」

「應該？沒有叫太醫給妳看看？」

王詩涵搖頭。「未免出岔子，壞了你的事情，我不敢請太醫。不過，你別擔心，這些日子，我都有好好注意身體。」

苗鈺很想說，妳是不是傻啊？不過，面對王詩涵溫柔的笑容，這話他說不出口。

「以後要是我不在京城，遇上什麼事情，覺得解決不了的，就讓府裡的人去找皇上，他會解決的，知道嗎？」苗鈺開口說道。

「嗯。」王詩涵點頭。

「愣著做什麼，還不快去請太醫，把宮裡的太醫都請來！」

皇上帶著一大群太醫匆匆忙忙地趕到苗府，不出一刻，傳聞就在京城傳開了。想到已經病了許久沒現身的苗鈺，眾人一聽，都覺得這次苗鈺多半是熬不過去了。

有些腦子的大臣立刻開始約束自家人，想著在朝堂上也要把腦袋縮起來，皇上要做什麼，都不要反對。以皇上對苗鈺的寵愛，他不行了，皇上的心情肯定很糟糕，這個時候，千萬不要惹皇上不滿，不然，下場肯定會很淒慘。

王晴嵐整個人都是懵的。她回到家裡，被家裡人好一陣噓寒問暖。隨後，她又把二伯他們的情況告訴給王大虎他們聽，消息自然是六姑父從皇上那裡得來的。

只是，她剛剛準備休息的時候，南宮大將軍匆匆地趕過來，一臉沈重地告訴他們這個噩耗，她不懵才怪。

王家人都被嚇了一跳。剛剛放下老二他們，這次又開始為六妹擔心。還是夏雨霖反應快，愣了一下就看向王晴嵐，畢竟孫女剛剛才從女婿家裡回來，她應該最清楚情況。

「嵐丫頭？」

王晴嵐搖頭。「不可能，我剛剛才和六姑父吃過飯，他還吃了好幾盤菜、兩大碗米飯，臉色也挺好的。」想到六姑父這些日子應該是在養病的，於是停頓了一下，又接著說道：「我一直陪在他們身邊，是看著六姑父身體已經好轉了才回來的啊！」

王家人自然是相信王晴嵐的話。

南宮晟皺眉。「可是，皇上帶著一大批太醫，急急忙忙地去了苗府，這也是千真萬確的事情。」

「娘，」王英武性子急。「到底怎麼樣，我們去看看就知道了。」

對於他這話，大家都贊同。留下宋氏妯娌幾個看著孩子，王晴嵐再次跟著爺爺、奶奶、大伯和親爹趕去苗府。

在苗府的門口，他們遇上了匆匆趕來的王詩韻。

比起他們，王詩韻急得臉色都白了。「爹，娘，我聽人說六姊夫活不成了，是真的嗎？」

王晴嵐聽到這話，翻了個白眼，才安慰姑姑。「小姑姑，妳就放心好了，六姑父的命大著呢！」

人家可是大反派，在女主角的兩世人生中，一次活到了老死，一次拉著男主角來了個恐怖襲擊式的自殺，導致男主角殘廢。這麼強大的人物，怎麼可能這麼輕而易舉地死了？

王詩韻一愣。「這話是什麼意思？」

「到底怎麼樣，進去看了不就知道了，我們先進去。」夏雨霖一句話，結束了兩人繼續重複他們在家裡已經有過一次的對話。

王家人的行為在外人的眼裡，彷彿再次印證了苗鈺命不久矣這件事情。

第六十一章

比起外面的風言風語，苗府的氣氛就和諧得多。

王家人進去的時候，康天卓已經帶著大批的御醫離開。看著完全沒有任何事情，起身跟他們打招呼的苗鈺，王家眾人有些傻眼。坐下之後，他們才明白事情果然像自家孫女所說的那樣。

「這些人也真是，你明明好好的，怎麼一個個說得跟快沒氣了一樣，實在是太過分了。」王英武是直腸子，面對自己人就更是如此了，心裡想什麼就直接說了出來。

「大哥。」王英傑的心情和自家大哥是一樣的，只不過，他覺得就這麼說六妹夫快沒氣了，也很晦氣。

苗鈺倒是不怎麼在意。他壓根兒就不相信這些，若一些晦氣或詛咒的話就能讓他倒楣的話，恐怕世上早就沒有他苗鈺這個人了。

不過，有些話還是要說清楚。

「岳父、岳母、大哥、三哥、七妹，這次的事情是我的疏漏，沒有提前告訴你們，害得你們跟著擔心了。」苗鈺依舊面無表情，可說話的語氣態度都讓王晴嵐驚訝。

「這樣的事情每年都會發生那麼幾次，皇上一丁點的風吹草動，都會被擴大，變成狂風驟雨。當然，有的是捕風捉影，有的是確有其事，更多的是有人在算計。」
好長一段話，王晴嵐再次確定，六姑父現在的心情特別好。
王英武等人表示，後面的話好深奧，他們不是很理解。
「關於我或者我府裡的事情，岳父、岳母，只要不是我和詩涵親口告訴你們的，無論外面傳得有多厲害，多麼真實，都不必放在心上。」這才是苗鈺真正要表達的意思。
夏雨霖笑著點頭。「你放心，我知道了。」
比起王家其他人，夏雨霖活了兩輩子，上一世更是接觸過不少上層人士，最能明白苗鈺的意思。她這個回答，其實也有另外一層涵義，就是他們不會扯自家女兒、女婿後腿的。
苗鈺自然明白她的話，也沒有過多的解釋。
「不說這些煩心事了。」苗鈺看了一眼王詩涵，眼裡奇蹟般地閃過一絲笑意，嚇得一直注意著他的王晴嵐毛骨悚然。這變態的姑父還會笑？太可怕了。
「皇上之所以帶著太醫來，是因為詩涵懷孕了。」
王家的人聽到這話，眼睛立刻就亮了，然後齊刷刷地看向王詩涵。
「六妹，妳懷孕了？」王英武問完之後，見到王詩涵點頭，才露出一個燦爛的笑容。
夏雨霖看著女兒。雖然女婿已經說了，宮裡最擅長這方面的太醫以後會一直住在苗府，但太醫再怎麼說都是男人。至於另一個厲害的接生醫女，據說宮裡貴人生孩子都是她負責的，只是在她看來，那個醫女再厲害，到底沒生過孩子，女兒第一次懷孕，她高興的同時又有些擔心。

因此，她一直拉著王詩涵的手，把自己能夠想到的一一地告訴她。

王晴嵐見奶奶這架勢，一時半刻也結束不了，打了個哈欠，跟姑姑、姑父說了一聲，就跟著下人到客房裡去睡了。

王家人是吃過晚飯才回去的，離開之前，夏雨霖還拉著王詩涵的手說：「我今天說的話，妳都記住了？千萬不可大意。」

「知道了，娘。」王詩涵笑著點頭。「放心吧。」

王家人離開時已經是晚上，苗鈺派了兩個人護送。

「娘。」馬車裡，王詩韻坐在夏雨霖身邊，想了想，湊到她耳邊輕聲地說了一句話。

「真的？」夏雨霖側頭看著紅著臉的小女兒。

「已經晚了差不多十天了。」王詩韻的聲音很小。她和楊長寧是今年才成親，感情又好，知道楊長寧要離開京城一段日子，臨行前的那幾天，楊長寧自然少不了和她親熱的。她想，可能就是那個時候懷上的。

之前並沒有往那方面想，以為是這段日子一直在為外出的家人擔心，月事才會推遲，這回才想起來，又有另外一種可能。

夏雨霖想了想，對著外面駕車的大兒子說道：「英武，先去就近的醫館。」

「娘，去醫館做什麼？」他雖然這麼問，不過，同時已經改變了行駛的路線。

「去了你就知道了。」

而此時王英文他們在這些日子以來，不僅僅是瘦了。

等到南城的事情處理得差不多的時候，兄弟三人得知宇文皓之後要去的地方是蘇城，然後依次察看，最後回到京城。到了蘇城後，他們就去找宇文皓。

宇文皓看了他們許久，才開口說道：「既然這樣，富陽縣就交給你們。記住，五天後我會離開蘇城，別遲到了。」

「是，大人。」王英文兄弟三人齊齊地說道。

他們是在富陽縣出生長大的，如今都來了蘇城，要是不回去看看，怎麼都說不過去。再說，富陽縣臨河，除非特別乾旱的時候，其他年分的雨水都挺多，因此，他們也很擔心那裡的親戚鄰里。

因為時間不多，兄弟三人隔天一大早就趕往富陽縣。到的時候時間尚早，但這裡不愧是富裕的縣城，經歷了去年的蝗災、今年的洪澇，雖然沒有以前的熱鬧繁華，可比起南城那邊的情況，實在是好得太多了。

他們並沒有多耽擱，走親訪友之前得先做正事，因此，第一站去的就是縣衙。

秦正豐笑看著面前三位和兒子差不多年紀的年輕人，雖然現在職位低，可跟著丞相大人，又有一個很受皇上寵愛的妹夫，怎麼看都是前途無量。

心裡的想法雖然很複雜，在正事上卻沒有含糊。

正事當然不僅是聽秦正豐說，他們還得抓緊時間察看，是不是和縣令大人說的情況一樣。好在他們對富陽縣很熟悉，他們分頭行動，一天時間就搞定了。

送他們離開的時候，秦正豐想了想，還是隱晦地表達了希望他們以後有機會能幫自家兒子一把的意思。

兄弟三人想了想，最後由王英文開口。「秦公子和五弟是同窗，我們又是同鄉，之前也多虧秦大人的照顧，能幫一定會幫的。不過，其他的就要看秦公子自己的本事了。」

「這個我明白。」

秦正豐臉上的笑容是發自內心的高興。自家兒子，即便不是最出色的，但也不差。

回王家村的時候，王英文兄弟三人準備了滿滿一馬車的東西，不貴，卻都是村子裡的人經常用得到的。雖然他們這次只是順路回來看看，但在別人眼裡，卻有那麼一點衣錦榮歸的味道。

「好啊，好啊，你們都有出息了，我高興！」村長看著三個晚輩，笑出一臉的褶子。

他們在王家村的長輩、親戚很多，一一拜訪之後，王英文和王英奇還要去自己岳父和岳母家，而王英卓則是代替沒有回來的王英武和王英傑去另外兩家。

宋家的情況還好，看王英卓拿著那麼多的東西，更是熱情得很，一家子不斷地詢問王家的情況。當然，重點在詢問王英武和宋氏。

「大哥和大嫂都還好，去年生了一對雙胞胎，都是男孩。」

一聽這話，宋家老頭高興的同時又是滿心羨慕，他雖然也有孫子，卻沒有一個是雙胞胎。

好一陣寒暄之後，王英卓起身告辭。宋家人極力挽留，想讓他吃一頓飯再走。王英卓表示，他是真的沒有時間，接下來還要去趙家村一趟。

「英卓，你不知道嗎？趙家的人都走了，說是去京城找英傑。」宋老頭一愣，連忙說道。當初趙家的人離開之前就找過他們，想讓他們跟著一起去。

宋老頭雖然和自家媳婦因為婆媳事情，感情不怎麼好，但對兒女都挺好的。他之前收到女兒、女婿託人帶回來的信，除了報平安之外，還送來了些銀兩，表達的意思很明顯，他們現在相隔甚遠，不能在身前盡孝，每年都會送些銀錢讓他們多買些好吃的、好穿的。

書信裡也說了，若是家裡有事，也讓他們捎信。只是，在宋老頭看來，除非一家子真的活不下去了，否則他是絕對不會像趙家那些人那樣，拉家帶口地去投奔出嫁的女兒的。

因此，對於趙家人的提議，他想都沒想就拒絕了。

「這是什麼時候的事情？」王英卓開口問道。

「快一個月了吧。」宋老頭想了想。

王英卓點頭。無論趙家人有沒有順利到達京城，他都不擔心，家裡有娘在。若是趙家人不過分還好，過分的話，是討不到好的。

第二天一大早，兄弟三人就趕往蘇城，跟著宇文皓一路往北。

跟他們勞累奔波卻平穩的巡查日子相比，京城裡的生活就精彩得多。

在王詩涵確認懷孕的第二天，原本預定在洪災和瘟疫結束之後才封王的計劃，直接被提前。封王也沒什麼，畢竟皇上對苗鈺比親兒子都好，既然幾個成年的皇子都封了，那麼，苗鈺封王只是遲早的事情。

因為皇上的這個提議，好些人再次覺得苗鈺恐怕是真的沒救了，不然皇上也不會這麼著急，態度也不會如此強硬。想到這些，原本想反對的人都閉了嘴，他們沒有必要為了一個要死的人去觸皇上的霉頭。

再聽到皇上直接下旨將苗鈺封為康王，朝堂上的人心裡都不平靜了。就算是比其他人更了解皇上一些的幾位皇子，一顆心也震動不已。康是國姓，把苗鈺封為康王，其用意不言而喻。即使他只是一個掛名的親王，沒有什麼實權，但在身分地位上還是遠遠高過他們這些安王、寧王。

對此，自然是有人出言反對，只是並沒有效果。這些人也不覺得奇怪，因為英明的皇上一碰上苗鈺的問題，就變得一意孤行起來。

聖旨到的時候，作為主角的苗鈺沒什麼反應，倒是王詩涵有些發懵，怎麼一覺起來，她就成王妃了？身分變化太大，她非常不適應，決定緩緩再說。

有個王爺女婿，在外人眼裡，王家人的身分也是水漲船高。好些人暗自捶胸，之前他們就不該聽婦人之見，看看這突然冒出來的王家，想到跟著丞相學習的三兄弟，以及現在根本就無人敢惹的地位，若是當時狠心一些，這些就是他們的了……

「難受？」第二月看著坐在自家醫館悶不吭聲的寧王，關心地問道。

「有點。」康興寧點頭。即使一直都知道父皇對苗鈺的關心，可這一次，他真的有些羨慕了。

「還沒習慣嗎？」

第二月倒不覺得有什麼不對勁。前世的苗鈺就是康王，甚至到後面，皇上還特意下旨照顧苗鈺的兒孫，那旨意上的每一個字都體現了他對苗鈺的關心。

「康王啊……」康興寧感嘆。「我們這些成年的皇子，都封了王，只是，表面上看起來很容易，但這是我們做了多少的努力才得到的。而苗鈺呢？他做了什麼？他什麼都沒做。」

第二月沈默了。這些問題，在前世姑姑被廢的時候，她也想過，但一直沒有答案。而現在，她也回答不了康興寧，只是看著他這樣子，心裡也有些難受。

「明明我們才是父皇的親生兒子，他對我們的用心，還沒有苗鈺的十分之一，這算什麼！」

康興寧只是心裡鬱悶，找第二月抱怨了一會兒，心情就好了許多。他的其他兄弟就不一樣，有的在摔書房裡的東西，有的喝得人事不省。

當然，平靜下來後，憋屈的他們都在想辦法給苗鈺添堵。

「你確定？」第二月有些擔心地看著康興寧。「現在是多事之秋，你這麼做，皇上那關恐怕就過不去。」

康興寧皺眉，雖然知道這是事實，心裡卻還是忍不住鬱悶。

「興寧，算了吧，不要做這樣不理智的事情，這對你一點好處都沒有。」第二月說到這裡，停頓了一下才接著說道：「你針對苗鈺，高興的只有二皇子那些人。」

康興寧聽進去了，然後習慣性地扯出溫柔的笑容。「也是，怎麼著都不能讓他們看了笑話。」

因為苗鈺封王，不僅是第二月和康興寧想到了王家，基本大半個京城的家族都在羨慕他們的好運氣。

只是被羨慕的王家人，此時正坐在家裡，三個大男人，特別是王英武和王英傑兄弟兩個，都是一副愁眉不展的樣子。

妹夫當了王爺，他們心裡自然是高興，可想到農莊裡的收成，再計算自己房裡的開支，兄弟倆商量了一下，覺得不能再這麼坐吃山空下去，抱頭苦思了三天後，終於想到了法子，然後召集家人商量。

「做生意？」夏雨霖有些意外地看著大兒子和三兒子。

「嗯。」王英武點頭。「娘，我知道我和三弟沒有二弟他們的本事，我們也沒想做大生意，不僅是因為水災的關係，眼看著家裡的孩子一天天長大，他們能考進好的書院讀書，卻因為我們沒錢供不起而耽擱了。」

王英傑在旁邊點頭。

「嗯。」夏雨霖點頭。這件事情她之前就想過了，原本想找個合適的時間說出來，大家一起想辦法，如今英武自己提出來，讓她很欣慰。

「農莊每年忙碌也就那幾個月，京城不像我們富陽縣，我們手裡這點木工手藝，這裡的人要麼瞧不上，要麼賣不出價錢。所以，我和三弟就想，在街邊租個小攤子或者小店面。」王英武說到這裡，沈默了一會兒又道：「只是，我們有這個心，對做生意卻是一竅不通，不知道賣什麼才賺錢。」

親爹和大伯的事情，王晴嵐自然不會袖手旁觀。想想空間裡又堆積起來的糧食，既然現在已經在皇上那裡過了明路，那麼，她是不是不用藏得那麼嚴實？再說，有六姑父在，誰敢找碴？

造福百姓，為君分憂以後，為自家某些福利，也很正常吧？

這麼一想，王晴嵐更覺得理直氣壯起來。誰家擁有空間的穿越姑娘，像她這麼無私善良的？這麼些年，自家人都沒吃上幾口，用來給勤勞的親爹和親大伯致富，完全沒有問題。

「大伯、爹，要不你們就開個小食鋪吧？」王晴嵐開口說道：「大伯娘和我娘的手藝，比起街邊那些小食鋪和小飯館好上太多了，不愁沒有生意。」自家一根筋的親娘，在做飯上的天賦直追親奶奶。

「能行嗎？」宋氏一聽，眼睛一亮，有些心動又有些不確定。這話問的是夏雨霖。

「怎麼不行？」夏雨霖笑著說道：「不過，做吃食是很辛苦的，你們心裡要有準備才好。」

「不怕苦。」宋氏連忙說道。既然婆婆都說行，那肯定就行。

王英武和王英傑兄弟也是這麼想的，最大的問題解決了，心裡就輕鬆了。

「先別著急，雖然只是個小小的食鋪，誰知道以後透過你們的努力，會不會變成大酒樓，一家接著一家地開？」

聽了夏雨霖的話，王英武兄弟兩人只是笑了笑。他們可不覺得自己有那麼大的本事。

「有些話我們要事先說好。」夏雨霖看向另外三個兒媳婦。「翠娘，妳們要不要也湊個熱鬧？妳們現在家裡都沒有田地，也不像在村子裡時那麼多的家務活，英文他們從外面回來後，我估計也會有其他的事情。先不說掙錢多少，妳們有些事情做，日子也充實些。」

張氏沒想到婆婆會提到她們，不過，最後的那句話確實是說到妳心坎裡了，無所事事的日子確實無聊得她都快發霉了。「能行嗎？家裡的孩子怎麼辦？」

「怎麼不行？」夏雨霖笑著說道。幾個兒子能力有高低，她不會阻止英文他們在英武和英傑困難的時候幫一把，但在她的心裡，幾個兒子都是一樣的。無論英文他們需不需要，她都會把他們考慮在內。

「英武和英傑家也有孩子。」夏雨霖笑著說道：「詩涵和詩韻已經嫁出去了，只要她們日子過得好，我心裡就高興。而英文、英奇還有英卓跟著丞相，以後能有多大出息，就靠他們自個兒的造化。我們這屋子的人，開個小鋪子，日子既不無聊又能增加些收入，怎麼想都是好事情。」

家裡的其他人跟著點頭。

「我是這麼想的，因為這事是英武和英傑提出來的，再加上他們兩個畢竟是男人，所有的重活、累活都由他們兄弟承擔，所以，這個小鋪子他們兩房各占三成。」

夏雨霖笑著說完，看著其他人的臉色沒什麼變化，才接著開口。「另外三房再加上我和虎哥，一人占一成。照理說，兒子們的生意，我們兩個老傢伙不應該插手，不過，首先我和虎哥還年輕，能幫得上忙，另外家裡還有英越在讀書，以後還要娶妻生子，所以，我們就厚臉占一份。」

「娘，妳這麼說，我……」王英武有些著急。對於他娘的話，他是一點意見都沒有，就算是爹娘都做不動了，小八的事情他們這些做兄長的也不可能不管的。

「我知道你們是好孩子，若是沒有意見，我們就這麼定下來了？」夏雨霖看著屋子裡的人。

「娘，我廚藝不精。」徐氏紅著臉小聲地說道。以前沒出嫁的時候，她覺得自己的手藝還行，只是到了王家以後，她才知道差別在哪裡。

「廚藝的事情不著急，可以慢慢學。我們的鋪子雖然小，但帳還是要算清楚的，這事就交給妳了。」夏雨霖笑著說道。倒不是她偏袒小兒媳婦，一是因為徐氏是秀才家的女兒，算帳應該不成問題；二是徐氏現在沒有孩子。「除了虎哥，英武和英傑每天都要幹活之外，我和妳們妯娌五個分成兩隊，一隊留下看孩子，一隊去鋪子幫忙。」

在這些人之中，王晴嵐是最先明白奶奶用意的人。她想，家裡現在這麼和睦，其實奶奶最功不可沒。「對了，奶奶，我做什麼？」

「嵐兒，隨妳高興，妳想做什麼就做什麼。」

王晴嵐點頭，不過眼裡明顯是有疑惑的。

「一轉眼妳都這麼大了，沒事在家裡繡繡花，出門逛逛街，結交些性子不錯的朋友，或者也可以去兩個姑姑家串門子。」夏雨霖笑著說道：「總之，家裡的事情妳就不用操心了。」

王晴嵐依舊不太明白，但宋氏妯娌五個都清楚，王晴嵐是大姑娘，在家裡待不了幾年了，現在家裡有條件了，自然要嬌養著。

「嗯，一會兒我就想去涵姑姑家裡。」王晴嵐開口說道。

「去吧。」

王英傑看著似乎一點都沒有開竅的女兒，心裡悵然。時間怎就這麼快了？他家大閨女都快到要說親的年齡了，才嫁了兩個妹妹不久的他，心裡很捨不得。

就這樣，王家的人開始為開鋪子忙碌起來。

第六十二章

吃過午飯，王晴嵐就去了現在的康王府，除了牌匾變了之外，還是跟以前一模一樣。

「開鋪子？」王詩涵愣了一下，隨後就明白過來。想到二哥他們都不在京城，她問道：「銀子夠嗎？要不我先墊著，等過些日子賺了銀子再還給我。」

王晴嵐搖頭。「銀子夠的，再說，最開始我們也沒打算租鋪子，準備在街邊找個地方搭個棚子，先賣起來，看看生意如何，再做打算。」

雖然兩人都知道，這生意肯定不會虧本，不過，王詩涵聽了這話，也沒再提銀子的事情。

「我知道妳的目的。」苗鈺一看王晴嵐，就知道她肚子裡的花花腸子。「放心去做吧，沒問題的。」

王晴嵐笑著點頭。

「對了，六姑父，這個已經養好了。」她將一塊極品玉珮遞了過去，還有一張紙和玉碗，裡面抄錄了複製空間的辦法。一個人就那麼點血，若真一次取九碗，多半會死人。

當然，最開始開啟空間的時候，必須要一碗血，一滴都不能少；開啟的空間也不會像王晴嵐現在的這麼大、這麼方便，而是她最初進入空間時的原始樣子。

想到自己曾經辛苦種地，她腦子裡就不由得幻想皇上跟她一樣辛苦勞作的場景。怎麼說呢，若是能親眼看到，肯定很有喜感。

「妳這丫頭，笑什麼呢？挺磣人的。」王晴嵐的想像被王詩涵的指頭戳醒。

「涵姑姑。」王晴嵐抱著王詩涵的手撒嬌。

晚上回去的時候，奶奶已經跟親爹和大伯說了糧食的事情，讓他們不用擔心。王英武和王英傑本來就很聽她的話，自然不會多想，笑呵呵地回去睡覺了。

王家都是勤快的人，為了節約成本，能自己做的東西都自己動手，至於賣什麼菜，由幾個女人湊在一起商量。

最終，商量來、商量去，對京城最熟悉的徐氏提起她曾經跟著父親去娛樂城吃過叫自助餐的食品，味道怎麼樣先不說，但那種賣東西的方式確實是很省事。

於是，幾人叫來家裡的三個男人，開始商量細節問題。

接下來的兩天，王家人都在緊鑼密鼓地準備。等到一切都準備妥當之後，眾人高高興興地睡了一覺，第二天，精神百倍地開始幹活。

擺攤的地方是苗鈺幫忙找的，雖然算不上是京城最好的攤位，但也絕對是黃金地段。

王晴嵐跟著一起去。因為是新開的鋪子，快到中午的時候，都沒有人光顧。王英武和王英傑緊張地盯著每一個從攤位前走過的行人，希望變成失望，接著又將希望的目光看向下一位，如此不斷循環。

「英武，英傑，放輕鬆。」夏雨霖笑著說道：「現在還不到午飯時間，周圍的攤子不同樣沒什麼人嗎？」

王晴嵐點頭。爹和大伯實在是太緊張了，這樣有客人上門都會被嚇走的。她卻是一點也不擔心，價格合理，味道極好，更何況撇開這種新鮮的賣法不說，主食管飽，湯免費，就這兩點，她相信就會吸引很多的人。

「娘，這些蓋子可以掀開了吧？」同樣緊張的宋氏看著夏雨霖問道。

旁邊的攤子都已經飄出食物的香味，就他們家，所有飯菜都用蓋子蓋著，什麼也聞不到。路過的人都奇怪地打量著他們的攤子，直到兩邊的攤主開始吆喝的時候，王英武等人都迫不及待地看著夏雨霖。

「開始吧，按照在家裡商量好的分工，不要慌也不要急，慢慢來，知道嗎？」夏雨霖看著兩個兒子一臉通紅，生意還沒開始就滿腦門的汗，不由得又叮囑了一遍。

王英武和王英傑齊齊地點頭，回答。「知道了，娘。」

王晴嵐扶額外加翻白眼，心裡感嘆：親爹，親大伯，聲音若是不那麼顫抖會更有說服力的。

夏雨霖看向三個兒媳婦，見她們點頭，才笑著說道：「那就開始吧。」

蓋子一揭開，熱氣騰騰的飯菜散發出來的香味，讓吃慣了的王晴嵐也覺得肚子有些餓了。

「奶奶，我餓了。」她小跑到夏雨霖面前，笑著說道。

「讓妳爹給妳打一份菜，可別餓壞了。」

王家姑娘，一般快到說親年齡的時候就開始嬌養，而現在王晴嵐正在這個階段，因此，家裡人上上下下都縱著她。

「嗯。」

王晴嵐點頭，挑選了一份喜歡的菜，跑到大伯娘那邊打了湯，二伯娘那邊盛了飯，找了個喜歡的位置坐下來，津津有味地吃了起來。

夏雨霖看著王晴嵐吃得香，心裡高興的同時，想著反正現在也沒什麼客人，不如先把自家人的肚子填飽。不管生意好壞，餓著肚子不僅對身體不好，還影響心情。

「虎哥，我們也先吃吧。」

夏雨霖的話，王大虎一向不會反對。

很快的，一家人都端著飯菜吃了起來。王英武等人擔心生意，吃得有些心不在焉的，不過，他們一家子的行為倒是引起旁邊攤子的注意。有這麼做生意的嗎？就算要填飽肚子，至少也應該留下照顧客人和看攤子的人吧？

他們吃飯的時候，有人圍著攤子邊上豎著的木牌小聲討論，說話的語氣裡帶著懷疑。

「主食免費，有這樣的好事？」

「肉湯也免費？」

對於這兩項免費，不信的同時，家庭不那麼富裕的又起了占便宜的心思。

說了許久，終於有兩個漢子走了進來。看見客人，王英武立刻放下筷子，上前招呼。王英傑直接回到打菜的地方，一副嚴陣以待、上戰場的模樣。

等到王英武把價錢說清楚以後，兩個漢子詢問了免費的兩樣食物。

「買一份菜，送一碗湯，米飯、饅頭不要錢，管飽。不過，不能帶走，也不能浪費。」最後這一句，王英武著重強調了一下。

對於這話，兩個漢子倒是理解。畢竟一份素菜五文錢，就是葷菜也才十文，經常在這條街上吃飯的兩人明白，這價格很合理。兩人想了想，點了一份葷菜、一份素菜。

王英武收錢的時候，手都在顫抖。雖然錢不多，但第一份的意義總歸是不一樣。把錢放好，王英武遞過去兩個巴掌大的小木牌，然後解釋，上面畫了一橫的是葷菜，兩橫的是素菜，接著領著他們去打菜。

兩個漢子看著兩排整整齊齊擺著的銅盆，裡面是十好幾種香噴噴的炒菜，暗自吞了吞口水。

「五文錢的可以挑三樣素菜，十文錢的可以挑兩個葷菜、一個素菜。」

先不說那免費的兩樣食物，兩個漢子看著這些菜，還能挑喜歡的，有種占了便宜，這銀錢花得很值的感覺。等到王英武給他們一人盛了一大碗米飯和一碗湯後，這種感覺就更強烈了。

飯菜一入口，兩個漢子就停不下來了。

王晴嵐看著家人忙碌得沒時間休息，有些心疼，但看到家人抖擻的精神以及燦爛的笑容時，說不出阻攔的話。她能做的，就是跟著家人一起幫忙。

只是，無論她做什麼，都被長輩給攆了。收拾桌椅板凳，大伯讓她一邊玩去；幫大伯娘洗碗，大伯娘說姑娘家要好好地愛護雙手，別整粗糙了；想要幫著提水，看著親娘輕鬆地拎著兩大桶水，她摸著鼻子默默退開。

忙碌的王家人最幸福的就是點錢的時候，看著一大堆銅板。一個中午就掙這麼多，在心裡計算了一下，一個月能有多少，分到自己手裡又有好多之後，他們的身上彷彿就有了使不完的力氣。

大房和三房是缺錢，但其他幾房人也不嫌錢多，京城什麼東西都要錢，還很貴，最重要的是這是他們自己掙的錢，感受上就很不一樣。

他們心裡高興，卻不知道自家擺攤賣吃食的事情，在整個京城貴人之間都傳開了，一個個瞪大眼睛，一副聽錯的模樣。

「這王家的人腦子是不是有病啊！有個當王爺的女婿，當王妃的女兒，還去擺攤，這不明擺著丟王爺和王妃的臉嗎？」有些人聽到這事是這麼說的。

「不，不，苗鈺是什麼樣的人，你不明白嗎？你們以為王家人能從他身上得到什麼好處？看到沒有，跟著丞相學習說起來是好差事，可這不就碰上瘟疫了嗎？有沒有命回來都不一定。王家人為什麼擺攤，肯定是沒錢了啊，迫不得已之下才這麼做的。苗鈺自己不孝順就算了，肯定還不允許他家王妃孝順娘家。嘖嘖，老丈人家日子都窮成這樣了，他們還不幫把手，真是畜生啊！」這是對苗鈺懷有惡意之人傳播出來的流言。

當然，也有對王家關心之人。比如南宮晟，心裡擔心王家人是不是遇上什麼困難又不好意思跟他開口，所以，聽到這事就匆匆地趕了過來。

為了節約時間，南宮晟直接翻牆而過，等他來到王家院子的時候，就見王大虎三人正坐在小凳子上，王英武在削馬鈴薯，王英傑在剝蔥，王大虎在洗白菜。

父子三人非常地認真仔細，以至於他站在這裡良久，都沒人發現。直到他乾咳了一聲，才引起父子三人的注意。

「將軍，你來了。」王大虎放下白菜，雙手在圍裙上擦了擦，笑著把他迎了進去。另外兩個兄弟和南宮晟打了招呼後，就接著幹活。

「不喝。」走進大堂的南宮晟，看著王大虎準備給他倒水，沒好氣地說道。

王大虎也不在意，把水杯放到他身邊，才在下方坐下，問道：「將軍，你來是有什麼事情嗎？」

「大虎，家裡是不是缺銀子？我這裡還有一些，可以先借給你。」南宮晟說話也很直接。他以為王英文兄弟三人不在，這一群老弱婦孺日子才會過得艱難。再想到老大和老三農莊裡因為大雨而剩下零星的收成，缺銀子是顯而易見的事情。

這麼一想，他有些自責。怎麼就沒有先想到，直到他們過不下去、出去擺攤才意識到？再看著王大虎紅光滿面、精神奕奕的樣子，在他眼裡瞬間變成瘦了不少。

自責的同時，他又有些埋怨皇上。救災的時候，為什麼就獨獨漏掉了王家這兩兄弟？

「將軍，家裡不缺銀子。」王大虎很認真地回答。

已經在腦補王大虎一家子每天喝稀粥、吃鹹菜的南宮晟怎麼會相信他這話，反問道：「不缺銀子，怎麼會去擺攤呢？」

「在家裡沒事做。」說完，他也沒有隱瞞，把自家的情況說了一遍。「我們家小八要讀書，以後要娶妻生子；老大和老三下面那麼多孩子，長大後男娃讀書要銀子，女娃要存嫁妝，需要銀子的地方很多。」

南宮晟看著王大虎沈默了，想了想才問道：「英文他們不管你們家小八？也不管自家的親姪兒？」不應該啊，他看著那兄弟幾個之間的感情很好，不是假裝的啊。

「這是兩碼事，做父母的養兒女不是天經地義的事情嗎？」王大虎想了想又補充了一句。「老大和老三他們有手有腳，不努力給妻兒一個安穩的日子，全靠自家兄弟，時間久了，不就是廢物一個嗎？」

南宮晟不知道該怎麼說了，京城裡這樣的廢物多了去。一個家族裡，總有那麼些什麼事都不做的人，這才是正常的，但他也不能說王大虎的做法不對。

「這事，康王知道嗎？」南宮晟想了想問道。

王大虎點頭。

「他沒說什麼？」南宮晟再問。

王大虎搖頭。「攤子就是他幫忙找的。」

南宮晟有些生氣。「他一個王爺，怎麼著也算是你們的女婿吧？能給你們找個攤子，就不能從他手裡漏出點銀子，你們也不用這麼辛苦！」

「我不要女婿的銀子。」別說現在日子比以前好過，就算是之前在村子裡，日子困難的時候，他們家也沒有向詩涵曾經訂親的那家開過一次口。就是訂親的銀子，他們都收得好好的，沒有動過。

哪怕現在詩涵嫁的人富貴滔天，他也不會開口，更不會允許家裡人有這樣的想法，這樣女兒才能在夫家挺直腰杆。

南宮晟知道王大虎脾氣倔，就像當初以他的軍功明明可以升官，他非要鬧著回鄉一樣。直到現在，他都說不清自己那個時候點頭同意是正確還是錯誤。

現在，王大虎的生活並沒有什麼不好，兒孫滿堂，家庭和睦，這是許多人求都求不來的。可要說好的話，他們用得著擺攤嗎？當初要是堅持下去，不說和他一樣是個大將軍，職位肯定也不低。

「那你知不知道這事對康王有很大的影響？」南宮晟開口說道。

「什麼影響？」王大虎還真不知道。

南宮晟把他聽到的流言挑能聽的說。王大虎沈默了一會兒，才開口。「關於擺攤的事情，苗鈺只說讓我們放心，我一會兒讓老大去康王府問問。」

這麼直來直去真的好嗎？原本覺得不好的南宮晟轉念一想，苗鈺是他們家的女婿，要是人家平日裡就是這麼相處的，他亂出主意反而不好。

「問問也好。」

送走南宮晟後，王大虎又把事情跟夏雨霖說了一遍。「沒事，不用問苗鈺了，之前他既然沒說什麼，這點事情他也不會放在心上。」以苗鈺的腦子，告訴他家裡要擺攤的時候，就應該想到會出現這些事情。

「哦。」原本有些擔心的王家人就這麼信了夏雨霖的話，繼續投入紅紅火火的擺攤事業中。

「你說的是真的？」

第二府裡，敲木魚的老夫人停下了手中的動作，問著出現在身邊的黑衣人。

「是的，小姐。」

陳老夫人沈默。「書院裡的那幾個孩子，還好嗎？」

「挺好的。不過，小姐，王家似乎並不富裕，孩子們剛進書院那會兒，除了讀書的時間，其他的時候都在想辦法賺錢，人都瘦了許多。後來遇上老爺，才給他們安排了輕鬆的活計。」

陳老夫人皺眉。「這事以前怎麼不說？」

「奴婢知罪。」黑衣人請罪。

「讓兄長安排人手，明天我要出去走走。」陳老夫人慢悠悠地開口，卻讓黑衣人眼裡閃過一絲驚喜。

「奴婢一定告訴老爺，請小姐放心。」

「去吧。」

皇宮內，幾天前的晚上，康天卓把所有人都打發了出去，只留下苗鈺守著。對於接下來要做的事情，兩人雖然沒有表現出來，心裡還是很驚奇的。

「苗鈺，朕開始了。」

將那張使用說明書記住後，康天卓一手拿著匕首，看著面前的小玉碗，說話的聲音都有些顫抖。

「嗯。」

鮮紅的血液從康天卓的手指流出，苗鈺心裡想著，這些天一定要讓御膳房多準備一些補血的食物。

等到鮮血滴滿玉碗後，康天卓的臉色都有些發白，人也有些虛弱。他將玉珮放了進去，神奇的事情發生了，玉碗裡的鮮血並沒因為多了玉珮而溢出來，反而不斷地湧向玉珮。

玉珮將鮮血吸食乾淨後，直接飛向康天卓的手心，然後消失不見。

即使心裡有準備，苗鈺和康天卓還是震驚了一會兒才反應過來，攤開手心，只見裡面多了一顆鮮紅的桃花痣。

「那丫頭手心也有？」

康天卓問苗鈺，見苗鈺點頭，就知道成功了。然後，他按照說明書上所寫的，就這麼消失在苗鈺面前。不一會兒他又出現，臉上的笑容雖然不大，不過眼裡的激動還是說明了他的心情。

「可以了？」苗鈺問。

「嗯。」康天卓點頭。

「那就好。這東西對於您來說，種什麼都不重要，最重要的是關鍵的時候，可以用來保命。」再多的糧食，再多的珍貴藥材，都比不上皇上的一條命。

對於這一點，康天卓自己也明白。

「今天早些休息，後面的日子多補補。至於朝堂上的事情，對那些反對您的人別太仁慈，若是覺得煩，告訴我，我幫您處置了就是。」說完該說的，苗鈺便想起身走人。

第六十三章

空間到手了，康天卓的心情非常好，又想到王家人擺攤和送上來好多狀告康王的摺子，開口問道：「王家人擺攤是怎麼回事？」

「王家大房和三房要過日子，要養兒女，就農莊裡那點出產，能供得起他們的孩子讀書嗎？」苗鈺反問。

康天卓不是高高在上的皇帝，每隔一段時間他都會微服出宮，走走看看，自然明白王家那麼多的孩子，要供養他們讀書，確實是不容易。

「朕——」

「別。」在康天卓想說他可以想辦法的時候，話就被苗鈺給拒絕了。「他們家那麼一點小事，您根本就不用操心。我要幫忙，不也是一句話的事情，王家的人沒有開口，為什麼？」

「他們想自己解決。」

苗鈺點頭。「這就是王家人奇特之處，也是他們聰明所在。您覺得，放到別家，有我這麼一個王爺女婿，即使不緊緊地黏著，也不會像王家人這樣，真把我和楊長寧一樣地看待。」

「真的？」康天卓有些懷疑。

「自然是真的。從我和詩涵成親到現在，他們對我一點要求都沒有。詩涵懷孕，還隔三差五地送雞蛋來。當然，楊家也有。」苗鈺開口說道。

至於王英文兄弟三人跟著宇文皓的事情，外人不清楚，可他們卻明白得很，這完全是因為王晴嵐那丫頭獻出那麼多糧食，又暴露空間還複製給皇上的獎勵。

康天卓仔細地想著王家人的事情，發現跟苗鈺說得一樣，比起王家人得到的，其實他們付出的更多一些。「這麼說了，好像是我們占人便宜了。」

「不是好像，本來就是。不然的話，您現在還在頭疼洪災的事情，哪裡能夠這麼輕鬆。」苗鈺實事求是地開口。

「那這件事情，你打算怎麼處理？」

康天卓有時候也挺頭疼手下的那些人。人家願意擺攤，關你屁事，又沒犯法，怎麼就傳出那麼多的閒話？

「明面上不處理，隨便他們說。」苗鈺想著王家人都有一顆善良的心，再加上自家王妃懷孕，他覺得手段溫和一點，應該沒有問題。

那些找他和王家人麻煩的，最好祈求他們家沒有一點糟心事，否則，他絕對會以其人之道還治其人之身。

康天卓瞬間就明白苗鈺的話，贊同地點頭。「給他們一些教訓也好。」

流言的問題，王家人並沒有放在心上。

再次出來擺攤子的時候，攤前明顯已經有好些客人在等著了，其中有些還是中午的熟客，高興得王英武兄弟兩人給他們多了一勺子菜。

只是沒多久，原本熱鬧的街上一下子就安靜了下來。

一群吊兒郎當的漢子一家一家地光顧攤子，每次出來，手裡都拿著一串銅板。王家人不由得想到了三個字——保護費。

「不必擔心。」夏雨霖笑著對家人說道。

王晴嵐則是一臉期待地看著那夥人越走越近，心裡想著，保護費什麼的他們是絕對不會給的，有一個當王爺的姑父，開個小攤子還被收保護費，簡直沒有天理。

無聊的王晴嵐希望這群傢伙來惹他們，只可惜，路過他們攤子的時候，領頭的看都沒看就直接走了過去。後面有個小混混上前提醒自家老大，還被揍了一頓。

然後，整條街的人都知道，這個王家小攤是有背景的。

唯有王晴嵐失落地看著那些小混混的背影。好無聊啊！

昨晚睡得太早，她大半夜就醒了，在空間裡折騰了許久，出來的時候天還沒亮。果然是日子太無聊了，都影響到她的睡眠品質了，要不再回去躺會兒？

突然，她聽到開門的聲音，有些疑惑地走了出去，看著親爹舉著油燈小心翼翼的模樣，小聲地問道：「爹，你怎麼起來得這麼早？」昨天那麼累，應該多睡會兒才對啊？
王英傑也想問閨女這個問題。
「我睡夠了，妳呢？」
「睡不著。」王晴嵐不相信親爹，跟著他出了院門，聲音才大了一些。「爹，你做什麼？」
「我想著反正都睡不著，不如起來先把菜洗了，切好，這樣娘她們也能輕鬆一些。」王英傑笑著說道。
聽親爹這麼說，睡不著的王晴嵐很自然選擇一起去幫忙。王英傑想讓女兒回去多睡一會兒，只是他怎麼說得過王晴嵐，來回幾句話就被說服了。
進了主院，父女兩人也沒有耽擱，直接往廚房的方向走去，看見廚房門口微黃的光，兩人都是一愣，沒想到還有比他們更早起的。
「大哥。」王英傑看著正在洗菜的王英武，開口叫道，王晴嵐想阻止都來不及。
王英武被王英傑突然發出的聲音嚇了一跳，手中的馬鈴薯一下子滾到地上，削皮的刀差點就劃了手。他一臉受驚地回頭，不由得抱怨道：「三弟，你要嚇死我啊！」
「大哥，我……」
王晴嵐心裡跟著翻白眼。天還沒有亮，四周安靜得很，再看那已經洗乾淨的兩筐菜，就知道大伯已經來了好一會兒了。大伯正專注地洗菜，親爹突然冒出聲來，換誰都會被嚇到。

「不是我說你，都多大年紀了，做事還這麼冒冒失失的，今天還好是我，要是爹和娘呢，要是被嚇出好歹，怎麼辦？」說到這裡，王英武本來準備好好教訓一下這個不懂事的三弟，可眼角掃到一旁站著的王晴嵐，停了嘴。他還記得夏雨霖的話，幾個弟弟都大了，就算要教訓，也不要當著晚輩的面。

「大哥，我知道錯了，以後肯定不會再犯了。」王英傑也想到了剛才大哥說的那種情況，認錯態度十分良好。

「愣著做什麼，既然來了，就趕緊做事，別想著偷懶。」

說完這話，王英武撿起地上的馬鈴薯，繼續做事。

王英傑點頭，挽起袖子，走了過去。

王晴嵐把油燈撥亮了一些，拿起有些重的菜刀，放好砧板，動作俐落地切了起來。

「嵐丫頭，妳湊什麼熱鬧，快回房間睡覺去。」王家人沒什麼重男輕女的想法，又一直是女孩少、男孩多的情況，因此在家裡女孩還比男孩珍貴一些。

「大伯，我昨晚睡得太早了，已經睡飽了。」王晴嵐頭都不抬地說道。

「那妳就坐在一邊的小凳子上玩，這菜我和妳爹會切的，不用妳操心。」王英武繼續阻止。

「大伯，我累了的話會歇著的，你讓我坐在一邊看著，實在是太無聊了。」還在小凳子上玩，當她還沒斷奶吧？

王英武同樣說不過王晴嵐，只得由她去。廚房裡很快就安靜下來，三人各做各的事情。

天色在不知不覺間一點點地亮了，夏雨霖等人起床後，看見廚房裡已經收拾好一大半的菜，眉頭皺了起來。「英武、英傑還有嵐兒，你們去一邊待著，我快些弄些早飯，你們吃了以後，回房間休息一會兒。」

宋氏跟著點頭，心疼地看著自家男人。昨天很累，所以晚上睡得很香，以至於連身邊的丈夫起身都沒有發覺。

「娘，我們不累。」

王英武的話還沒說完，就被夏雨霖冷著臉的表情嚇得閉了嘴，就連點頭的王英傑也停下了動作。

唯有王晴嵐，切菜切得忘記了時間，如今一停下來，整個右手和胳膊都疼得難受。她忍著沒說，心想上午的時候去一趟六姑姑那裡，弄點好藥搽搽就好。

只是沒想到休息了一會兒後，情況更嚴重，她的手腕和關節處都微微有些紅腫，也不敢再耽擱，和今天留在家裡看孩子的大伯娘說了一聲，就去了康王府。

「妳這是怎麼弄的？」王詩涵看著，有些心疼。

「切菜切的。」王晴嵐撇嘴。

此時，苗鈺已經吩咐人去拿藥了。王詩涵聽到這話，沈默了一下才問道：「爹、娘、大哥他們很辛苦吧？」

「還好，家裡人多，我們每天賣的東西也是定量的，忙得過來。我這是意外，切菜忘了時間，才會這樣的，涵姑姑，妳別擔心。」王晴嵐聽到姑姑這麼問的時候，心頭一跳。怎麼就忘了涵姑姑現在是孕婦，最容易多想了，連忙解釋道。

即便是這樣，來自反派姑父冰冷的目光都快要把她凍死了。

和苗鈺也相處了些日子，所以頑強的王晴嵐十分抗凍，她更擔心涵姑姑因此得個什麼產婦憂鬱症的。「涵姑姑，雖然二伯他們都不在家，可有奶奶看著，妳想想，她會讓家裡的人累著嗎？」

夏雨霖的名頭果然好用，聽到這話，王詩涵才安下心來。「苗鈺，過兩天我想回家看看。」

「嗯。」苗鈺點頭，心裡打算陪她一起回去。

「涵姑姑，到時候妳提前讓人通知一聲，家裡晚上就不擺攤了，我去叫小姑姑，我們一家子好久沒有一起吃飯了。」王晴嵐高興地說道：「大家在一起才熱鬧。」

「七妹那裡我也會讓人通知的。」王詩涵笑著點頭。

王晴嵐倒是沒有跟王詩涵搶這活。想到今天早上，爹和大伯那麼早就起床做事，她覺得自己也應該找點事情做，不然，她可能會繼續這麼無聊和失眠下去。

第二家因為老夫人從佛堂裡出來而炸了鍋。第二夫人和第二月心裡清楚她為的是什麼，倒是第二昌心裡很疑惑，不明白發生什麼事情了，娘怎麼突然就出來了？

原本就因為第二夫人當家作主，王姨娘母子三人日子過得很艱難，如今再聽到老夫人也跟著出來，幾人恨得面孔都扭曲了，等到冷靜下來，才開始想辦法。

「姨娘，我們不能慌。」第二仙開口說道。

「對啊，姨娘，再怎麼說老夫人也是我們的親奶奶，她就算不喜歡妳，沒道理孫子、孫女也跟著不喜歡吧？」第二輝對老夫人並沒有什麼印象，王姨娘和第二仙以為老夫人這輩子都不會再出來了，所以，有些事情並沒有告訴他。

如今聽到兒子的話，王姨娘心裡苦得很。

以前她覺得，只要有老爺的寵愛，什麼事情都不重要；現在才清楚，這第二府裡的兩位夫人，哪怕和丈夫鬧成仇人，但她們有一個強大的娘家，照樣可以在府裡呼風喚雨，甚至可以不將家裡的男人放在眼裡。

男人……一想到這裡，王姨娘的眼睛一亮。老夫人出佛堂，自家老爺作為兒子，不管怎麼樣都得聽話，但老太爺就不一樣了。「輝兒，你給老太爺去信，不要說家裡的事情，就說皇后娘娘的情況。」

王姨娘會知道皇后的事情，也是第二昌告訴她的。

第二輝點頭。只要爺爺回來了，他們的日子就會好過許多。

「這些日子收斂一些。」王姨娘對著一對兒女叮嚀道。

只是他們母子三人不知道，老夫人壓根兒沒有想起他們來，就連親兒子第二昌，她也只是淡淡地看了一眼。她對第二夫人和兩個孫女要溫和一些，不過，也僅僅只是點了一下頭。

「娘，妳要出門？」第二昌小心翼翼地問道。

「哼。」結果，老夫人只是冷冷地掃了他一眼，不屑地哼了一聲，就扶著身邊的嬤嬤離開。留下一臉尷尬的第二昌，對上自家夫人嘲諷的目光，大女兒冷漠的眼神，更是氣得臉都紅了，一刻也待不下去，拂袖而去。

「娘，祖母和父親沒事吧？」

第二嬌恐怕是這個家裡最正常的人。祖母出來，她心裡高興，還特意裝扮好，希望能給沒什麼印象的祖母留下一個好印象。不過，現在看來起來，祖母很不好相處。

「沒事。」第二夫人笑著說道，有事的不會是她們。

第二月看著離開的老夫人，心裡也鬆了一口氣。哪怕是因為王家的關係，老夫人才出佛堂，她也高興，因為這意味著他們家又一次的改變。朗兒沒有像前世那樣早逝，現在她只想好好地護著她們母女。

出了第二府的老夫人並沒有自己表現得那麼平靜。「蘭嬤嬤，妳看我現在這個樣子，可以嗎？」

蘭嬤嬤眼睛有些發酸。她家大小姐到底是受了多少苦……不過，她忍住了，不想影響大小姐的心情。「現在很好，不過，小姐，奴婢覺得您可能要換一身衣服。」

陳老夫人明白她的意思，眉頭皺起。「她的家庭條件很差嗎？」

「不算差，只是人挺多的，孫子、孫女一共有二十個。奴婢捉摸著，她幾個兒媳婦都還年輕，估計以後還會再生；再加上這些孩子大多聰明伶俐，奴婢想著他們是打算供這些孩子讀書。」蘭嬤嬤笑著說道。

陳老夫人也露出一絲笑意，攏了攏滿頭的銀絲。「妳說得對，那我們就去找家客棧，先換了衣服再去。」

「是，小姐。」

很快的，富貴雍容的陳老夫人換上了一身嶄新的藍色棉布衣服，用手摸了摸，隨後又把身上的飾品都取了下來。不看氣度和舉止的話，她這身裝扮倒是像極了普通老太太。

換好衣服的蘭嬤嬤看著自家小姐，笑著說道：「小姐不管穿什麼，都好看。」

「老了，有什麼好看的。」

兩人笑著出門，至於兩個老太太出門的安全，自然有陳家躲在暗處的護衛負責。

這一天秋高氣爽，兩人即使放慢了腳步，到達王家擺攤的那條街時，距離午飯的時間還有好一會兒。

王大虎父子三人正在擺放桌椅板凳，夏雨霖帶著三個兒媳婦整理碗筷，放到合適的位置，等到生意忙的時候方便拿取。

「小姐。」

蘭嬤嬤沒有見過夏雨霖，不過一看對方的長相，就知道十有八九是他們家小姐的女兒。陳老夫人也是這麼想的。「進去坐坐吧。」

兩人相扶著走到王家的攤位前，停下。

「兩位老太太，我們現在還沒開張。」王英武看著兩人，雖然穿著精細的棉布，只是怎麼看都覺得對方不像是在他們這樣的小攤子吃東西的人。

「我們走累了，想歇歇腳。」蘭嬤嬤開口說道。

「哦，那妳們坐吧。」王英武隨便指了一張桌子，想著兩人的年紀，又回去給她們倒了一杯水才去忙。

出身大家的陳老夫人，坐在這樣的小攤子上，有著幾分不自在。

「小姐，沒事吧？」

「沒事。」陳老夫人視線一一掃過王家人，最後停留在夏雨霖的右手腕上。因為幹活，她的袖子挽起了一些，那塊烏青的胎記即使有玉鐲的遮掩，她還是看見了。

怕是自己眼花，她忙問身邊的貼身嬤嬤。「蘭嬤嬤，妳看見了嗎？她的右手腕上的胎記。」

蘭嬤嬤比陳老夫人年輕，又會功夫，眼力自然比她好。「小姐，別激動，奴婢看見了。」

「真的有？」

「真的。」蘭嬤嬤用力地點頭。「小姐，您先喝口水，我去請她過來，您仔細看清楚。」

那塊胎記什麼模樣，只有自家小姐見過，所以，還是由自家小姐自己確認比較好。

「嗯。」陳老夫人點頭。「妳快去！」

「小姐，您冷靜一點，別嚇壞了她。」蘭嬤嬤遞過去一杯水，開口說道。

陳老夫人喝了口水，努力地平靜激動的心情。她知道蘭嬤嬤說得有道理，若這位真的是自己的女兒，她也得好好想想，接下來要怎麼辦才好。

女兒她是想認，但是又不能貿然去認。已經好久沒有理事的她，覺得應該好好籌劃一番再做打算。

當然，這些都有一個很重要的前提，那便是夏雨霖確實是她的女兒。

第六十四章

「大娘，有事？」夏雨霖看著走到她面前的蘭嬤嬤，笑著問道。

蘭嬤嬤看著面前這位溫柔的笑容，心裡又是一酸。她家小姐，曾經也有這麼溫柔地笑過，不過那都是好些年前的事情了……如果不是在另一張相像的臉上看到，她都要忘了。

「我們有些餓了，能不能給我們準備點吃的。」蘭嬤嬤笑著說道。

「好的，妳稍等。」夏雨霖雖然看出來這兩位不是普通的老太太，卻也沒有多想。有權有勢的人想做什麼都可以，有點怪癖也不奇怪。

看著兒子他們正在忙，夏雨霖打了兩份菜，和媳婦一起送了過去。

然而，夏雨霖端著菜走過去的時候，看見陳老夫人的正面，手中的碗一下子掉到地上，嚇了王家人一跳。

陳氏忙放下手中的碗，以最快的速度拍掉婆婆褲子和腳面上的菜，焦急地問道：「娘，疼不疼？有沒有被燙著？」

陳老夫人和蘭嬤嬤也被嚇了一跳。

王大虎父子三人也顧不上活計，扶著神情有些呆滯的夏雨霖到一邊坐下。「霖霖，很疼嗎？」

若是王英文他們在，肯定會第一時間發現夏雨霖的不對勁，而不是像王大虎父子三人這樣，把心思放在她的腳上。

當然，他們沒有注意到，不代表陳老夫人和蘭嬤嬤沒看見。

夏雨霖怎麼也沒有想到，她還能見到這張熟悉的面孔。雖然恍如隔世，但當她再次看見，記憶裡慈愛的容顏一下子就清晰了起來。

她愣愣地看著站起身來的陳老夫人，對方眼裡擔心的模樣都和前世的親娘一模一樣。

「娘。」

夏雨霖再聰明，活得再久，面對親娘，都是個孩子。這麼多年沒見，想到記憶裡親娘去世的場景，眼淚怎麼都忍不住，直接流了出來。

王英武等人有些傻眼了，他們沒聽錯，娘剛才是在叫娘嗎？然後，腦子有些轉不過來的看著陳老夫人。

確實是和他們娘長得非常像。

隨著剛才王家人的動作，陳老夫人也看清了夏雨霖手腕上的胎記。聽到她這麼一聲呼喚，心疼得跟針扎似的，哪裡還記得以後再慢慢謀劃相認的事情，幾步就衝到夏雨霖面前，一把就把她抱住。「別哭，娘在這裡，娘在這裡呢……」

話雖然是這麼說，可她比夏雨霖哭得更厲害。

這個孩子，從出生就被送走，她怎麼找都找不到，哪怕之後進了佛堂，她沒有一日不在想念和擔心著她。

如今好不容易找到，怎麼能不高興？原本的大家小姐從無聲的哭泣到最後的嚎啕大哭，多年壓抑的痛苦也隨著這些眼淚宣洩了出來。

「娘，別哭啊……」原本哭著的夏雨霖倒是被娘給嚇到了，連忙安慰她。

冷靜下來的她立刻發現了自己的錯誤。她自出生就被送走，怎麼可能認識親娘？不過，夏雨霖經歷過許多的大風大浪，用微紅的眼睛說道：「我從小沒娘，看見老夫人就覺得心裡格外親切，您和我以前夢裡面的娘長得一模一樣，若是認錯，還望您不要怪罪！」

王家人一聽她這麼說，一個個心疼得不行。

王大虎可以說做到了他能做到最好的，把夏雨霖照顧得非常好，王家兄弟也是最好的兒子，他們盡全力地孝順著夏雨霖，但是這些人都代替不了一個母親的作用。王家兄弟甚至想像不出，若是他們沒有娘的話會多麼可憐淒慘，娘那個時候肯定是吃過很多苦。

「沒認錯，沒認錯。」陳老夫人哪裡抵得住女兒期待的目光，連忙拉著她的手說道：「這胎記，我一輩子都不會忘記的，妳就是我的親閨女啊！」她也是靠著這胎記，才知道第二柔不是她的親閨女。

說完想著女兒的經歷，抱著她又是一頓痛哭。

王晴嵐怎麼也沒想到，她只是去了康王府一趟，回來奶奶就多了一個娘，她覺得應該緩緩。

不過，好在哭過之後，陳老夫人就冷靜了下來，恢復了貴夫人的氣度，笑著說道：「你們忙你們的，我先回去，晚上再去你們家。」

在這大庭廣眾之下發生的事情，肯定是瞞不住。她雖然多年沒有露面，可王家有個王爺女婿，四周絕對有不少心懷不軌的目光，與其讓那些人查出來，倒不如她主動交代。

「娘，您不多坐會兒？」夏雨霖有些不捨。

「我還有些事情要處理。」

夏雨霖點頭，目送陳老夫人離開。在這其間，最拘束的就是王大虎了，突然冒出來個看起來很厲害的丈母娘，他有些擔心，自己能不能入她的眼。

不過發生再大的事情，飯菜都準備好了，就不能浪費，生意還是要接著做。「嵐兒，妳去一趟王府，把今天的事情跟康王說一聲。」

「好的，奶奶。」王晴嵐連飯都沒有吃，又暈暈乎乎地離開。

「妳怎麼又來了。」苗鈺冷冰冰的目光只差沒有寫著厭煩兩個字了。

王晴嵐看著正在吃飯的兩人，嘿嘿一笑，直接坐了過去，厚臉皮地說道：「正好，姑姑，姑父，我還沒吃午飯呢。」

苗鈺無語。這姑娘臉皮之厚可真少見，以後肯定嫁不出去。

王詩涵笑著讓人去準備碗筷。「是發生什麼事情了嗎？」

「嗯。」王晴嵐張嘴就想說的，不過想到姑姑是孕婦。「姑姑，妳若想聽的話，心裡得有準備。」見笑著的姑姑有變臉的趨勢，連忙補充道：「不是壞事，只是狗血得可以放到茶館裡說書了。」

「妳說。」

「事情是這樣的……」

王晴嵐的口才很好，將聽到的事情說得繪聲繪色。聽完之後，王詩涵心裡也冒出兩個字：狗血。

這事苗鈺早就知道，只是沒想到陳家老夫人會這麼沈不住氣。「黑子，去把事情告訴皇上。」

「是，主子。」

黑子離開後，姑姪倆都看著苗鈺。她們就知道，這世上沒有最狗血，只有更狗血。

饒是有心裡準備，猜測過自家奶奶身分的王晴嵐也震驚了。好傢伙，如若不是有那些壞心眼的，她家奶奶就是皇后娘娘了，是女主角大人的親姑姑，這也太尊貴了吧？不行，她得喝口湯緩緩。

「嚇到了？」即便王晴嵐的表情更豐富一些，苗鈺問的還是王詩涵。

「有點。不過，那些人真是可惡，讓我娘受了那麼多的苦。明明是千金小姐皇后命，卻輪到被賣身為奴的下場。」想到這裡，王詩涵對第二府的印象就更不好了，特別是第二府的男人，哪怕是她的親外公和親舅舅。

不對，這樣糟心的親戚，她完全不想認，這事還要看娘的態度。「苗鈺，晚上跟我回家一趟吧。」

陳老夫人回到第二府，換了誥命服，直接坐了馬車去皇宮。等到第二昌聽到消息的時候，她們已經進了皇宮。他倒是沒有多想，只是以為娘親是去看皇后娘娘。

只有王姨娘覺得事情有些不對勁，卻又想不到是哪裡不對。

康天卓是先收到苗鈺讓黑子傳來的消息後，再聽到陳老夫人求見的事情。想到皇后，他皺起眉頭，就是看見來人，臉色也不大好。不過，好在他記得這位也是受害者，再加上陳老的面子，他還是要給的，也沒有為難她。

「陳老夫人，想到這件事情該怎麼處理了嗎？」

在陳老夫人斟酌著怎麼開口的時候，康天卓直接開門見山地問了。

陳老夫人臉色一白，看了一眼康天卓，低下頭的時候，心跳得十分厲害。這事，皇上早就知道了。

「你們真是好大的膽子！」康天卓冷哼一聲。「在你們眼裡，皇家算什麼，不過是任由你們算計的傻子而已！皇族的臉面什麼的，哪裡比得上你們自己的利益？」

自小就深受正統教育的陳老夫人聽到這話，羞愧得抬不起頭來。哪怕她有再多的苦衷，沒有阻止第二嚴把一個庶女推上皇后的位置，就是她的錯。
「皇上，臣婦知罪。」
康天卓的目光閃了閃。「知罪就好。說吧，妳來見朕，想說什麼？」
面對女兒時沒有忍住，大庭廣眾之下就認了女兒，冷靜下來之後，陳老夫人就知道事情更不好辦了。她深吸一口氣，目光掃向御書房的太監、宮女身上。
康天卓明白她的意思。「都退下吧，沒有朕的允許，誰也不准進來。」
很快的，御書房裡就剩下康天卓和陳老夫人。
陳老夫人並沒有立刻開口，康天卓也不催她。在他看來，對第二府的人，自己已經很手下留情了，被算計了還一直隱忍著，當皇帝憋屈成他這樣，也沒有幾個了。
不過，好在這件事情終於可以解決了。
陳老夫人很清楚，皇上既然提到皇族的臉面，那麼這件事情就只有兩種解決辦法，要麼處置第二柔這個皇后，要麼就將錯就錯，處置了她親生女兒。
作為一個母親，她肯定是選擇保護自己女兒，再說這件事情，自己女兒是最無辜的一個。
「皇上。」陳老夫人從懷裡掏出一個牌子，恭敬地遞了過去。「這事第二府罪有應得，該怎麼處置，都由皇上定奪。」
康天卓將那塊牌子拿在手裡，臉色終於好了幾分。之前要不是顧忌到第二府有這麼一塊免死金牌，他怎麼會忍到現在？讓苗鈺找了那麼久都沒有找到，沒想到是被這個在佛堂裡敲木魚好幾十年的人給藏了起來。

得知第二嚴竟然將一個丫鬟生的庶女換成嫡女，送進宮成為他這個一國之君的皇后時，他就想要誅第二家九族。

這對於一個帝王來說是多大的恥辱！但一想到第二家的免死金牌，他就忍住了。而陳老夫人也是真的厲害，竟然掌握著第二家這麼重要的東西。

「這麼說，第二嚴帶著美妾出門遊玩是藉口，給第二柔找名醫也只是說辭，真正的目的是找這個？」

康天卓把免死金牌收好，心裡的憋屈消散得一乾二淨。無論是皇后還是第二府，這一次真的是任由他處置了。

第二嚴那個老傢伙，肯定也想到了欺君罔上的後果，所以才想找出免死金牌免罪。呵，想得美！

即便是沒有面前的陳老夫人將免死金牌送上來，皇帝也決定在第二嚴回京的時候便對第二家下手。只是看著面前滿頭銀絲的老婦人，他忽然覺得，或許將這事交給她更好。

女人狠起來的時候，手段往往是正常人想不到的，這樣他也能輕鬆一些。

就在這個時候，外面吵雜的聲音打破了書房裡的安靜。

聽著那一直有些柔弱的聲音如今變得尖銳，康天卓的眉頭皺得更緊。

陳老夫人雖然沒聽出來，但聽到外面的太監喊著「皇后娘娘」，就知道來人的身分。她露出一個嘲諷的笑容，都死到臨頭了還在自尋死路，也不枉她在進佛堂之前所使的那些手段。

第二嚴是比第二昌有腦子，手段心機更是不凡，不過，在遇見王傾心以後，這人就不足為慮了。他連家宅不寧這個詞都忘記了，也或者他不是忘記了，而是覺得自己逃不出他的手掌心。

作為大家族出身的陳老夫人，壓根兒不在意他有多寵愛他的美妾，只是他們千不該、萬不該對她的骨肉出手，所以，這一切，都是他們自找的。

「想見見妳女兒嗎？」康天卓反問道。

「不想見。」陳老夫人明白皇上問話的意思，毫不猶豫地拒絕。「不過，皇上若是處置她的時候，能讓臣婦親眼一觀，臣婦感激不盡。」

她的親生女兒被賣，過著顛沛流離的日子，就算後來遇上曹家，可原本的千金小姐卻成了下人，她怎麼想都覺得心疼。要是可以的話，真的很想讓第二柔也經歷一遍。

「這個要求，朕一定會滿足妳。」果然和聰明人說話就是省心。「朕把第二府交給妳處理，希望妳不會讓朕失望。」

這話倒是讓陳老夫人有些吃驚。第二嚴所做的事情，皇上抄家滅族都不為過；再英明，他也是皇上，被這般欺瞞，不應該大發雷霆嗎？

「第二月。」康天卓說出這三個字。

他沒有忘記第二月也有空間的事情。和對待已經坦白的王晴嵐不同，他是絕對不會讓第二月逃出自己的控制的，而他離世之前，也會將這個秘密告訴下一任君王。

若是第二月一直乖乖當個知名救人的神醫還好，若是她有其他的心思，那麼純粹就是找死。

陳老夫人皺眉。皇上的意思是……

「在第二月沒出嫁之前，朕不希望第二府鬧出什麼大的動靜。」康天卓開口說道：「還有，就算妳以後要動手，朕也不希望引起其他人的注意，甚至聯想到朕的身上，妳明白朕的意思嗎？」

先皇為什麼會把這樣的免死金牌賜給第二嚴，他以前並不明白，直到自己當了皇帝以後，才知道他的用意。人啊，有了這保命的玩意兒以後，才會膽大包天。

「如果結果令朕滿意，朕可以答應妳不插手，留下一些人的性命。」

果然這才是皇帝，明君、人君什麼的，只是手段高超而已。即使是心裡透亮，陳老夫人也不得不點頭，不管她對第二昌再不滿意，那都是她的兒子，她自然是不想他死的。

「臣婦明白。」

對此，康天卓很滿意。「對於陳家，朕一直都很放心，希望妳不要讓朕失望。」

「臣婦不敢。」

事情已經辦完，外面的第二柔依舊沒有離開。陳老夫人看了一眼笑著的康天卓，心裡琢磨了一下，就站起來。「臣婦告退。」

「既然妳是替朕辦事，若是遇上什麼困難，在不過分的情況下，朕會給妳適當的幫助。」

「多謝皇上。」

陳老夫人聽到這話，鬆了一口氣的同時心裡又有幾分快意。皇上顯然是因為她告辭，出門就會遇上第二柔才說了最後一句話。如此看來，即使是頂著她嫡親女兒的身分，當了這麼多年的皇后，皇上竟然對她一點感情都沒有，她能不高興嗎？

這麼想著，陳老夫人恭敬地退出了御書房，看見穿著皇后宮裝的第二柔。雖然比起記憶中那個柔柔弱弱的小姑娘，現在的她多了幾分尊貴和氣勢，只是一國之母，即使是身處絕境，也不會像現在的第二柔這般，讓人看清楚她眼眸深處的慌張。

皇宮是吃人的地方，不說皇上、妃嬪、皇子、公主這些主子們，就是伺候人的宮婢、太監都是人精。她這個樣子，絕對不會有人會同情她，想要幫她，反而在心裡看不起她的同時，會有各自的算計。

要知道，皇后之位非常吃香，有的是人希望把她拉下去。

不過，這些她從來就沒有告訴過第二柔，也不想告訴她，只是寬容地看著第二嚴教導她，然後把她送進皇宮。看到現在的第二柔，她想，即使是皇上不知道她的庶女身分，她的皇后之位要麼換人做，要麼就是一輩子的傀儡皇后。

想到這裡，陳老夫人看著第二柔，突然露出一個愉悅的笑容。沒道理這些年她和女兒受苦，這些罪魁禍首卻能好好的。這不，報應不就來了嗎？雖然晚了點，但終歸還是來了。

看到自己母親出來，第二柔眼睛一亮，特別是在母親難得地給了她一個笑臉之後，高興地上前兩步。

然而，還沒等她靠近，陳老夫人就把目光移開，淡然地離開，沒有因為她是皇后而行禮，不急不緩的腳步一去不回。

御書房門口，有太監、有侍衛，還有陪著第二柔一起來的眾多奴才，堂堂皇后被這樣冷待，還是在如此多的目光下。在陳老夫人轉身離開的那瞬間，第二柔的笑容僵住，臉上幾乎是瞬間就熱得發燙。丟臉、尷尬、羞憤……各種負面的情緒夾雜著委屈和不解，如果不是多年在後宮裡鍛鍊出來的堅韌性子，她很有可能當場就哭出來。

但即使是忍住了眼淚，她的表情也已經失態到了極致。雖然她也知道，這個皇后之位岌岌可危，許多人對她也僅僅是面子上的恭敬，背地裡早就不把她放在眼裡。

她不是不想改變這樣的情況，只是她連怎麼會變成現在這樣都不知道，身邊一個靠得住的人都沒有。現在的她是生怕一步走錯就萬劫不復，才會一聽到母親進宮，左等右等沒等到人之後，急急忙忙地趕過來。

只是，萬萬沒想到，母親會這麼對她。剛才看她那一眼，哪裡是看女兒的目光，陌生冷漠得讓她害怕，離開她的時候沒有絲毫猶豫，若換成其他人，她可能只是難過，絕對不會像現在這麼委屈傷心。

沈默與尷尬在空氣中蔓延，好不容易等到第二柔平復心情，臉色恢復正常，伺候皇上的太監走上前，傳達康天卓的意思。

第二柔聽後，臉色一下子就白了，急火攻心，暈了過去。

第六十五章

皇后被無限期禁足的消息一下子就在宮內傳開，不到一個時辰，該知道的人全都知道了。

被幾個兄弟用嘲笑目光看著的康興寧依舊笑得一臉溫柔。在小月告訴他這件事情的時候，他就料到了今天，現在看來，父皇之前的顧慮已讓陳老夫人解決了。

第二昌聽說這事，整個人都愣住了。第二家現在就靠著皇后娘娘撐著，如今皇后被禁足，他又只有一個閒職，以後該怎麼辦？

「老爺，聽說老夫人今天進宮了。」

王姨娘也很緊張。老太爺和姨母不在家，如今皇后娘娘被禁足，那她兒子的前程該怎麼辦？女兒的親事又該靠誰？

想到老夫人前腳從宮裡出來，後腳就傳出這樣的事情，她不由得懷疑，這事與老夫人有關。

外面的人不清楚，她卻明白得很，老夫人和皇后娘娘之間的關係可是冰冷得很。

「妳別胡說！」第二昌聽明白了她話裡的意思，冷著臉呵斥她。

話雖然是這麼說，不過一從王姨娘的院子裡出來，他就匆匆地去了親娘的院子，開口就問：「娘，妳進宮做什麼？皇后娘娘為什麼會被禁足？」

陳老夫人抬頭，眼神依舊淡漠，表情更是冰冷得沒有一點溫度。「第二昌，你的禮儀和教養呢？」

第二昌臉色一白。這個時候他才發現，屋子裡並不僅只有母親在，還有夫人和兩個女兒，看著她們三人起身對他行禮，符合母親所說的話。

「父親。」

第二月和第二嬌行禮完，依舊沒有起身。

第二夫人也是，哪怕心裡再怎麼看不起、厭惡第二昌，她在禮儀上都不會差上分毫，特別是在有外人的情況下。

「嗯。」

第二昌尷尬地發出這麼一個聲音，然後點頭，母女三人這才挺直了身體。她們都是有眼色的人，又說了幾句緩解氣氛的話就離開了。

等到屋內剩下母子兩人後，剛才還敢質問的第二昌，面對母親的冷臉，他一時間又有些不知道怎麼開口了。在這個家裡，比起父親，他更怕面前的母親。

「有事？」

看著兒子的窩囊樣，陳老夫人一點也不奇怪第二府為什麼會變成現在這個樣子。

「娘，皇后娘娘出了什麼事情？」這一次，他問話的語氣軟了許多，甚至表情還帶著小心翼翼。

陳老夫人目光直直地盯著兒子，直到第二昌快要頂不住的時候，才開口說道：「想要保命的話，就離皇后娘娘遠點。」

「娘，這話是什麼意思？」第二昌再傻也知道母親說這話，代表皇后娘娘的處境肯定是好不了了。

陳老夫人冷笑，笑得第二昌頭皮發麻。

「你想知道，等你那愚蠢的爹回來後，你可以好好問問他，究竟做過什麼！至於你，我剛才的話隨你聽不聽，不過提醒你一句，你若是自己想找死的話，我是不可能救你的。」

說完這話，陳老夫人就閉上了眼睛。

第二昌聽了之後，心裡駭然的同時又滿肚子的疑惑，但他也知道，只要母親不願意，誰問她都不會說的。其實他心裡還有好多事情想問，比如母親為什麼突然從佛堂出來了？又為什麼會出門鬧出那樣的流言？還有父親到底做了什麼事情？

走出院子以後，第二昌整個人有些茫然。他不明白事情為什麼會變成這樣？對於母親的話，他是相信的，因為在他的記憶中，哪怕年輕不懂事時做了許多令母親傷心難過的事情，母親最多也是不搭理他而已，卻從來都沒有害過他。再者，他是母親的親生兒子，他真的想不出，母親有什麼害他的理由。

「老爺，怎麼樣了？」王姨娘上前，看著老爺這樣，一臉擔憂地問道。

第二昌只是搖頭，沈默地離開。這樣的他，令王姨娘的心開始不安地跳起來。

這樣的不安在多年沒上門的陳家人出現時，更是強烈起來。

「娘，那人真的是我們的外婆嗎？」

王家這邊，收了攤子，一回到家，王英武就迫不及待地問了。

「應該是吧。」

夏雨霖的心情很好。最初見到娘的激動此時已經平復下來，看著相公和兒子都在身邊，她覺得老天爺實在是太厚待自己了。

對於她不太確定的語氣，王英武他們有些不能理解，即使心裡非常急切地想要知道答案，但面對親娘，他們不得不緩和急躁和說話的語氣。

「娘，我聽不明白。」幾個吸氣、吐氣之後，王英武很老實地陳述這個事實。

「我很小的時候就被人賣了，從來就沒有見過親娘長什麼樣。不過在沒有嫁人成家之前，看著別人的娘，都會想像自己的娘長什麼樣。我想像中以及夢裡夢到的娘，就是長她那個樣子。」

夏雨霖並不想騙家人，只是她的經歷太過匪夷所思了，她自己都不一定說得清楚，更不要說，她也不能確定自己的猜測是不是正確的。所以，她覺得還是不說得好，免得嚇到他們。

家裡精明的人都不在，聽到這話，王大虎握住了夏雨霖的手。

「娘。」王英武和王英傑同時叫道。

他們有一個好娘親，所以聽到這話，只覺得心疼，因為他們不能想像，沒娘親的生活會怎麼樣。

晚上雖然不用擺攤子，但是一家子這麼多人還是要吃飯，加上王詩涵姊妹兩人要回來，還有突然冒出來的外婆可能也要過來，所以，天色尚早的時候，王家的幾個媳婦就開始忙碌了起來。

苗鈺是陪著王詩涵姊妹一起來的。這是他封王後第一次上門，原本還想著行禮的王家人，直接被他制止了。而原本還有幾分拘束的王家人，看著苗鈺照顧王詩涵時的周到仔細，很快就自然起來。

「那位老夫人，就是第二府裡的老夫人。」苗鈺一開口就告訴王家人這個事情。

已經知道的王晴嵐再一次嘆氣，原本以為只是炮灰的家人，原來和女主角家有著這麼深厚的淵源。若是事情真的像書中所發展的那樣，王家人一個個都被炮灰掉，也不知道這位陳老夫人知道後，會是怎樣的心情。

不知道的王家人包括夏雨霖都有些驚訝。

「還有最重要的一點，當初老夫人生下的是一對龍鳳胎，被岳母的父親和他的小妾聯合，趁著陳老夫人生產的時候，將早幾日出生、本是庶女的第二柔和岳母換了。他們原本是打算將岳母溺死的，只是不知道中途出了什麼意外，或者是下人不忍心，岳母才活了下來。當時無論是參與這件事情的下人，還是陳老夫人身邊的人，除了生重病的貼身嬤嬤外，其他的均在一年之內死亡。」苗鈺十分平靜地訴說著對於王家人來說不能理解的事情。

「娘的父親？」王英武弄不明白。「他為什麼要這麼做？」自己的女兒可是他的心肝寶貝，每次出門回來，他都不會忘記給家裡的女兒和姪女們帶好吃的、好玩的，這些待遇家裡的小子可是沒有的。

王英傑也想不清楚，哪怕最開始只有他生了一個女兒，那個時候家裡的條件還不是很好，但最好的東西，除了爹娘，他都是留給女兒的。

王大虎就更不明白了，自己的霖霖這麼好，他們怎麼捨得？

苗鈺因為自身出生的關係，也可能是見了太多禽獸不如的父母，完全不覺得這有什麼好大驚小怪的，更不認為他說出這些，會讓夏雨霖傷心；當然，他的出發點絕對是好的。

這次皇后被禁足，皇上並不打算再放她出來。過不了多久，第二嚴就會回來，與其到時候王家人被第二嚴欺騙，倒不如現在告訴他們對方的為人，讓他們有所戒備。

「娘。」王詩涵很心疼她娘，特別是知道真相以後，她接過苗鈺的話。「陳老夫人似乎從一開始就知道，她身邊的女嬰並不是親生女兒，在月子裡就派人尋找娘，一直到第二昌收了那位小妾的姪女才放棄。接著她就進入佛堂，直到今天才出來。」

父親是個壞蛋，起碼母親是真心的，這樣娘的心裡應該會好過一些。

夏雨霖很聰明，自然明白王詩涵的意思。「放心，我沒事。」真正算起來，她已經可以稱得上是老妖怪了，除了家人，能打擊到她的事情，還真不多。

當然，剛聽到這事，她心裡也有些惆悵，要是第二嚴長得像前世的父親，她該怎麼面對？

畢竟記憶裡的父親，頂天立地，光明磊落，將所有的柔情都給了她們母女，在那個動盪不安的年代，一次次地保護她們，直到最後一次，父親犧牲了性命。在她之前九十九歲的人生中，即使父親的面容在記憶裡已模糊不清，可位置卻是和母親一樣重的。

事情還沒說完，苗鈺看了一眼王詩涵，見她沒有開口的意思，才接著說道：「現在最重要的問題是，那個庶女已經是當今的皇后娘娘了。」

「啊！」王家父子三人齊齊地叫了出來，就是夏雨霖也有些吃驚。苗鈺的話說得這麼明白，他們腦子再笨也能想到了。

「這、這，妹夫，你的意思是，若是沒有當初的交換，我娘、我娘，其實是皇后娘娘？」

王英武結結巴巴地說完，大眼睛緊緊地盯著苗鈺，暗自吞了吞口水。這消息，太勁爆了。

「是這樣沒錯。」苗鈺點頭。對於這個大舅兄弄錯了重點，一點也不覺得奇怪；倒是他經常暗自驚奇，對於王家這些人，他似乎特別有耐性。

「娘，妳受大委屈了。」

王英武一下子就紅了眼眶，直接撲到夏雨霖身邊，挨著她，傷心地說道。娘小時候吃不飽、穿不暖，期間所受的罪，王英武每次只要想到就忍不住加倍地對娘好。雖然這些事情，他們問起，娘都是一筆帶過，可他們見過縣城裡那些乞丐的生活，哪裡是娘說的那麼簡單。只是，怎麼也沒想到，他們娘原本應該是這個世上最尊貴的女人。這樣的差距，讓王英武有些接受不了，然後以己度人，他覺得娘心裡肯定特別難受。

王英武想到的這些，王英傑也想到了，吸了吸鼻子，甚至拿出帕子把沒忍住的眼淚擦掉，才開口說道：「娘，這樣的外公，妳就是打死我，我也是不會認的。」

害得他娘吃了那麼多苦的罪魁禍首，他怎麼可能叫他外公，沒出手揍他都算是客氣了。

自家一向老實本分的親爹說出這樣的話，讓王晴嵐有些詫異，不過，她又能理解，再老實的人也是有脾氣的。

「委屈妳了。」王大虎有些暈乎，對於自家霖霖的身分，他有點適應不過來，但是，他還是知道要安慰她的。

「我沒事。英武，你別哭了，我都跟你說過很多次了，那些都是過去的事情，我現在不是很好嗎？」夏雨霖笑著說道。

她不說還好，一說王英武更難過了。現在算好嗎？不好，比起在宮裡養尊處優，什麼事情都不用做的皇后娘娘，娘還要每天出去擺攤，跟著他們吃苦受累，都是他的錯，都是他沒本事。

「娘，都是我不好，我沒本事，讓妳跟著吃苦了。」

「霖霖。」聽到大兒子的話，王大虎也有些難過。「不怪老大，是我沒出息。」

「說什麼呢，我覺得現在就很好。」夏雨霖笑著說道。至於皇后娘娘，哪怕苗鈺說了那麼多，她也沒有想過，那有什麼好的？

「爺爺，大伯，你們哭什麼？你們以為皇后娘娘那麼好當啊，整天要和一群隨時想要弄死自己的妃嬪帶著得體的微笑說話，還要努力地討皇上歡心。伴君如伴虎這話你們聽過吧，一個不順心，腦袋就沒有了。你們不知道，那皇后娘娘明明跟奶奶一樣的年紀，到現在都還沒生出一個兒子呢。」

王晴嵐有些危言聳聽的話吸引了王家父子三人的心思。「你們想想，奶奶小時候一直在吃苦，即便後來身體養好了，恐怕也沒有一直在第二府做大小姐的第二柔身體好吧？」

父子三人點頭。

「可你們想想，為什麼奶奶都生了七個兒女，皇后娘娘卻一個都沒有？」自從知道這事以後，王晴嵐就想了很多。第二柔的事情，她自己腦補了一場又一場的宮鬥大戲，沒想到現在派上、用上了。

父子三人搖頭，看向王晴嵐。

「肯定是被人下了藥的啊，嘖嘖。你們想想，一個女人，特別是一個後宮裡的女人，連個說話的孩子都沒有，皇上又有一大堆的女人，每天還要日理萬機，她一個人待在宮裡，即便那裡面的景致再漂亮，日復一日也有厭煩的時候吧？我現在都能想像，皇后娘娘孤獨終老的淒涼下場。」王晴嵐說到這裡，身子很誇張地一抖。

王家父子三人也被嚇到了。

「所以啊，我們應該高興，奶奶沒有進宮。奶奶的人生是先苦後甜，皇后娘娘則是先甜後苦。你們問問奶奶，她喜歡哪一種？」對於奶奶，王晴嵐是一點都不擔心的。就他們家現在的生活，給個千金小姐的身分她也不會換。

「嵐嵐說得對，我現在很滿足。」夏雨霖笑著說道。

「還有一點，雖然我沒有見過皇后娘娘，但我覺得，她現在肯定比奶奶老，是不是啊？姑父。」王晴嵐篤定地說完，又把問題拋給現場唯一見過皇后娘娘的人。

苗鈺看了一眼自家岳母，點頭。

「知道為什麼嗎？因為要操心的事情太多。」

王大虎他們仔細地想了想王晴嵐的話，發現他們還真反駁不了。還有那下藥讓人不能生孩子的事情也嚇著他們了，在他們心裡，讓一個女人不能生孩子，這用心就已經是惡毒得可怕了。

「娘，妳放心，我和三弟會努力的。」王英武笑著說道。

「我知道。」夏雨霖點頭。

苗鈺完全不明白，他只說了一句，王家人為什麼會囉嗦這麼一大堆，並且還是針對一個不存在的情況。

沒有被換，岳母才是皇后娘娘；被換已經是事實，所以，岳母不可能是皇后娘娘。再說，就算撇開這些不談，岳母已經嫁人生子，過幾年大孫子都要娶媳婦了，哪門子的皇后娘娘都和她沒有關係了。

算了，不再說皇后娘娘這個身分了，他擔心會被王家人扯得更遠。

「現在還有最重要的一件事情，就是岳母要不要恢復第二家嫡小姐的身分？」苗鈺開口問道。

夏雨霖看著苗鈺。「今天上午的事情，是不是給皇上帶來許多麻煩？」娘似乎已經認了，至於第二家嫡小姐的身分，有沒有她都無所謂。

苗鈺搖頭。

「不過岳母心裡要有準備，第二柔只是庶女的身分，是不可能被爆出來的，畢竟她已經是皇后娘娘了，並且在皇后的位置上待了這麼多年。第二嚴那位小妾的身分低賤得很。」

「我明白。」夏雨霖點頭。事關皇家的尊嚴，這事要是真的被爆出來，皇上的面子往哪裡擱。「這件事情，其實皇上才是最大的受害者。其他人我不在意，只是關於陳老夫人，能不能求皇上開恩？」

「放心，她不會有事的。」苗鈺點頭。

夏雨霖鬆了一口氣。「那今天下午的事情……」

「這個我已經想好了，皇上也同意了。當年陳老夫人生下的是三胞胎，妳因為是最晚出生的，身體不好，出生不久就被送往護國寺，求那裡的名醫醫治，只是中途出現了意外，導致妳流落在外。」

第六十六章

陳老夫人來的時候，家裡的飯菜都做好了。

雖然第二嚴做的事情讓人忍受不了，不過看見陳老夫人，王家人一個個基本上沒什麼猶豫，很快就認下了這個長輩。

看著這麼一大家子，陳老夫人原本擔心女兒生活困難的心思完全消失，笑咪咪地給晚輩一人一個大紅包，弄得王英武他們很不好意思。「看見妳過得好，我就放心了。」

「娘，要不，您搬過來跟我們一起住吧？」夏雨霖開口說道。家裡的地方大，還有好些空著的院子，即使娘帶著奴僕住進來，也很寬闊。

「我還有些事情要處理。」陳老夫人拒絕。「第二府不是什麼好地方，我就不讓你們去了。你們若是有事的話，就去陳府，就在隔壁的街上，那是我的娘家，讓他們捎個信給我就成。」

「好。」夏雨霖點頭。

第二天，對於御史上奏的事情，皇上按照最開始計劃好的，說出了夏雨霖的身分。對於她是第二府的女兒這件事情，關注的人並不多，但陳老夫人是陳家的女兒，而她就是陳家的外孫女，有人不免想到，難怪王英卓能夠考中前三甲，原來他是陳家的血脈。

如今王英卓有這樣的背景，以後的前途恐怕會更不可限量。

而王英文兄弟三人，完全不知道這些事情，走走停停，一路視察，終於在冬天來臨之前回到了京城。想著好幾個月沒有見到家人，此時的他們恨不得飛奔回去。

「大哥，你回來了！」宇文樂笑得一臉燦爛地跑向自家大哥的馬車。

「上來。」宇文皓開口說道，他就樂顛樂顛地爬上馬車。

「你們離家也有些日子了，早些回去吧，明天別遲到就行。」留下這句話，馬車便駛進城裡。

王英文他們很高興，也跟著下馬，走進城去。

抄近路的兄弟三人不知道，他們已被趙家人發現了。

趙永財一家子來到京城也有些日子了，原本以為，來到京城就能過上好日子，哪裡曉得京城那麼的大，人那麼多，人生地不熟的他們，要找人談何容易。

身上的錢財是越來越少，他們一大家子只能咬著牙，不停地尋找，在灰心絕望的時候也曾經想回村子，只是清點錢財後，發現他們連回去的銀子都沒有。

因此，一家人不得不出去找活幹，很吃力地維持著生活。

如今看到王英文兄弟三人，一個個牽著高頭大馬，威風凜凜的樣子，他們就知道，王家人的生活不錯，忙叫手腳最靈活的孫子跟上。只可惜，比起有功夫的王家三兄弟，他再靈活，最終還是跟丟了。

這讓趙家人的臉色更不好。

「老頭子，我們要怎麼辦？」趙老太太開口問相公。

「找！我就不信，京城再大，我們一條街、一條街地找會找不到。」趙永財讓讀過書的兒子將他們已經找過的地方記下來，準備繼續找。

對此，其他人不敢說什麼，只希望能夠快點找到人。

王英文三兄弟的回歸，讓王家人再一次高興不已。

「黑了，瘦了。」夏雨霖笑著說道。

「沒事，回來多補補，很快就能補回來的。」王大虎並不在意，只要安全回來就好，年紀輕輕的，吃這麼一點苦算什麼。

王英文他們聽著這些日子家裡發生的事情，也是震驚不已。至於他們家出去擺攤的事情，他們更是贊同。

晚上，一家人都睡了以後，王英武特意去找了兄弟。「你們說，我和三弟是不是該另外想法子掙錢，這樣爹和娘就能輕鬆一點？」他們要擺攤的話，爹娘肯定不會袖手旁觀。

好吧，雖然知道皇后娘娘也不是那麼好當的，不過，王英武還是覺得不該讓爹娘跟著他們辛苦。

王英傑在一邊點頭。「二哥，你們腦子好，幫我們想想，還有沒有別的法子賺錢？我們不怕吃苦，就是不想爹娘跟著一起受累。」

「大哥，三弟，」王英文笑著說道：「還是繼續擺攤吧！你們難道忘記了，以前我們村子裡的王健大伯和大娘？他們當初跟著兒子去縣城居住，被孝順的兒孫奉養，什麼都不用做，可是就那麼幾年，原本身體很好的大伯和大娘，卻是這種病、那種病不斷。」

王英武和王英傑點頭，這事他們知道。

後來，王健大伯和大娘又回到了村子裡。他們都納悶，明明他們是去享清福的，怎麼會老得那麼快？後來，糧食有兒子從縣城帶回來，兩位老人只種點蔬菜，養幾隻雞，因為空閒，每次農忙的時候，他們都會到各家各戶去幫忙，身體反而慢慢地變好了。

王英武和王英傑他們還曾經私下裡說過，肯定是在縣城裡的兒子和媳婦不孝順，兩位老人才會給氣病的，不然回到村子裡怎麼就好了呢？

「爹娘想做，就讓他們做，我之前就問過大夫，適當的活動對身體好。」王英文開口說道。

「真的？」王英武和王英傑表示懷疑。

「當然。」其他兄弟三人齊齊地點頭。「大哥，三弟，你們想想，這裡不是王家村，要是爹娘什麼都不做，他們得多無聊？住在我們這條街上的人，有幾個是和我們能說上話的？」

沒有，不是那些人不理他們，而是他們大部分時候都聽不懂那些人的話，文謅謅的。好些時候娘回來之後，還會跟他們分析，這些話裡帶著的試探以及陷阱。

他們覺得太可怕了，從那個時候起，見到這條街上的人，除了南宮家，其他的人他們除了打招呼之外，都是用躲的。

「所以啊，爹娘不做事，不僅僅對身體不好，無聊也會憋出病的。」

王英武和王英傑點頭。

「當然，也不能讓爹和娘他們太累了，知道嗎？」王英卓想著這兩位兄長老實得很，怕他們想歪了，累著爹娘了，補上了這句話。

「知道，有我們在，絕對不會累著爹娘的。」兄弟兩人再一次點頭。

「那麼，我們可以走了嗎？」王英文無語地問道。他們和自家媳婦分別這麼多日，自然是要好好親熱，只是還沒開始就被他們打斷，既然現在事情解決了，他們決定不再浪費時間。

「你們回去休息吧。」王英武嘿嘿一笑，這次他倒是反應快。

三兄弟沒有半點猶豫地離開，倒是讓王英傑有幾分不好意思。

現在，家裡人都有自己的事情要做，只有在每天晚上一起吃晚飯。對此，王晴嵐表示很滿意。

有了忙碌的家人一對比，她一個人就顯得更無聊了。於是，王晴嵐決定要找些事情來做。

王晴嵐被王家人改變了許多，也有著既然要做，就要做好的決心。因此她也開始每天早出晚歸，在京城的各條街道閒晃，考察京城的情況，希望找到一個適合自己又能賺錢的生意。

只是，生意還沒有著落，王家人就收到了帖子。

王晴嵐從二伯手裡接過，看著上面的五個字：女子才藝會。什麼玩意兒？隨手就想扔掉。不過，想到是二伯給的，又忍住了。「二伯，你想要我去？」

「第二月也會去。」

哪怕自家外婆是第二月的奶奶，王英文也不會忘記之前的事情。

王晴嵐瞬間明白他的意思，把帖子收好。「二伯，你放心，我一定不會讓你失望的。」

給第二月添堵的事情，她願意做。「不過，我得去一趟六姑父那裡，找個靠山。」

苗鈺看著王晴嵐帶著一臉討好的笑容，並沒有接過她手裡的帖子，而是非常高冷地看了一眼。「妳還有才藝？」

「沒有，才藝是什麼，又不能吃。」王晴嵐一本正經地說道。

「那妳去丟人？」

「寫幾首哀怨的酸詩，彈幾首纏綿宛轉的曲子就算是才藝啊？姑父，皇上若是允許女子參加科舉的話，本姑娘定能輕而易舉地甩開她們幾條街。」王晴嵐自信地說道。

對於這一點，苗鈺相信。當初王詩涵一個姑娘，不也考中了舉人？他看過她的答卷，很有見地，而成親以後，他才發現，這個溫溫柔柔的姑娘，懂得比他想像得要多，涉獵的範圍也很廣。

這麼想著的苗鈺，經常在想，以後自家的女兒也應該要這麼教導才行。

雖然心裡贊同王晴嵐對於才藝的看法，可他的表情並沒有什麼變化。「所以呢，妳想說什麼？」

「第二月也會參加，我想去給她添堵。姑父，可能要你這個康王爺當靠山了。」王晴嵐直接說出自己的目的。

苗鈺沈默，看著王晴嵐，好一會兒才開口說道：「我是妳姑父，自然會幫妳。不過，有件事情我得提醒妳，皇上打算讓第二月當他兒媳婦，妳明白嗎？」

王晴嵐連連點頭。實際上，他們也沒想要第二月的命；再說，人家是女主角，又有那麼逆天的金手指，連皇上都要用聯姻這樣的手段，他們再厲害也越不過皇上。

「明白，真的只是給她添堵。」

「那好，做妳的靠山也不是不可以，我甚至可以讓妳打著我的名義去欺負妳看不慣的人；不過，有一個條件。」

果然，高冷的大反派，話一多就不會有好事情。可是對方是大反派，她只能認慫。

「妳不覺得妳來康王府太過頻繁了嗎？以後有事就讓門子找黑子，他會替妳辦了，不要來打擾我和妳姑姑。」

苗鈺真覺得這個姪女礙眼，每次一來，王詩涵就要拉著她說半天的話，做飯也會多做一些，還會給她挾菜。

王晴嵐瞬間秒懂，然後一拍額頭，真是笨啊，竟然做了這麼久的大燈泡都沒半點自覺。隨後又嘿嘿地笑了起來，反派變忠犬，自家姑姑好厲害。

「妳可以走了。」被王晴嵐這麼一笑，苗鈺微微有些不自在。

因為反派威嚴還在，王晴嵐也不敢撩老虎鬍鬚，喜孜孜地蹦蹦跳跳離開。

「我剛才的話有問題嗎？」苗鈺問著身邊的黑子。

「沒問題。」黑子開口說道。

「嵐兒呢？」王詩涵進來以後，沒有看見王晴嵐，開口問道。

「回去了。」

苗鈺覺得自己剛才的做法非常英明。

雖然王晴嵐是帶著目的去參加這麼無聊的聚會，可對於王家人來說，這樣精美的帖子，這麼高級的才藝會，自家姑娘要去參加，當然要打扮得漂漂亮亮的。

於是，習慣了褲裝的王晴嵐穿上了裙子，臉蛋上抹了一點胭脂，頭上的髮髻也戴上了有珍珠的梅花簪子。不說話，只是抿嘴笑著的她，站在那裡，倒很像那麼回事。
「好彆扭。」王晴嵐扯著自己的裙子，開口說道。
正在感嘆自家女兒已經是大姑娘的王英傑瞬間就從惆悵中走了出來。
「奶奶，我不想穿。」
王晴嵐也愛美，她對著銅鏡照了照，確實是挺好看的。只是，這裙子太過複雜，單單是下面的裙襬就有三層，更不要說上面了，她感覺自己都不會走路了。
「嵐兒，我聽說這是京城最流行的，穿在妳身上，真的很好看，跟仙女似的。」宋氏笑著說道。
「二伯，我是帶著任務去的，這個樣子怎麼給第二月添堵啊！」王晴嵐向二伯求助。
「行了，妳想怎麼穿就怎麼穿吧。」夏雨霖也覺得這套衣服太過複雜了。
她一句話，王晴嵐就恢復了以前的裝扮。仙女沒了，文靜的氣質也沒有了，但即使是穿著褲裝，也不會顯得她粗魯，反而多了許多的青春活力。
好吧，這才是他們家的閨女。雖然那樣打扮很好看，但這個樣子，王家人覺得更順眼一些。
王晴嵐拿著帖子出門，坐的是三位叔伯的順風車，在快要到地方的街口停了下來，她跳下馬車，對著三人說道：「二伯、四叔、小叔，我先走了。」
三人點頭，對於這個姪女，他們並沒有其他人那麼擔心。第一是因為他們了解她，就那些千金小姐的攻擊力，根本無法打擊自家信心強大、臉皮極厚的姪女。

再說，之前他們打聽過了，所謂的才藝會也就是那麼回事。

王晴嵐倒是不著急，她看著身邊的馬車一輛輛地經過，在不遠處的三層酒樓停下，那裡便是今天的聚會地。視力很好的她，此時已經能看清楚，酒樓門前，下車的千金小姐們一個個掛著優雅的笑容，三五成群，掀起一陣陣香風。

正慢悠悠地走著，等著她們將地方空出來的王晴嵐，突然伸手，準確地抓住一個人的手腕。一回頭，就看見宇文樂疼得皺起眉頭，但看在男神的分上，王晴嵐及時收回踢出去的腳。

「宇文樂，上次在巷子裡還沒被打夠嗎？」王晴嵐鬆開他的手，開口問道。

「我只是想跟妳打個招呼而已，妳也太警覺了吧？妳會功夫？」宇文樂突然想到那一次的跌倒，恐怕不是意外。

「關你屁事！」王晴嵐毫不客氣地說。

宇文樂被她這麼一說，愣了一下，隨後又露出一個欠扁的笑容。「妳不會是要去這個酸詩會吧？」

酸詩會？

「是又如何？」王晴嵐反問。

宇文樂上下地打量她。「就這身衣服，妳眼瞎嗎？沒看見她們一個個都把自己收拾得跟仙女似的，王姑娘，妳還想不想嫁人啊！」
王晴嵐瞪了他一樣，發現這個紈袴流氓公子依舊沒有離開的樣子，停下腳步，嫌棄地說道：「你能不能離我遠點？」
「不能，這裡又不是妳家的地。」宇文樂得意洋洋地說道。
然後，王晴嵐揮起拳頭威脅。「你就不怕我揍你！」
「妳揍啊！」宇文樂不要臉地將頭往她的拳頭上湊。
王晴嵐覺得她快要被這人的不要臉打敗了。只是，她的拳頭還真的不能揮下去，誰讓這流氓有著一張和男神七分相似的臉；再者，就算自己背靠著苗鈺，可他也有丞相大人撐腰，若是無緣無故地把這流氓揍了，會給自家姑父添麻煩的。
「你狠！」放下拳頭，王晴嵐說著這兩個字的時候，有幾分咬牙切齒的樣子。
宇文樂眼裡閃過一絲笑意。現在他有些明白，大哥說王家人心裡都保留著善良的一面是什麼意思了。
「王姑娘。」
「你到底想要怎麼樣？」王晴嵐無奈地問道。
「我只是想告訴妳，妳這樣進去，會被嘲笑冷落欺負的。」宇文樂提醒道。
「謝謝你提醒啊！」王晴嵐甩給他一個白眼，也用十分欠扁的語氣說道：「我有個王爺姑父，你信不信，今天那些欺負我的，明天就會倒楣。」

宇文樂笑著點頭。「那倒也是。」

「那你還跟著我幹什麼？」王晴嵐問道。

宇文樂從袖子裡掏出一張帖子，和她的帖子一模一樣的精美。只是，上面的五個字不一樣：才子詩詞會。

還有這玩意兒？

「你別告訴我，地點和時間都和這個是一樣的？」王晴嵐揚著她手中的帖子問道。

「是的。」宇文樂點頭。「所以，王姑娘，我跟妳去的是一樣的地方。要不這樣，我看妳孤身一人，沒有一個朋友，更是沒有下人，我陪妳進去怎麼樣？」

王晴嵐臉上的嫌棄意思更濃了。「你也算是才子？」

「妳會才藝嗎？」

被這麼反問，王晴嵐又瞪了他一眼。

「所以，走吧，我就勉強當妳的熟人，不讓妳那麼尷尬，不好嗎？」宇文樂笑容滿面地說道。

王晴嵐警惕地看著他。「你有什麼目的？」

「本公子今天心情好不行嗎？」

「你確定你是要幫我而不是要害我？若是我沒記錯的話，宇文二公子，你的名聲可不怎麼好。」王晴嵐完全不相信這傢伙的話，再說，跟這個紈袴走在一塊兒，她不瞬間變成女紈誇了嗎？

宇文樂笑看著她。「想不到妳還挺有腦子的嘛，這都被妳看出來了。」

王晴嵐完全不想跟這個表情誇張的傢伙說話；不過，也沒有再讓他離遠一點，看著酒樓的人好像沒有那麼多了，慢悠悠的腳步終於快了那麼一點點。

第六十七章

王晴嵐抬頭看了看這棟酒樓，開飯店的心思在想法一閃而過，很快又消失不見。家裡的明白人都知道，擺攤只是開始，等到賺夠了一定成本後，肯定會開飯店。她相信家裡人的手藝，生意只會越做越大。

這可是大伯和親爹以後的事業，她怎麼能搶？

「宇文少爺。」

看見宇文樂，迎接的管事愣了一下。因為丞相的關係，他們每年都會送帖子過去，但是丞相府那對天差地別的兄弟卻從來都沒有參加過，沒想到這次倒是出現了意外。

至於王晴嵐，那一身細棉布、乾淨俐落的打扮，或許在王家村是挺好的，可在管事的眼裡，這就是普通丫鬟的裝扮，即使是長得漂亮一點，也入不了管事的眼。

「怎麼樣？尷尬了吧？」

宇文樂沒有理會他面前的管事，而是一臉得意地看著王晴嵐。

「讓你失望了，我並不覺得尷尬。」王晴嵐抿嘴，回答完宇文樂以後才看向那管事的，什麼話也沒說，只是把帖子遞了過去。

「王小姐？」管事的看著上頭的名字，硬是沒想起來面前這位是哪位貴人家的千金。

王晴嵐眉頭一挑。「你才是小姐，你全家都是小姐。」

她說話的語氣明顯帶著不滿，可管事和宇文樂都不知道「小姐」這個梗，因此也就不知道她為什麼生氣。

「瞪大你的眼睛好好地看清楚，眼前這位姑娘是康王爺家的。」

宇文樂笑嘻嘻地說道，聲音並不小。原本在不遠處等著宇文樂進去之後再上前的才子佳人們，一聽到這話，紛紛將目光聚集在王晴嵐身上。

康王爺家的，又姓王，他們就知道是誰了。

再看對方那一身裝扮，這時候也不覺得奇怪了。畢竟一個從鄉下旮旯裡跑出來的野丫頭，運氣再好，也改不了她渾身上下散發的窮酸氣息。

再想著這村姑竟然和宇文樂混在一起，肯定是個德行不行的姑娘。然後，這些人都默契地退了一段距離。

「丟人了哦！」宇文樂幸災樂禍地說道。

「這不是你希望的嗎？」

「嗯。」

王晴嵐無語，即便這是事實，這傢伙竟然還敢不要臉地承認。「別以為我真的不敢揍你。」

「好了，我們進去吧。」

宇文樂沒再繼續跟她抬槓，抬腳就走了進去。
王晴嵐左看看，右看看，最後再抬頭看了看面前的酒樓，也跟著走了進去。
這時候，裡面已經有不少人了，三三兩兩地圍坐在一起，中間有個挺大的圓臺，看起來便是表演的地方。
王晴嵐無趣地摸了摸鼻子。這樣和現代酒樓辦喜酒有幾分相似的場景布置，在她眼裡，還不如古色古香的大酒樓來得有意思。
「要大廳還是廂房？」宇文樂開口問道。
王晴嵐抬頭，果然看見二樓有許多開著窗子的包廂，男男女女混坐在一起，佳人努力賣弄風騷，才子盡情地展現魅力，活脫脫的相親宴。
「大廳。」
其他人的桌子最少都有五、六個人，唯有大廳裡面位置最好的那一桌，只坐了宇文樂和王晴嵐兩個人。
人差不多到齊的時候，司儀一上臺，鬧烘烘的酒樓一下子就安靜了下來，沒什麼新意的開場白後，然後就開始詩詞歌賦、琴棋書畫的比拚。
「妳不參加？」看著一直在吃，目光時不時地掃向臺上的王晴嵐，宇文樂開口問道。
「你不也沒參加嗎？」王晴嵐吞下一口菜，隨後又喝了口湯，才反問著宇文樂。
「那妳來幹什麼？」

的話。

「我為什麼要告訴你？」

「妳告訴我，妳為什麼要來，我就告訴妳我為什麼要來。」宇文樂饒有興致地說著拗口

「我不想知道你為什麼要來。」王晴嵐毫不猶豫地拒絕，然後接著吃。

「妳確定不會後悔？」宇文樂追問。

「不後悔。」

然後，宇文樂不說話了，笑咪咪地看著面前的人吃東西，甚至看到她特別喜歡哪一樣的時候，吩咐人再去做一份。

許久以後，王晴嵐確實後悔了，如果她當初多問一句，結果會不會就不一樣呢？

在她眼裡，宇文樂是一個不折不扣、一無是處的紈袴加流氓，正因為如此，她對他並沒有太多的戒備之心。只是，她忘記了再怎麼樣，宇文樂都是她家男神的弟弟，更不知道，他其實也有一顆在智慧上並不遜於宇文皓的腦子。

今天，宇文樂之所以會放棄他吃喝玩樂的時間，來參加這無聊的聚會，只是因為剛才不小心看見王晴嵐跳下馬車時的動作，讓他想起了那個第一次來月事的姑娘。

正因為這樣，接下來他的每一個動作、每一句話，都是這位紈袴的試探，而被試探的對象到現在都還沒有察覺。

這樣的聚會，男子和女子雖然題目是一樣的，評比卻是分開的。而一項接著一項，第一

和第二都是被第二家的兩姊妹給占據了。

王晴嵐聽著熟悉的詩詞，熟悉的曲調，很快就鎖定了第二月的身分。書中曾經提過，重生後的第二月並不在意這些虛名，只是，但凡有第二仙的地方，就會有她，她是絕對不會給對方出頭的機會。

吃喝得差不多了，王晴嵐覺得自己該做點正事了。

「你說，這是不是有什麼內幕？怎麼第一和第二都出自一家人？」王晴嵐在宣布評比結果後，揚起聲音說道。

「這位姑娘別胡說，她們的畫作就在這裡，若是有不服的，請拿出更好的作品來。」一個老頭子一臉嚴肅地說道。

「考科舉都有可能洩題，怎麼？你們覺得就你們這玩意兒，還能比皇上布置得更周密？還是你們覺得，你們的腦子比皇上更聰明？」

既然要鬧事，就應該有個鬧事的樣子。

那老頭不敢接話了。其他人都瞪大著眼看著王晴嵐。

而王晴嵐的目光只停留在第二月的臉上，眼裡的惡意絲毫沒有掩飾。既然反派姑父也讓自己來找碴，就說明在皇上心裡，她和第二月的位置基本上就是半斤八兩。只要不弄得太出格，小打小鬧，她可以肯定，身為明君的皇上是絕對不會管的。

第二月也在第一時間對上了王晴嵐的目光。王家人既然和苗鈺成了親戚，那麼，之前自己所做的那些事情，恐怕王家人也已經知道了，會找碴，在她的意料之中。

「這位姑娘，妳是否太咄咄逼人了？」一位年輕的公子開口說道。

正在用眼神教訓第二月的王晴嵐側頭，就見臺上一位年輕的公子看著她，臉上帶著不贊同。

她微微地側身，小聲地問著一邊的宇文樂。「這是哪個智障？」

宇文樂目光閃了閃，瞬間明白了她的意思。「禮部侍郎家的二公子。放心，康王完全可以碾壓他。」

禮部侍郎並不需要多大的才能，所以在朝上無足輕重，大康能擔當這個職位的人太多了。

隨著這話的落下，王晴嵐直接抄起身邊的茶杯，扔了上去。二公子沒能躲過，一杯已經沒什麼溫度的茶水就這麼正面潑在他的臉上。茶杯倒是沒落在二公子的身上，而是在他的身後「啪嚓」的一聲碎開。

「就你這樣的，也想給美人出氣！這杯茶給你清醒一下頭腦。」

王晴嵐嘲諷的話剛剛說完，耳邊的氣流一陣湧動，她快速地轉身，看著迎面而來的鞭子，直接抄起椅子去擋。

聽到「啪」的一聲，她知道，這一鞭若真落到自己臉上，肯定得毀容。

鞭子纏住椅子，王晴嵐第一時間伸手抓住，用力地扯了過來。鞭子另一頭是個年輕姑娘，她原本想要一拳頭打過去，不過看到對方一張萌萌的臉，改變了主意，吼道：「妳他媽有病嗎?!」

「誰讓妳欺負泉哥哥。」

「泉哥哥？」王晴嵐一頭霧水。

「二公子。」宇文樂再一次出聲提醒。

「原來如此。」

狗血的三角戀，二公子很明顯是喜歡第二月，而面前這位萌妹子，喜歡那位二公子。想到這裡，王晴嵐露出一個惡劣的笑容。「我因為妳的二公子，差點挨妳一鞭子，所以，姑娘，對不起了。」

然後，她以閃電般的速度奪過妹子的鞭子，側身，不管妹子驚恐的目光，一鞭子就朝著二公子揮了過去。

「啊！」

然後，二公子尖利的叫聲直衝房頂，整個人也像死蝦一般，蜷縮在地上。

他這個樣子，讓已經收了不少力氣的王晴嵐沒有一點成就感。怎麼不能像電視裡演的那樣，在心愛的女人面前，再痛也忍得住，那樣才精彩。

她把鞭子扔給一旁的妹子。「小妹妹，妳這麼漂亮可愛，怎麼看上如此的慫貨，瞎眼了嗎？」

顯然，萌妹子也被泉哥哥的慘叫以及痛得在地上打滾的樣子嚇到了。她沒想到，在她心裡正義感十足，頂天立地的泉哥哥，竟然因為這一下不輕不重的鞭子而變得如此狼狽，再聽到王晴嵐說的話，一顆愛慕的心開始動搖了。

王晴嵐活動了一下手腕，直接走上臺，看著第二月。「現在輪到妳了。」

這下子，宇文樂知道，這才是她來的目的。

「無論有沒有他，妳都會找我麻煩的，是嗎？」第二月神情有些複雜地問道。

「是的。」王晴嵐點頭。

「之前的事情，是我的不對。」第二月道歉。「對不起。」

「那些事情，可不是妳這三個字就能解決的。」

第二月點頭。「那妳想如何？」

「先讓我揍一頓。」王晴嵐看著面前這位女主角，覺得和書中的描述有些不一樣。不過，不管她是變好還是變壞，都不影響她算以前那一筆接著一筆的帳。「如何？」

「妳想幹什麼？」

第二月還在思考，站在她身邊的第二仙就擋在她面前，看著王晴嵐。

「滾開！」

第二月和王晴嵐同時說道，甚至連厭惡的語氣都是一樣的。前者討厭第二仙是因為她們之間有著深仇大恨，後者純粹是因為第二仙做出的那些事情。

第二仙臉色一僵，整個人一下子就變成了梨花帶雨，我見猶憐。

「我再說一遍，滾開，否則，我連妳一塊兒揍。」

第二仙想著這姑娘剛才那一鞭子，眼裡閃過一絲害怕，不過，她沒有讓開。「王姑娘，再怎麼說，我們也是妳的長輩，妳要想清楚，妳要是動了手，就是毆打長輩，是忤逆。」

蝦米？長輩？王晴嵐眨了眨眼睛，然後想到奶奶的娘是女主角的祖母，這麼算來的話，女主角就是她的表姑姑，確實是她的長輩。

但他們王家只是炮灰而已，她只想好好地過自個兒的日子，從來沒想過要逆襲啊！

「所以呢？早就讓妳躲開的，妳不聽，那就不能怪我了。」

聽到這話，第二仙有種不妙的感覺，然後，右眼一黑，疼痛傳來。不過，作為被女主角記恨，能把前世的女主角害得那麼慘的女配角，她顯然比二公子那個慫貨要厲害一些。

至少她的叫聲沒那麼大，沒那麼難聽，抬手捂眼的動作也不算狼狽。

「還不走嗎？」王晴嵐笑著問道。

這一次，第二仙沒有任何猶豫地閃開了。她之前若是不站出來，別人肯定會說她不友愛姊妹，誰知道友愛的代價會這麼大。

不過，她想，第二月肯定會比她還要慘。這麼一想，右眼窩的疼痛似乎都沒有那麼劇烈了。

「能不能別打臉？」第二月問。

「不打臉也叫打人嗎？」王晴嵐反問道：「妳可不可以不還手？」

聽到王晴嵐這話，宇文樂嘴角抽搐。在場聽到這話的人，此時心裡都浮現著兩個字：無恥。

「可以。」第二月點頭。眾人驚掉下巴，第二神醫瘋了嗎？「這樣我們之間的帳就消了嗎？」

「妳想得倒是美，只是，第二姑娘，妳覺得可能嗎？」

第二月搖頭。「不可能。」

「那不就行了。」

說實話，若面前的第二月是她真實面孔的話，王晴嵐並不討厭，甚至有幾分喜歡，只是這並不能將她之前對他們家做的事抵消。

「那來吧。」第二月閉上眼睛。

王晴嵐出手沒有任何猶豫，只是在快要碰到第二月的臉蛋時，手腕被人握住了。她不悅地轉頭。「你又是哪根蔥？躺在地上的慫貨你看不見嗎？」

「王姑娘，得饒人處且饒人。」康興寧溫柔地說道。

「他是誰？」土包子的王晴嵐只得回頭，詢問在場唯一一個熟人。

「寧王。」

原來是男主角。王晴嵐上下打量著寧王，心裡微微有些失望。這位和她心裡的男神丞相差得太遠了，就連自家反派姑父都比不上，怎麼當上男主角的，難不成就是因為他前世今生都對女主角忠心耿耿？

好吧，雖然比女主角少活一世，可至今還沒遇上一個愛慕者的王晴嵐，絕對不會承認她是有那麼一點點羨慕嫉妒恨的。

「第二月，」王晴嵐手腕一轉，擺脫了康興寧。「妳確定我們兩個小姑娘的恩怨，要讓他參與進來嗎？」

她這話裡威脅的意思明顯，第二月聽得明白。若真是這樣，康王恐怕也會湊進來，到時候，就不是現在的小打小鬧，肯定會驚動皇上。在親兒子和康王之間，第二月相信，皇上絕對會站在康王那邊。

「興寧，這是我和王姑娘之間的事情。」

其實若是挨打就能還帳，讓王家消氣的話，她的心裡是非常樂意的。因為比起光明正大的手段，她更害怕背後神不知、鬼不覺的陰謀。王家有康王幫忙，即使是重活一世，她也不覺得自己有勝算。

「小月。」康興寧皺眉。

剛才王晴嵐掙脫的那一下，他看出來這姑娘不但會功夫，而且還不低。「她功夫很好。」

「我知道。」

上次狀元遊街的事情，她聽說了。那個時候，她才明白為什麼之前的計劃會失敗。不過，她也慶幸自己失敗了，不然，她再也見不到弟弟了。

「王姑娘……」

康興寧無奈地收回目光，對上王晴嵐戲謔的眼神，話還沒說出口，就被對方打斷。

「不能。」

康興寧一愣。「我還沒說呢！」

「你要說的，無非就兩件事情，要麼你替她挨打，要麼就是讓我下手輕點。前者我告訴你，就算你願意替，我打了你之後還是會打她；後者就更不可能了，不打重點，我怎麼消氣？」王晴嵐心情很好地說道。

得，想說的話都被這姑娘說了，面對這樣的情況，康興寧也不知道該怎麼辦了。

趁著這工夫，王晴嵐舉起拳頭就上前，一拳就將第二月摺倒在地上，然後就衝著她的臉一陣猛打。在場的人看得都覺得臉疼，唯有康興寧心疼得不行。

原本以為王晴嵐打了臉以後就會停下來，結果，她又開始踢第二月的身體，雖然第二月一聲都沒有哼，不過，康興寧卻是再也忍不住了。

「寧王，兩個小姑娘之間的恩怨，你還是少插手為妙。」

宇文樂也知道王家和第二月之間的恩怨。在他看來，王姑娘還是太傻了，人家幾次三番地置你們一家人於死地，換成是他或者是他哥，絕對會以同樣的手段加倍奉還，完全不會給對方希望。

「宇文少爺。」

「放心，她也就是打一打，不會出什麼事情的。你若插手，你家小月這頓打恐怕就白挨了。」宇文樂笑著提醒。「你應該看出來了，除了臉，王姑娘下手有分寸，沒有一下是衝著第二月的要害去的。要我說，王姑娘還是太善良了，不然以第二月所做的事情，有康王在，偷偷摸摸弄死她簡直不要太容易。」

「你不要胡說八道。」

道理是這個道理，可面對喜歡的人，康興寧的心也是偏的。別說王家人並沒有那樣的打算，要是被宇文樂這一提醒，覺得是個好主意，那就不好了。

「呵呵。」宇文樂吊兒郎當地發出怪異的笑聲。

第六十八章

王晴嵐揍第二月的時候，雖然並沒有往要害上招呼，但除了這一點之外，其他方面都沒有留情，第二月即使沒有性命之憂，疼痛卻是實打實的。

不過這些疼痛，比起第二月前世所遭受的痛苦，就不值得一提了。所以，即便是身上很疼，她依舊沒有發出聲音。

王晴嵐心想，女主角不愧是女主角，想著以後的日子還長，在最後一波拳打腳踢的狠揍後，她停下了。

剛剛還貌美如花、氣質出眾的第二月此時已經不能看了，衣衫凌亂，披頭散髮，最糟的是那一副鼻青臉腫的樣子，估計回家後，第二府的人都認不出來她是誰。

「小月。」

見王晴嵐停了下來，康興寧第一個奔上前，看到第二月的傷勢時，倒抽了一口氣。他此時有多心疼，側頭看向王晴嵐的眼睛裡就有多冰冷。

男主角的氣勢雖然強大，不過，能夠在苗鈺的冷眼下存活的王晴嵐，對此一點也不在意。

「妳怎麼下手那麼狠？」

「不狠，我報什麼仇？」王晴嵐反問，覺得剛才那一番運動下來，有些口渴了，正想找水喝，面前就出現一個茶杯，側頭看過去。「你沒下毒？」

宇文樂的笑容更燦爛了。「下了。妳敢喝嗎？」

沒有猶豫地接過，王晴嵐直接喝了起來。宇文樂反問的時候，她就知道自己問了一個非常愚蠢的問題。她雖然不是什麼大人物，可她有個很受皇上寵愛的王爺姑父，光這一點，只要不是傻子，都不會在光天化日之下謀害她的。

喝完水，再回頭看男女主的時候，兩人還是一副相偎相依的畫面，果然是真愛。

第二月都這樣了，康興寧除了心疼之外，沒有其他表情；再看那溫柔的動作，彷彿第二月是個瓷娃娃，一碰就會碎了一般，小心翼翼珍視的模樣嘖嘖，王晴嵐絕對不會承認自己是有些羨慕的。

算了，這樣虐狗的場面，她還是少看為妙。

「走了。」對身邊的宇文樂說了這兩個字，她就往外走。

「等等。」第二月虛弱的聲音在她身後響起。

「還有事？」王晴嵐回頭，看著隨時都像是要暈過去的第二月，問道。

「之前的事情，都是我一個人做的，跟我的家人沒有關係，能不能不牽扯到他們？」

聽到這話，王晴嵐有些想笑。她口中的家人，恐怕還包括小八叔。「放心，我跟妳不一樣，不會做趕盡殺絕的事情。」

第二月一愣，看著一臉嘲諷的王晴嵐，臉上微微有些發熱。不過，她還是開口說道：

「多謝。」

實際上，她出了臉熱之外，心裡還酸脹得很，眼裡的淚水怎麼都憋不住。

她的人生，為什麼會變成那樣？趕盡殺絕四個字，讓曾經以救人為理想的她無法反駁，因為那是事實。

這麼一想，她又不由自主地想到了王家那一家子，老老少少一堆人。當初若真的被她得逞了，那可是一條條鮮活的生命啊，而她就是那個凶手……

不對！突然，第二月的身體顫抖起來，回想著前世和這一生，她的雙手早已經不乾淨了，雖說有好些都是該死之人，可她真的不能確定，其中沒有一個無辜之人。

「小月。」康興寧擔心地叫道。

此時的第二月卻是有些不敢接受這個事實。想起家族的族規最後一條，凡是違背家規者，逐出家門。只是隨著家族的歷史越來越長，有了這麼一個詭異的傳言，但凡犯了族規而被逐出家門的，沒有一個下場好的，輕者窮困落魄，孤獨一生，重者家破人亡，性命不保。

濫殺無辜，無論有沒有得逞，在他們家族皆是重罪。她前世的結局，似乎就是最好的證明……想到這裡，第二月陷入深深地自我懷疑之中，難道她其實是咎由自取，真正害死兒女的人其實是她？

「妳把她怎麼了？」康興寧這話問的是王晴嵐。

看著第二月，王晴嵐想都沒想，直接找了一杯涼水，衝著第二月潑去。

她的動作很快，康興寧想阻止已經來不及了。在康興寧要發怒的時候，她抬起下巴。「瞧瞧，這不就清醒過來了嗎？」

「沒事吧？」

康興寧不是沒有聽出來王晴嵐幸災樂禍的語氣，不過，他第一時間關心的依舊是第二月。

「沒事。」第二月的聲音有些沙啞。錯了就是錯了，她抬頭看著面前帶著一臉壞笑，眼裡卻清澈坦蕩的小姑娘，張嘴。「對不起！」

「妳若不是真心的，這三個字就不必說了。不過，就算妳是真心的道歉，也沒有用，以後我依舊會見妳一次就打一次。」王晴嵐不客氣地說道。

「妳——」

康興寧想說什麼，被第二月阻止了。這是自己應得的。

看著這樣毫無鬥志的女主角，王晴嵐突然覺得沒什麼意思。她不明白，這位怎麼會和她想像中的女主角判若兩人？

「哼。」王晴嵐冷哼一聲，轉身就走。

突然，一個杯子朝她扔了過來，她俐落地躲過，又飛來了第二個。王晴嵐眼裡有了一絲火氣，伸手抓住杯子，直接朝著茶杯飛來的方向扔了回去。

然後，就聽見了「啊」的一聲。

抬頭看去，王晴嵐更火了。扔杯子的人是一個十五、六歲的小姑娘，不過，此時這小姑娘躲在她家丫鬟後面，而那丫鬟手裡正拿著杯子，在她的目光下，十分囂張地將杯子捏碎。

「妳有病啊！」王晴嵐說完這句，還不忘在心裡感嘆，京城裡的神經病真多。

「一個低賤的土包子，竟敢說本小姐，我看妳是活得不耐煩了。」

確定自己安全的小姑娘了站出來。原本眾人還覺得誰家千金這麼大的膽子，如今倒是一臉了然。

在皇上對康王日復一日的寵愛重視下，還敢挑釁的人，除了這一家子以外，還真想不出其他人來。

剛才寧王的態度就說明自家姑父這個靠山還是很給力，面前這位姑娘，要麼腦子有病，要麼就是靠山比她還大。於是，王晴嵐決定先按兵不動，側頭問緊跟在身邊的宇文樂。「這蠢貨又是誰？」

「苗妙，京城另一個苗府的人，也是妳姑父同母異父的妹妹。」宇文樂非常好心地點出對方的身分。

王晴嵐眉頭一挑，回想起書中關於反派姑父的身分。原本看書的時候只感嘆一句，每個變態都有一個不幸的童年。如今，苗鈺變成她姑父，即使她經常在心裡腹誹自家姑父，可再怎麼說，他現在是涵姑姑的相公，也是他們的家人。

所以，不見到苗家的人還好，如今一見，心裡的火氣如同火澆了油一般，猛地一下就燃燒了起來。

「我當是誰啊，原來是姦夫淫婦生下來的野種啊！沒想到，這樣見不得光的人還敢出現在大庭廣眾之下。嘖嘖，回去我一定要好好地洗洗我的眼睛，實在是太髒了。不對，我至少要沐浴三次，才能洗乾淨身上因為妳這野種出現而染了的髒污。」

王晴嵐是什麼人，若說跟這一群人裝高雅、談藝術，她或許不在行，可自小生活在王家村，前世又是在孤兒院長大，撒潑罵人她敢保證，這裡的人沒一個能比得上她。

再者，她又不同於尋常的潑婦，她胸中有丘壑，說話條理分明，所以，就算是撒潑耍無賴，她的手段也比普通的潑婦要高明得多。

隨著她的話落下，整間酒樓都安靜了下來，唯有苗妙鼓著腮幫子，瞪著一雙大眼睛，呼吸急促地看著她，聲音尖利地衝著她吼道：「妳知道妳在說什麼嗎？」

「我當然知道。」王晴嵐點頭。

她沒看見，身邊宇文樂因為她的話而變了臉色。她接下來說的話，比起之前更刻薄和惡毒。「叔嫂勾搭成姦生下來的孩子，不是野種是什麼？是天底下的男人都死絕了，還是天底下就她一個女人，他們才能不顧禮義廉恥，道德人倫，做出這般骯髒齷齪的亂倫之事，不是姦夫淫婦是什麼？」

宇文樂的笑容消失了。現在他肯定，王晴嵐不知道這是京城的禁忌，私底下想想還可以，但以前，凡是說出這些事情的人，第二天都出事了。

苗妙完全不知道該怎麼反駁，就算她知道爹和娘才是真心相愛的，是已經過世的大伯橫刀奪愛，後來大伯得病死了，那也是他活該。既然大伯都死了，爹和娘在一起不是應該的嗎？

「我、我、我……要殺了妳！」

「瞧瞧，還惱羞成怒了。」王晴嵐諷刺地說道：「你們的臉還真大，皇上不好意思說你們，你們還真當你們是根蔥，還敢姓苗？不過，這也正常，看看妳蠢成什麼樣就明白，你們家那些蠢貨，完全沒有領會皇上的意思。」

拿皇上說事，王晴嵐知道回去肯定會受罰，不過，誰讓姑父是她的家人，即使是個變態她也得維護著啊！這麼一想，王晴嵐都要被自己給感動哭了。

在場的人一個個瞪大眼睛看著王晴嵐。她的膽子也太大了吧？

想到她已經犯了忌諱，這次還把皇上都搬了出來，宇文樂忍不住拉了拉她的袖子，想提醒她，差不多得了。

不過，王晴嵐完全不理會，接著說道：「皇上為什麼會對康王那麼好，是因為他知道，只有他才是真正的苗家人；至於那姦夫淫婦、一窩子野種，皇上可有半點理會？他不處置，是因為這樣的人根本不配他出手。

「我要是你們，就應該整日躲在府裡不出來，或者終日吃齋唸佛。這得多不要臉，才敢依舊一副光鮮亮麗地出現在太陽底下。」王晴嵐嘲諷地看著苗妙，然後將視線掃過苗妙身邊的幾個姑娘，一邊搖頭，一邊可惜地說道：「妳們的三觀得有多不正，才能和這樣的人待在一起？難不成妳們也覺得，叔嫂勾搭成姦是對的？」

別說這個社會了，就是她之前生活的地方，對於叔嫂之間的事情接受程度都不是那麼高。好吧，不管別人，反正她是接受不了。

那幾個姑娘的臉色一下子就白了。會跟苗妙走在一起的，基本上家裡的勢力就是處於末端的，但即便是這樣，聽到王晴嵐這話都忍受不住，退開了幾步。

王晴嵐的問話，她們更是不敢點頭。

「很好，知錯能改，都是好姑娘。」王晴嵐點頭，也不看臉色鐵青的苗妙，轉身離開。

第二月看著離開的王晴嵐，心裡更是複雜。前世的她聽說苗鈺的事情以後，其實想法跟王晴嵐是一樣的，雖然沒覺得苗妙他們是野種，可對於她父母的事情，卻覺得挺噁心人的。只是，那個時候的她卻是把想法掩藏在心裡，謹小慎微地生活，顧忌著這個，顧忌著那個，一個字都沒有說過。

什麼時候，做事瀟灑、無愧於心的她，變成了這個樣子。

「小月。」

「興寧，我想回去了。」

「我送妳。」

第二月點頭，並沒有拒絕。不過，離開的時候，康興寧讓她戴上面紗，她拒絕了。外人怎麼看她重要嗎？不重要的。「只要興寧你不覺得我這樣子難看，就可以了。」

「不難看。」聽到這話，康興寧既高興、又心痛。

第二月微微一笑，扯動了傷口，也不在意疼痛，任由溫暖得有些刺目的陽光照在她的臉上。「走吧。」

「王姑娘，妳的膽子也太大了吧，妳知不知道，妳剛才說的話是禁忌，之前有人犯了，結果都是這樣。」

一出酒樓，沒走出兩步，宇文樂就對著王晴嵐說道，還做了一個抹脖子的動作。

王晴嵐暗自裡吞了吞口水。「沒那麼嚴重吧？」

「妳說呢？」宇文樂挑眉看著王晴嵐。「現在終於知道怕了？」

「呵呵，我才不怕呢。」自家姑父就是暗殺組織的頭領，她怕什麼？不過，就算是這樣，她還是先去姑父那裡報備一下比較好。

至於苗鈺讓她少去康王府當電燈泡的事情，現在就被她拋到腦後了。

「我還有事，先走了。」說完，她甩下宇文樂，直接朝著康王府的方向而去。

苗鈺看著面前的王晴嵐，實在是不知道該說什麼了。

怪她吧，這姪女的行為可是在維護自己；不責罰吧，她的膽子未免也太大了，因為一丁點小事就將皇上搬出來，以後還不把天都捅破了。

「相公，這事嵐兒沒錯。」王詩涵開口說道：「就苗家那對夫妻的行為，在我們村子裡，就算不被打死也是要逐出家門的，太噁心人了。」

「不是這事。」苗鈺開口說道：「是皇上的事情。」

王詩涵瞪了一眼王晴嵐，見她將腦袋低下，一副知道錯了的模樣，又不知道該說什麼了。想了一會兒，她才開口說道：「是該給她點教訓。」

「姑姑。」

「別撒嬌，沒用。」

王晴嵐撇嘴，歪著腦袋問道：「難道我說得不對，皇上不是那個意思？」

「就算妳說得對又如何？單單是妄自揣測聖意這一條，就足夠要了妳的腦袋。」苗鈺冷冰冰地說道。

「姑父……」

「行了，撒嬌對我就更沒用了。妳現在立刻回去，把『我錯了，不該揣測聖意』這句話寫一萬遍，寫好之後交給我，我會讓人交給皇上。」苗鈺想了想，開口說道。

一萬遍？王晴嵐有些頹喪。不過，還是點頭，因為她知道，比起受皮肉之苦，這樣的懲罰已經是最輕的了。「我知道了。」

王晴嵐離開以後，王詩涵才開口問道：「真的沒事？」

「沒事，妳安心。」

「哦。」孕婦王詩涵點頭，打了個哈欠。然後，苗鈺就扶著她回房間睡覺了。

另外一邊，第二月那副模樣一回到第二府，自然引起了許多人注目。最關心的就是第二夫人和第二嬌，陳老夫人也派人送來了藥。至於事情如何發生的，她已經派人去打聽了。

「小月，到底是怎麼回事？」第二夫人可不認為女兒是那種任人欺負的性子。

「娘。」第二月看著第二夫人，想了想，還是沒有隱瞞，將之前對王家所做的事情說了一遍。

然後，她看著第二夫人一臉青白地揚起手，卻許久都沒有落下。

「娘，我真的知道錯了。」

第二月不怕打，只是她擔心把親娘氣出個好歹來。一旁第二嬌一臉難以置信，不知道是不相信自己的耳朵，還是不相信自家嫡姊會做出這樣心狠手辣的事情來。

終歸是自己的親生女兒，這一巴掌還是放了下來。女兒的臉已經成這樣了，她怎麼下得了手？

「妳，去佛堂跪著，好好反省一下。」

想到那些事情，她何嘗不是和第二月一樣的想法，後怕啊！王家人裡面可有她的親生兒子，女兒要真是成功，她一個做母親的該如何面對女兒殺死兒子這樣殘忍的事實。還好，菩薩保佑，什麼事情都沒有發生。

「是，娘。」

這一次，第二月什麼也沒說，直接進了佛堂。她覺得自己也應該再好好想想。

一刻鐘後，就有丫鬟送來傷藥，即使她不需要，第二月的心還是覺得異常溫暖。

陳老夫人聽說這事以後，皺起眉頭。「那孩子不是傻子，為什麼要硬生生地忍著？如今身上還帶著傷就進了佛堂，這事不對。」

「奴婢也是這麼想的。」身後的嬤嬤緊跟著說道：「在奴婢看來，那孩子是個挺乖巧善良的孩子，也不會無緣無故打人，奴婢估計，不占理的一方是孫小姐這邊。」

陳老夫人揉了揉眉頭，然後笑著說道：「算了，小姑娘家之間的恩怨，只要不鬧出性命來，她們自己解決就好，一會兒妳送點傷藥去佛堂。」

「是，奴婢知道。」

倒是第二昌聽了這事，非常震驚，看著旁邊的夫人。「妳說小月被她外甥女給打了？」

第二夫人嘴角抽搐，面前的這個男人也太拿他自己當一回事了。流落在外的大小姐，人家一家子人從來都沒有登門過，就連老夫人想他們，也是親自去王宅，這就說明，人家壓根兒就不想認他們這一門親戚。

當然，這話第二夫人不會說，畢竟這件事情自家閨女曾經插了一手。還有這男人怎麼就這麼傻，竟然真的相信老夫人所謂的三胞胎說辭，稍微動腦子想想就應該知道，若真的是因為這樣，關於丟失的小姐，府裡又怎麼可能一點動靜都沒有？

第六十九章

「一定是小月做了什麼對不起人家的事情，她人呢？我要好好地教訓她一番，別以為會點醫術，就可以無法無天了！」第二昌非常氣憤地說道。

第二夫人面無表情地開口。「挨揍的是小月。還有，我已經讓她去佛堂反省了。」

「這樣就夠了？」第二昌皺眉。

「那你要如何？」

「一會兒妳準備好禮物，我和妳一起登門道歉。」第二昌一副丟臉的模樣，接著說道：「看看妳教出來的好女兒，真是的，整天除了拋頭露面，就是惹是生非。我們第二府現在情況已經很不好了，她能不能不要在這個節骨眼上給我添亂？」

第二夫人沈默。看著第二昌的模樣，她就知道他打的是什麼主意。

王家有三個兒子跟著丞相學習，還有一個康王姑爺，這比起日落西山的第二府，自然是好上太多。

第二夫人想到女兒所做的事情，知道這恐怕就是兒子對她們冷漠的原因。認不認對她來說，現在已經不再重要，兒子或許待在王家比待在這裡要好。

未免因為這樣的事情，讓王家對兒子心生隔閡，令兒子傷心，第二夫人也覺得親自上門道歉是必要的。

「好，我準備一下。」這麼想了一下，第二夫人點頭。

「嗯。」

想到王姨娘一點都不明白自己這麼做的理由，第二昌再次覺得，小妾始終只是小妾，在見識上，無論他花多少心思教導，都比不上正經的夫人。

說是準備東西，兩人其實就是重新換一套衣服，至於禮物，他們一開口，自有下人去準備。

出門的時候，第二昌還警告第二夫人。「態度好一些，不要端著架子。不管怎麼樣，那也是我妹妹和妹夫家，就算是他們舉止粗鄙，穿著襤褸，行為失禮，生活窘迫，妳也不能露出一絲看不起的意思。記住，我們是去賠禮道歉的。」

聽到第二昌這一連串的話，第二夫人心裡十分好笑。這男人實在是太想當然了。不過，她不想和他浪費唇舌，只是點頭。「知道了，老爺。」

回到自己家裡的王晴嵐，心情並沒有受到影響，笑著把酒樓裡發生的事情說了一遍。當然，姑父對她的懲罰她也沒有隱瞞。

王家人最初聽到，心裡暢快得很，但最後，王家人被嚇到了。

好久以後，夏雨霖才笑著說道：「活該，看妳以後還敢不敢口不擇言。」

「就是，妳也太大膽了，皇上也是妳能編排的？」王英武不贊同地說道。在他們這樣的平民百姓眼裡，皇上就是神明一般的存在，容不得半點的褻瀆和不敬。

「兩萬遍。」這是王英傑說的。雖然他覺得這樣的懲罰有些輕了，可王晴嵐到底是自己女兒，打捨不得，罵也罵不出口，最後想了想，還是妹夫的辦法最好。

「爹。」王晴嵐可憐兮兮地叫道。

王英傑坐在小板凳上低頭洗菜，完全不理會她。

「奶奶。」

「呵呵。」不愧是母子，夏雨霖笑出的這兩個字，諷刺意味和王英文他們如出一轍。

王晴嵐再看向其他人，結果是一樣的，最後只好認命。雖然兩萬遍很多，不過，好在姑父和親爹都沒有限定時間，她可以慢慢地寫。

第二昌和第二夫人帶著一堆奴婢來的時候，就見院裡擺著一筐筐蔬菜，以及廚房裡有節奏的切菜聲。看著家裡的男男女女都穿著比自家下人還不如的暗色粗布衣服，即使早有準備，夫妻兩人還是大吃一驚。

沒想到他們的日子這麼艱難。

因為晚上要擺攤，所以陪客的人只有王大虎、夏雨霖，還有王英武這個長子。王晴嵐作為待字閨中的姑娘，悠閒的她就擔任了端茶工作，然後直接在大伯身邊坐下了。

第二昌皺眉，覺得王晴嵐這行為實在是太失禮了。

比起之前來的陳老夫人，面對第二昌夫婦兩人，王大虎和王英武父子兩人都繃直了背脊，想著女婿告訴他們的事情，看著兩人的目光沒有任何掩飾，裡面全是防備和警惕。

倒是夏雨霖和王晴嵐的笑容是一家出品，溫柔可人。

「妹夫，妹妹。」想到康王，想到那跟著丞相學習的三位外甥，第二昌忍住了所有的不滿和嫌棄，笑得一臉親切地開口。

「妹夫」王大虎直接被嗆住了。

「一大把年紀，你小心著點。」

夏雨霖第一時間伸手給他拍背，王英武忙遞上自己的水。「爹，使勁地喝一口，順順氣。」

「嗯。」

用自己兒子的杯子，王大虎是一點也不嫌棄。等到把氣順過來以後，才笑著對夏雨霖說道：「沒事了。」

第二夫人看著身邊的老爺一臉鐵青的模樣，心裡更覺得好笑和荒唐。不過，想到自己來的目的，她笑著說道：「王老爺，王夫人，我們今天登門，主要是為了我那不爭氣的女兒向你們道歉的。」

王家四人沈默不語。雖然今天王晴嵐有些話說得過了，但她對第二月做的事情，他們的心裡都是贊同的，想法也跟自家人一樣。那些事情，可不是一句道歉就能夠了結的。

「我知道那些事情，不是三言兩語就可以原諒。女兒是我沒有教好，你們若是心裡有氣，也可以衝著我來，母女本是一體，她所做的事情，我也應該承擔責任。」第二夫人誠懇地說道。

這話讓王家人聽得舒服了些，因為他們一家人就是這樣的團結，雖然偶爾也有些爭吵，但一家人永遠就是一家人，共同進退，生死不棄。只是……

「嵐兒的意思就是我的意思。既然她已經答應了第二月，不牽連到她的家人，我們自然就會說到做到。」

夏雨霖的話一落下，王大虎父子就跟著點頭。

第二夫人不知道該怎麼說了。

「不過，妳放心，不管怎麼樣，我們都是有分寸的。」夏雨霖想了想，開口說道：「這樣吧，從今天算起，六年以內，我們家不主動去找第二月，第二月也不能主動迴避我們。京城說大不大，說小也不小，我們順其自然，將一切交給老天爺來安排。在這個期限以內，我們王家任何一個人遇上第二月，都可以揍她一頓，等六年以後，我們家和第二月之間的恩怨就一筆勾銷，互不相欠。」

王晴嵐點頭，這樣的安排已經算是他們家讓步了，至於第二家的人同不同意，根本就不重要，因為當初第二月算計謀害他們的時候，也沒有問過他們的意見。

「妹妹，我們是一家人，為什麼要這樣？要是小月真的有什麼地方得罪了妳，我回去打她一頓就是了。」第二昌皺著眉頭說道。今天女兒被揍，他已經覺得夠丟人了，想到這樣的事情以後還會發生，他就有些接受不了。

本來就對第二昌的印象不好，現在聽他這麼說，王家人就更討厭他了。自家的孩子，無論在外面做錯了什麼事情，要教育也是關起門來教育，哪有像他這樣的，緣由都不問就打人。

王晴嵐想著親爹，覺得自己無比幸福。

「這是你們家的事情。」夏雨霖淡淡地說道，意思十分明顯，至於那聲妹妹，她當作沒有聽見。這個哥哥，眼裡太多算計，原本就沒打算認的，如今見到真人，就更堅定了自己的想法。

第二夫人很心疼女兒，可想到女兒所做的事情，她也說不出其他的話，只得露出一個勉強的笑容。「這事和朗兒沒有關係，我知道，他在你們家比在我們府裡要幸福。」

雖然第二夫人的話沒有說完，可夏雨霖一瞬間就明白了她的意思，笑著說道：「小八是我的兒子，我們自然會好好地待他。我們家最困難的時候，小八都一直跟我們在一起，他就是我們的親人。妳擔心的事情是不會發生的，並不是因為妳，而是因為小八。」

王大虎和王英武再一次跟著點頭。

第二夫人鬆了一口氣。只是目的還沒達到的第二昌，看著有送客意思的夏雨霖，覥著臉開口說道：「妹妹，我知道三位外甥如今正跟著宇文丞相學習，以後定然是前途無量。妳看，能不能跟三位外甥說一聲，讓妳姪兒也能一起跟著丞相。」

聽到這話，第二夫人有些臉紅。如若不是家教使然，現在她真的非常想要拂袖而去，實在是太難看，太丟人了。

「姪兒？」夏雨霖皺眉，她沒想到第二昌竟然開得了這個口。

「就是我的兒子，第二輝，輝兒。」第二昌看她沒有拒絕，覺得有戲，笑著說道。

「這事我作不了主。當初他們能跟著丞相，是因為苗鈺在皇上面前說了好話。我覺得這事，你最好去找苗鈺，或者找宇文丞相本人。」夏雨霖開口說道，拒絕的意思已經很明顯了。

「這事妳怎麼作不了主？不是楊長寧也跟著去了嗎？妳讓輝兒頂替他就行，輝兒可是妳的親姪兒，楊長寧是個外人。」

聽到這無恥的話，王晴嵐的手癢得很。

「苗鈺和長寧都是我的女婿。」夏雨霖覺得自己已經把話說得夠明白了。

「這怎麼能一樣？苗鈺是康王，深受皇上的寵愛，他楊長寧算哪一根蔥？」第二昌的語氣非常理直氣壯。

夏雨霖沒有看第二昌，而是掃了一眼面色有些發紅的第二夫人。未免第二夫人尷尬，她努力不讓自己的眼裡露出同情之色。「夫人，晚上我們家還要擺攤，就不多留兩位了。」

觀念不同，夏雨霖知道，和第二昌說再多都沒有用，乾脆起身送客。

王晴嵐都快忍不住了，更何況是王英武。他第一次遇見這麼無恥的人，虧這人還長得人模人樣的。「請吧。」

「告辭。」第二夫人起身，說完這兩個字便走了出去。

話還沒說完的第二昌，整個臉色鐵青，早已忘記之前曾經告誡過自家夫人的話。「你們這是什麼意思？」

「沒什麼意思，第二老爺，我們這裡不歡迎你，請你離開。」王英武不耐煩地說道。「和這樣的人說話，浪費時間，還不如去做點事情賺銀子來得實在。」

「放肆！我是你舅舅，你怎麼跟我說話的？忤逆長輩，簡直是大逆不道，妳就是這麼教導兒子的？」第二昌一副長輩模樣地教訓了王英武一頓，然後對著夏雨霖問道。

「不用你操心，不管怎麼樣，我的兒子都不用求別人才有前程。」

夏雨霖說話也不客氣起來。對於她的七個兒女，她是滿意又驕傲，還輪不到一個外人來說他們不好。

「前程？擺攤也是前程，說出去也不怕笑掉別人大牙。」第二昌諷刺地說道。

「我們願意擺攤，礙著你什麼了？再說，我有一個康王女婿，隨便說一句話，都可以給我兩個兒子安排一個職務，不像有些人，還要覥著臉到處求人。」夏雨霖的話更犀利。

「你們……很好，真的很好，我沒有妳這樣無情的妹妹，妳不要後悔，總有一天你們會求到我的！」聽到她的話，第二昌的臉已經變成了豬肝色，語氣也十分氣憤。

「永遠都不會有那麼一天的。」

他們即使是餓死，也不會去求第二昌。這一點，王英武回答得十分硬氣。娘有他們兄弟姊妹在，沒有這個無恥的哥哥只會生活得更好。

「哼！」第二昌拂袖而去。

「什麼人啊！」王英武不滿地說道。

「不讓小八回去是對的。」夏雨霖笑著說道。

其他三人都跟著點頭。

第二昌的出現，對於王家人來說只是一個很小的插曲，就算這人是夏雨霖血脈上的親哥哥，但對他們來說，只是個無關輕重的外人而已，他們生活的重心還是在踏踏實實過自己的日子上面。

不過這天晚上，他們收攤以後，苗鈺一個人上門，把他和苗家的事情都說了一遍。以前覺得難以啟齒的事情，不知道為何，聽到王晴嵐那一番話後，他覺得這也沒什麼大不了。

「無恥，無恥至極！這樣的狗男女，你們苗家對他們就沒有任何的懲罰？」王英武聽說以後，直接開口說道。

要是他們王家出現了這種人，懲罰就只有一個，直接弄死！

王大虎也跟著點頭。

其他人也覺得大開眼界，原來這樣的事情不僅出現在話本裡，生活中竟然也真實地發生了？

王英傑瞪大眼睛看著苗鈺。「他們怎麼還有臉活在這個世上？」
對此，苗鈺不知道該怎麼回答。
王英文他們倒是鬆了一口氣。原來這就是妹夫的身世啊，之前他們想過了無數個版本，甚至都想過苗鈺的娘可能是最低賤的妓女出身，卻怎麼也沒想到會是這樣。好吧，他們也有些被嚇到了。
「苗鈺，這事跟你沒有關係，那些人自然會得到他們應有的下場，你不用多想，好好地和小涵過日子。他們不是見不得你好嗎？越是這樣，你就要過得越幸福，氣死他們。」饒是見多識廣的夏雨霖都被噁心到了。「再者，我不信他們家能夠過得好，若是我沒猜錯的話，他們的兒子、女兒娶妻、嫁人都成問題，這還早呢，以後有他們受的。」
她相信，不管在哪個社會，絕大部分的人即使不說苗家那些人的事情，卻也不代表他們心裡認同。
「那些因為這事針對你的，你也別多想，他們純粹就是嫉妒你。」
苗鈺點頭，岳母的想法和他不謀而合。
為什麼這麼多年，苗府的人依舊活得好好的？他要收拾他們就是一句話的事情，可他沒有做，就是覺得死對於他們來說，簡直是太便宜他們了。
他要把日子越過越好，他每上一層，就是踩一次苗府那些人，看著他們在泥潭裡掙扎，卻永遠都無法出頭。這樣的對比，用王晴嵐的話說，他心裡不要太舒爽。

這件事情就算這麼過去了。

「對了，今天嵐兒說皇上的事情，真的沒問題嗎？」王英傑還是有些擔心自家女兒的口不擇言。

「沒事。」苗鈺搖頭，看著王晴嵐眼睛一亮。「不過，懲罰還是要的。」

王英傑點頭。「這個我知道。」

苗鈺並沒有多待，他是在王詩涵睡著以後才過來的，不想她醒來見不到人。

在王家人看來，這些事情就算是告一段落了。只是，有兩家人卻不這麼認為。

回到第二府的第二昌氣得將身邊的東西都砸了一通，然後仔細想了想，跑去佛堂，看著女兒鼻青臉腫的模樣，沒有半點安慰，而是直接開口說道：「妳以後不准給王家人看病，他們就是病死了，妳也不准管。」

第二月看著面前的佛像，再回頭看著面目猙獰的父親，平靜地說道：「我是大夫。」

「我是妳爹，我的話妳敢不聽？」

「父親，在菩薩面前，你說這樣的話，真的好嗎？」第二月反問道，並沒有答應第二昌的要求。

第二昌回頭，看著慈眉善目的佛像，深吸一口氣，才用平靜的語氣說道：「第二月，妳是不是犯賤啊？他們把妳打成這樣，妳還要給他們家治病，妳腦子是不是有病啊？還有妳知不知道，妳母親今天，竟然同意了王家那邊的話。」

然後，他複述了夏雨霖所謂的六年之約。

「這是我的事情，和父親無關。」

第二月明白為什麼是六年。因為從她最初算計王家，到最後害王家人差點被砍頭，就是六年時間。

王家現在雖然開始興盛了，不過，他們和她接觸的圈子不一樣，在京城要遇上的機率其實並不高。

果然，能養出那樣目光坦蕩的姑娘，那一家人都是善良的。

「妳想氣死我是不是？」

第二昌看著第二月一副寵辱不驚的樣子，氣得想要揍她。就在這個時候，陳老夫人身邊的嬤嬤走了進來。

「大小姐，老夫人讓妳回去休息，好好養傷。還有，老夫人讓奴婢轉告大小姐，凡事三思而後行，做事但求無愧於心。」

第二月一愣，然後對著老嬤嬤行禮。「謹遵祖母教導。」

「回去吧。」

第二月就在第二昌眼皮子底下離開。

「妳這個……」第二昌憤怒地回頭，對上老嬤嬤得體的笑容，「老刁奴」三個字終究還是沒能說出口。

「大老爺，老夫人也有一句話讓奴婢轉告，好自為之。」

就這麼四個字，直到老嬤嬤離開，第二昌都沒能想明白這其中的意思。

第七十章

比起第二昌的生氣和憤怒，苗府則是爆發了一場爭執。

苗夫人聽到女兒說出「姦夫淫婦」四個字的時候，就暈了過去，好在大夫看過以後，說沒什麼大礙。

不過，就算是這樣，「姦夫」苗延慶的一張臉還是黑得可以，「野種」苗琪則是一臉的陰沈。

苗妙更是哭得歇斯底里。「爹，大哥，你們不知道，當時我有多難堪，酒樓裡所有的人都用異樣的目光看著我，彷彿我真的是髒東西一般……今天基本上是全京城的才子佳人都到場了。爹，你說說，揹上野種的名聲，我以後還怎麼嫁人？」

想到那個土包子離開以後，再也沒有人敢靠近她，也沒有人找她說話，那種尷尬，讓她恨不得立刻死去。

「妙妙，別哭，這件事情很快就會過去的。」苗延慶看著女兒哭成這樣，心疼地安慰道。

「過去？怎麼可能，爹，你不想想，我現在多大年紀了，為什麼連一個門當戶對的姑娘都娶不到？你們當初為什麼要留下苗鈺的性命，只要苗鈺存在一天，爹和娘曾經是叔嫂的事情，就會一直提醒著大家。」

說到這裡，苗琪有些埋怨爹娘的心慈手軟。

其實，他心裡更覺得那個土包子說得沒錯。是天下女人都死絕了嗎？他爹非得要自己的嫂子不可，還是說天下只剩他爹一個男人，他娘非要認準自己的小叔子？

如若不是這樣，一身才華的他為什麼連科舉都不能參加；無論他怎麼經營，依舊被排斥在貴族圈子之外。除了父母的原因，苗琪真的是想不到其他理由。

苗妙聽了哥哥的話，也跟著點頭。

苗延慶嘴巴發苦。他又何嘗想留著苗鈺那個賤種，時時刻刻地提醒著自己，心愛的人曾經和別的男人恩愛纏綿？可他用了許多手段，苗鈺的賤命就像是石頭一般，怎麼都弄不死，最後在他忍無可忍，準備派人了結他性命的時候，苗鈺就被皇上接進了皇宮。

再然後，苗鈺成了比皇子還要受寵的存在，他哪裡還有半點機會。

「現在的苗鈺，不是我們能動的了。」

即便是再不甘心，苗延慶也明白這一點。康王，那是多大的榮耀，只要腦子沒壞的人都明白，這樣的冊封表示他在皇上心裡真的是獨一無二的存在，誰敢惹苗鈺，就是跟皇上作對。

這樣的事情，就算是最輝煌時候的苗府也不敢做。

「爹，這件事情就這麼算了？」苗妙不甘心地問道。

「不然呢？」苗延慶反問。
苗琪和苗妙兄妹倆的臉色更難看了。可他們不傻，王晴嵐明顯有苗鈺那個賤種護著，若是她出了事，很容易就查出來。
不過，苗妙的眼珠子轉了轉，若是不出口氣，她覺得活著都沒什麼意義了。很快地，她心裡就有了主意。
苗琪見妹妹的模樣，就知道她肯定憋著什麼報復計劃。他也沒有阻止，一個土包子都敢踩他們兩腳，若是不給點教訓，以後誰都可以欺負他們兄妹。
王家人不知道，有人正準備對付他們。
王晴嵐大鬧酒樓的事情，終究還是被那些御史們逮住。有的拿這件事情攻擊王英文兄弟幾個，有的將矛頭指向苗鈺。
但早就知情的康天卓，面無表情地一一反駁。
「小姑娘之間的恩怨，你們是太閒了嗎？挨打的第二月都沒說什麼，你們倒是急急忙忙地出頭，要是覺得沒什麼事情做，就回老家種田去。」
康天卓看了一眼什麼都沒說的寧王。還好，沒被美色沖昏頭腦，跟著瞎起鬨，不錯，做爹的他很滿意。
王晴嵐揍第二月的事情就這麼解決了。
「她說的難道不對？虧你們讀的是聖賢之書，如果你們覺得她說得不對，朕倒是要讓人好好查一查，你們家是不是也有同樣的事情正在發生，或者即將發生。」

這話說得就很重了，對於張口就是禮義廉恥、綱常人倫，說話做事一向站在道德至高點的御史們來說，這樣的打擊可不是一點點，好些人話都不知道該怎麼說了。

不作聲的大臣們突然有種感覺，他們英明神武的皇帝陛下似乎朝著另一個方向發展，嘴越來越毒就是表現之一。不過，他們沒打算為這些吃飽了撐著，那麼多國家大事不關注，卻揪著幾個小姑娘之間的恩怨不放的御史們出頭。

「你們激動什麼，她拿朕說事，朕都不在意，你們在意什麼？做人要心胸寬廣一些，對待朕的子民就更要如此。」

雖然沒有明說，但也足夠那些御史們吐血的了，皇上這是在指責他們心胸狹窄嗎？站在前面的好些大臣，包括南宮晟，都在心裡搖頭。這些蠢貨，真是一點都看不明白，從一開始皇上的態度就已經表明不會追究，否則的話，王家那丫頭如今怎麼還會好好地活著，一點損傷都沒有。

唉，都這麼多年了，這些人還沒有習慣，皇上處理事情，只要和苗鈺沾上邊的，從來就沒有正常過。

正在罰寫的王晴嵐完全不知道，她不放在心上的小事，竟然值得拿到朝堂上去說。不過，她就算是知道了，也只會撇嘴說道：「吃飽了撐的。」

接下來的日子，王晴嵐一天裡有一半時間在慢悠悠地罰寫，另外一半的時間依舊在京城裡瞎逛，尋找商機。

這天上午，她手裡拿著一串糖葫蘆，換了一條街，依舊像往日那樣左右察看，時不時地上前詢問。

突然，一聲巨響傳來，前面圍著的人群也跟著散開，有人臉色蒼白地尖叫道：「殺人了！」

對於這樣的事情，王晴嵐是不會去湊熱鬧的，不過，她聽到一個有些熟悉的聲音後，停下轉身離開的腳步。

「不關我們的事情，妳放開我，趙小芳，我是妳娘，妳敢這麼對我，會被天打雷劈的！」

走近幾步，聽到這話，王晴嵐跑了過去，先看到的是倒在血泊裡的親爹。她臉都白了，看著他胸口插著的匕首，兩腿發軟。「爹，爹！」

王英傑疼得不行，不過看著女兒的模樣，想要扯出個笑容安慰她，嘴角的鮮血卻跟著流了出來。

王晴嵐害怕得不行，努力地吸著鼻子，拚命地告訴自己，現在該冷靜，冷靜。「娘，別管那些人，他們跑不了。妳在這裡守著爹，不要讓任何人靠近知道嗎？」

趙氏完全慌了神，聽到女兒的話，立刻點頭。

「要是有不認識的人敢靠近，妳不必留力氣，直接打死。」王晴嵐一抹眼睛，把眼淚擦掉，見親娘聽進自己的話，才對著王英傑說道：「爹，你挺住，我立刻給你找大夫來。」說完，她就跑了。

感謝她整天沒事就四處閒逛，她記得，第二月的醫館就在隔壁那條街上。她不敢耽擱，一口氣衝到醫館門口，跑進去，一看到第二月，整個人就鬆了一口氣。

老天爺保佑，女主角仁心仁術，即使身上的傷還沒有養好就開始坐堂，不然的話，她真不敢想像從這裡再到第二府，她爹怎麼撐得住。

「第二月，妳救救我爹，只要能救我爹，不管妳提出什麼要求我都答應妳！」王晴嵐跑上去，抓著第二月的手說道。

「別急，我跟妳走。」

第二月沒有多想，拿了放在一邊的藥箱，跟著走了出去。

王晴嵐滿心都是感激。在她看來，無論什麼仇，什麼恨，都可以放下了，她只要親爹能夠好好地活著。但看著第二月走路的速度，她真怕親爹等不及。

想了想，她搶過第二月的醫藥箱掛在身前，不管第二月的驚呼，揹著她就往前跑。原本覺得不好意思的第二月，看到王晴嵐揹著自己的速度都比她一個人跑得要快，將到嘴的話吞了下去。她比任何人都明白，這個時候，時間就是生命。

一條街說遠不遠，但說近也不近，更何況還揹著一個人，看著氣喘吁吁、滿頭大汗，卻依舊沒有減慢速度的王晴嵐，第二月心裡很敬佩。

快要到的時候，第二月衝著圍著的人喊道：「快些讓開！」

「你們給我讓開，我們家是康王的親戚，要是因為你們而耽誤了我爹的醫治，你們全部都要陪葬！」比起第二月溫柔的聲音，王晴嵐的表情可以說是異常猙獰，吼出來的聲音嚇得所有人都是一抖，齊齊地讓開了位置。

跑到她爹面前，王晴嵐才把第二月放下。看著滿臉死灰的親爹，她整個人癱軟在地上，甚至不敢去摸親爹的脈搏。

比起王晴嵐的害怕，身為大夫的第二月就要鎮定得多，她上前把脈，察看瞳孔，隨後鬆了一口氣。雖然氣若游絲，不過，萬幸的是人還沒有死，她就有辦法救活。

先拿出準備好的藥丸，餵了進去。這藥丸入口即化，即使王英傑已經不能主動吞嚥，第二月也有特殊的手段讓藥丸順著咽喉流進去。

王晴嵐看著那藥丸跟之前第二月給爺爺、奶奶他們的差不多，心裡更是感激。

命保住了，第二月將視線停在王英傑胸口的匕首上，皺了皺眉，湊近聞了聞，拿出自己特製的銀針一試，果然變黑了。

「匕首上塗有劇毒，這人是要妳爹的命。今天要不是我，或者妳慢一步的話，妳爹就只有死路一條。」

王晴嵐不懂醫術，可她還是知道一些常識，那匕首的位置明顯是衝著爹的心臟刺去。不過，她爹似乎是躲過了，匕首才刺偏了，可她沒想到，那人竟還在匕首上塗了毒。

「放心，能救的。」第二月很清楚這個時候家屬最需要聽什麼話。

「謝謝妳。」除了這個，王晴嵐真的不知道該說什麼。

「不客氣，這是我該做的。妳爹的匕首要拔出來，現在最好找人把他抬到我的醫館裡，這裡的環境不好。」第二月開口說道。

「嗯。」王晴嵐點頭，看著四周的人，她一個都不放心。「娘，我在這裡守著爹，妳去叫爺爺和大伯他們過來。」剛才用盡了全身的力氣，她真的跑不動了。

趙氏點頭，速度比起之前的王晴嵐更快。

王大虎看著天色，已經快中午了，以前這個時候，飯菜早就推過來了。已經把桌椅板凳收拾好的王英武也在納悶，時不時地伸頭看向外面，卻一直沒有出現他等待的身影。

「這都什麼時候了，老三他們怎麼還沒來？」午飯時間越來越近，依舊沒有看見人影的王英武不由得有些著急了。

不知道是不是被大兒子的焦急影響到了，夏雨霖的心竟然也跟著慌了起來。不過，面上還是笑著說道：「估計是遇上什麼事情給耽擱了，別著急，一會兒就會來的。」

「嗯。」王英武雖然點頭，眼睛卻依舊沒有收回來。

不僅是他，夏雨霖的眉頭也越皺越緊。

「娘！」王英武突然一聲大叫，嚇得她的一顆心怦怦直跳。「妳看，那是不是三弟妹？」

看著從遠處往這邊跑的趙氏越來越近，他看清了趙氏身上的血，這讓他有種不好的預感。

王家其他幾人紛紛走過來，看著趙氏，臉上的慌張都沒辦法掩飾。

「爹，娘！」趙氏一路跑過來，心裡想的都是女兒的吩咐。「傑哥被刺傷，嵐兒讓我叫爹和大哥幫忙，把他抬到醫館去。」

「刺傷?!」王家幾人齊齊地說道。

聽到這件事情的那一瞬間，夏雨霖的眼前一黑，腦子一片空白，不過就算是這樣，她依舊是幾個人中反應最快的。「虎哥，你和英武動作快，趕緊的，別耽擱了英傑的醫治。」

既然嵐兒讓她來叫人，就說明至少現在英傑並沒有性命之憂。想到之前第二月給的兩粒藥丸，她覺得應該兵分兩路，要是真有個萬一，那藥丸也能保住兒子的性命。

王大虎和王英武回過神來，沒有多說，直接沿著來時路往回跑。

一身是血的趙氏停頓了一下。「娘，我也去看著。」她也從最初的恐懼中回神過來。

「娘，沒事吧？」宋氏上前，一把扶住剛邁出腳就險些摔在地上的夏雨霖，擔心地問道。

「沒事，人老了，就是不中用。」夏雨霖雙手按在自己有些發軟的腿上，對著兩個兒媳婦說道：「妳們扶著我，我們回家。」
「不去看三弟？」宋氏有些奇怪地問。
「我有事。」夏雨霖並沒有過多的解釋。「快些，別耽擱了。」
三人才走出幾步路，就有一輛馬車停在她們面前。「老夫人，快上車。」
夏雨霖認識來人，露出臉蛋的姑娘是康王府裡服侍女兒的丫鬟。她點頭，上了馬車。
「老夫人放心，三舅爺已無性命之憂，王爺已經趕過去了。三舅爺吉人天相，一定能逢凶化吉的。」小姑娘脆生生、不疾不徐的話，卻是讓她們三人提著的心放了下來。
另一邊，王晴嵐守在親爹身邊，時不時地把食指放在他的鼻子下，感受到那裡溫熱的呼吸，才能安心。
「真要等妳爺爺他們來？」第二月皺著眉頭說道：「這樣對妳爹不好。」
「很快的。」
冷靜下來的王晴嵐開口說道。她的很快，並不是指爺爺和大伯他們，而是六姑父。這段時間，六姑父一直陪著涵姑姑，並沒有什麼重要的事情，她相信除了在場的這些人外，六姑父絕對是最先收到消息的人。
第二月雖然不贊同，不過抬頭時，就見被她注視的人紛紛後退了兩步，也明白過來，王英傑的傷勢太重，怕在抬人的途中沒氣。在他們看來，這樣意外死亡的人不僅僅晦氣得很，而且煞氣非常重。

「讓開！」

冰冷卻囂張無比的聲音響起，眾人側頭，看見走過來的一行人，紛紛又往後退了一大步。膽小的早已經在第一時間跑開，沒能走掉的，則是小心翼翼地待在原地，大氣都不敢出，生怕得罪了為首的那位。

「如何？」

苗鈺走上前，看了一眼躺在地上的王英傑。那毫無生氣的樣子和以前憨厚愚蠢的笑容比起來，非常地刺眼。

看見親人，王晴嵐癟嘴，眼淚就要往外冒，不過，被苗鈺的一個冷眼掃過來，鼻子用力一吸，還沒有到眼眶的淚水又憋了回去。

「命是保住了，當務之急是將他抬到我的醫館去，把匕首拔出來。」第二月開口說道。

苗鈺點頭，黑子立刻帶人將王英傑抬了起來，平穩得沒有一點抖動。第二月二話不說，跟上他們的腳步。

王晴嵐想站起來，卻發現自己的腿不僅軟得很，一雙腳除了麻，再也沒有其他的感覺，硬撐著試了試，還是站不起來。

「還不跟上。」苗鈺用腳尖踢了一下王晴嵐，開口說道。

「姑父，我站不起來。」

「沒用。」

苗鈺居高臨下地看著王晴嵐，目光裡帶著濃濃的鄙視。不過，還是讓身後的女護衛把王晴嵐揹了起來，才一起往醫館走去。

「對了，姑父，姑姑不知道這事吧？」現在姑姑懷孕，可不能受驚嚇。

「妳覺得呢？」

王晴嵐鼓起臉頰。能不能好好說話，你這到底是什麼意思？

「妳覺得我傻嗎？」

王晴嵐想都不想就搖頭。他要是傻，這世上恐怕就沒有聰明人了。然後，她就明白，她爹受傷的事情，姑姑是被瞞著的。

到醫館時，第二月已經把匕首拔出來了，正在給王英傑包紮傷口。她的手法很嫻熟，動作很快，沒一會兒就完成了，起身擦了額頭上的細汗，才走到苗鈺和王晴嵐面前。

「我爹怎麼樣？」王晴嵐輕聲問道。

「沒事了，不過，他傷得很重，要在醫館裡養一段日子，又失血過多，得好好補補。」

王晴嵐點頭。

「謝謝妳。」其他的話，她也沒多說。只是她心裡清楚，他們家與第二月以前的恩怨，也到此為止了。她說的感謝不僅是嘴上說說，而是發自內心的。

比起旁人，她知道得更多，今天爹的這種情況，要是這世上沒有第二月，她親爹估計也救不活了。

「不用客氣，這是我應該做的。」第二月開口說道。

熟悉的話語和語氣，讓王晴嵐一愣，她突然間有些明白，為什麼有那麼多金手指的女主角上一世會混得那麼慘了。都重生了，說話的方式似乎並沒有多大的改變。

「有什麼不對嗎？」

王晴嵐搖頭。

「那你們看著病人，有事叫我。」

王晴嵐點頭。

「怎麼，妳不揍她了？」等到第二月離開後，苗鈺問王晴嵐。

「姑父，冤家宜解不宜結。」王晴嵐看著苗鈺說道。

苗鈺嗤笑，不過到底沒有多說什麼。

第七十一章

沒一會兒，王家的其他人都趕到了。沒發生他們想像中最糟糕的情況，大家都鬆了一口氣，不過，看著王英傑毫無血色的臉，就足夠讓他們難受了。

「這到底是怎麼回事？」夏雨霖問著王晴嵐。「好端端的，怎麼會有人當街行凶？」

今天傷著一個兒子，他們家那麼多的人，這樣的事情要是再發生一次，先不說其他人會不會像英傑那麼幸運，她估計都會被嚇死。

王晴嵐看向娘，她也不清楚事情。

「有幾個人攔住我的去路，說是我的爹娘，但我不認識他們。」趙氏開口說道。

「傑哥跟他們說，現在有事，讓他們留個地址，等下午的時候再去找他們。結果，他們就鬧了起來，然後，傑哥就被刺了。」

王家人都將眉頭皺了起來，以他們對趙家人的了解，撒潑、耍賴的本事是有，但若是殺人，他們還是不信的。

「不必擔心，這事交給我，很快就會有結果了。」苗鈺開口說道。在大庭廣眾之下行凶，留下的破綻很多，要查真凶並不難。

他說的很快，是真的很快。這邊王英傑還沒清醒，得到消息的王英文兄弟趕過來的時候，結果就出來了。

聽到幕後凶手是誰，王晴嵐的臉有些發白。「是因為我嗎？」

「跟妳沒關係。」王英文率先開口說道。

「可是，二伯，要不是我罵得太厲害，可能我爹就不會躺在這裡了……」雖然她說的都是事實，可王晴嵐明白，爹是被她牽連的。

「嵐兒，這事跟妳沒有關係。」夏雨霖想了想，接著說道：「不過這些日子妳確實是有些浮躁了，吸取這次的教訓也好，以後才能踏踏實實地過日子。」

「嗯。」王晴嵐點頭。

被奶奶這麼一提醒，她也明白過來，從穿越過來就一直小心翼翼的她，因為有了苗鈺這麼一個大靠山，以前的小心不見了，雖然沒有太過紈袴，卻有向那方面發展的趨勢。

當她想到，幾年之後，自己變成和宇文樂一樣欺男霸女的女紈袴，渾身抖了抖。算了，奶奶說得對，無論六姑父是不是願意一直當她的靠山，這樣的人設不適合升斗小民的她，還是老老實實地過自己的小日子吧！

不過，苗妙，她卻不能放過。

「姑父。」

王晴嵐開口叫道，眼裡的意思很明顯，若說上次自己的嘴賤是導火線，那麼，親爹被刺殺的事情，關鍵原因還是在苗鈺和苗家的恩怨上。

「這事我來處理。」

苗鈺那麼聰明，怎麼會不明白她的意思。以前之所以沒有對苗家動手，是覺得那些人咬牙切齒地恨著自己，卻一點辦法都沒有的表情很好笑。

而且他的日子越過越好，苗家卻在皇上的打壓下一日不如一日，這種對比和落差，同樣會令苗家那群人難受不已。

只是，他沒想到，苗家的人近來越來越沒腦子了，膽子倒是大得出奇。整個京城，恨他的人不少，起了動王家人心思的也不是沒有；只是，為什麼只有一個人動手，就是因為他們知道，代價太大，他們付不起。

而現在，他對苗家的那些人沒什麼興趣了，也好，就拿他們開刀，殺雞儆猴。

「你打算怎麼做？」王英卓開口問道。

「斬草除根。」

輕描淡寫的四個字，讓站在一邊的王晴嵐一顆心都跟著抖了抖。這才是反派大人該有的氣勢，不過……

「不行。」王晴嵐和王英文兄弟三個齊齊地開口。

苗鈺挑眉。

他們不是不想苗家的人倒楣，不過，這事苗鈺就算要插手，也不能用那麼極端的法子。無論他和苗家有什麼恩怨，都不該他來動手，對他的名聲不好。

「苗鈺，這事你不要管。」王英文開口說道：「你把你查到的東西給我，一會兒我去衙門告他們。」

王晴嵐點頭，這才是正常程序。

「太麻煩了。」苗鈺皺眉，明顯不贊同。

「只要你一句話，案子很快就能審完。苗家其他人若是沒有參與的，我們不管，但苗妙，得按照律法來判。」王英卓懂這些，買凶殺人，不是秋後處斬就是流放，有苗鈺在，前者的可能更大。「至於苗家的人，只要讓他們沒有能力再找我們家麻煩就行了。」

王英文和王英奇點頭。

「迂腐。」苗鈺如何不知道他們是在考慮自己的名聲。

「苗鈺，這事就這麼辦吧，你不為你自己著想，也要考慮詩涵和她肚子裡的孩子。」夏雨霖開口說道。

對方是長輩，再加上王家所有人都這麼說，苗鈺沈默不語，表示他的不反對。

另外一邊，被抓進大牢的趙家人一個個都抖得十分厲害。他們原本就在找王家人的行蹤，突然有人過來，不但告訴他們在哪裡能找到人，還給了他們五十兩銀子，讓他們去王英傑和趙氏的必經之路攔截。

這樣天大的好事，他們怎麼會拒絕？只是，哪裡能想到，竟然發生這樣的事情。如今回想起來才恍然大悟，這就是個陷阱，他們即使在京城待了這麼些日子，到底是從村子裡來的，一些自私自利的小算計他們可能花樣百出，但讓他們殺人，是絕對沒有那個膽子的。

「老頭子，怎麼辦？」

想到那些凶神惡煞的官爺，再看著四周陰冷黑暗的環境，花了許久才恢復了一點的趙老太太顫抖著聲音問道。

「我怎麼知道！」

在趙家，趙永財是一家之主，可在這裡，他什麼都不是，如今遇到這樣的事情，他的害怕並不比趙老太太少，看著一大家子擠在一起，一顆心都被後悔充斥了。

他們就不該來京城，要是沒來京城，他們不會受顛沛流離之苦，不會一大家子擠在破落的兩個小房間裡辛苦地生活，更不會遇上這樣要命的事情。

在這之前，他們一直想著王家是越發達越好，那樣就能占到更多便宜；然而，現在他們的想法卻是相反的。

趙永財的這一句話落下，趙家的女人都大哭了起來，聲音吵得在不遠處喝酒的獄卒煩躁得很，起身就拿起刀在牢門上敲起來，嚇得趙家女人都不敢哭了。

「吵什麼吵！」看著一瞬間安靜下來的人，獄卒搖晃著身體滿意地回去，接著喝酒。

前面無路，想哭不能哭，身陷牢獄的趙家人覺得再也沒有比這更難過的事情了。

比起他們，在家裡聽到消息的苗妙一臉暢快和興奮。

一個鄉下來的土包子也敢得罪她？哼，這次沒死，算他命大。不過，那又怎麼樣，只要他們還在京城，這樣的機會就有很多，當日的羞辱之仇，她是一定要報的！
還有第二月那個賤人，竟然敢多管閒事，以後找機會一定要好好地修理她一頓。
苗琪看著妹妹心情特別好，臉上也帶著笑容。「有什麼好事？」
「不告訴你！」苗妙漂亮的眉毛一揚，笑嘻嘻地坐在苗夫人的身邊。
許久沒有看見女兒這麼高興，苗夫人天生就楚楚可憐的臉也染上幾分笑意，讓她整個人去了些憂鬱的氣質，多了幾分明媚。「不告訴妳哥，那跟娘說說。」
「也不告訴娘！」
苗妙為什麼不說，是因為她知道，說了的話，家裡人肯定會不高興。因為之前她想要報復的計劃，沒有一個人贊同，他們都讓她忍著。憑什麼，要是對上苗鈺那個賤種，她自然會忍，可那個她從來不會放在眼裡的低賤貧民，竟然指著她的鼻子，羞辱她和她的家人，若是連這都忍了，她苗妙以後還怎麼在京城裡混？
最重要的是，在那樣的場合被羞辱，名聲受損，以後找婆家都困難，她一輩子的幸福都被毀了，難道讓她出出氣都不可以嗎？這不，什麼事情都沒有嗎？
和家人吃過午飯，心情好的她決定去睡個午覺。
「砰」的一聲，房門被踹開，從夢中被嚇醒的苗妙怒火高漲，一下子就坐了起來，轉頭就想罵房間裡的下人。
結果，當她看到來人是幾個官兵的時候，睡得紅通通的臉蛋一下子就白了。

「你們幹什麼？」她問話的聲音有些發抖。

看著她這個樣子，陪著這些人過來的苗延慶父子本就難看的臉色一下子就黑了。知女莫若父，女兒這樣的表現就已經說明了一切。

「陳大人。」苗延慶不可能放著寶貝閨女不管，轉頭笑對著刑部的陳大人。他在刑部雖然是個小角色，可此時代表了刑部，身分自然是不一樣。

按理說這樣的小案子，根本不用刑部出馬，只是受害者的兄弟請了宇文丞相，直接將事情捅到皇上面前。皇上似乎因為康王的關係，對王家人特別地照顧，因此，陳大人才會出現在這裡。

陳大人掃了一眼苗延慶，以及他手上遞過來的東西，並沒有接過，而是非常高冷地對著床上的苗妙說道：「苗姑娘，給妳一刻鐘的時間，收拾好自己。」說完便帶著自己的人走了出去，卻沒有走遠，而是守在外面。

苗夫人留在房間裡，看著瑟瑟發抖的苗妙，哪裡還不明白。不過這是自己的女兒，她怎麼能夠不心疼，伸手將她抱在懷裡，溫柔地哄著。「不怕，有娘在，沒事的。」

「娘……」苗妙哭著叫道：「我不要被帶走，死也不要被帶走！」

京城裡有點勢力的人家，除了被抄家了的，不然就算是女眷犯了錯，都是家族自個兒處理，絕對不會鬧到公堂上丟人現眼的。

「別怕，娘陪著妳，妳爹和哥哥會想辦法，不會讓妳被帶走的。」

苗夫人撫摸著苗妙的腦袋，臉上卻屈辱得很，心裡想著，實在不行，她就去求那畜生一回，不管怎麼樣，都不能讓女兒有事。

門外，苗延慶和苗琪帶著討好的笑容，憋屈地說盡了好話，也許了許多的好處；不過，這位陳大人卻一點都不為所動，實在是被兩人弄煩了，他開口說道：「苗大人，這事皇上都過問了，你覺得令千金有可能逃得過嗎？」

苗延慶和苗琪瞪大了眼睛。

接著，陳大人用十分可惜和憐憫的目光看著他們父子。「與其擔心令千金，不如好好想想自己吧！可惜了，以前多麼風光的苗府，如今……唉。」

陳大人的話以及語氣，讓兩人有種不好的預感。

「大人，這話是什麼意思？」苗延慶問著這話的時候，語氣很好。事到如今，他終於明白陳大人剛才那句話的意思。

曾幾何時，像陳大人這樣的小人物站在他面前，只有卑躬屈膝的分，哪裡像現在，換成他點頭哈腰。

只可惜，他的態度再好也沒有用，這位陳大人依舊高冷，看著苗延慶的眼裡帶著輕蔑。他怎麼也沒想到年輕時風靡整個京城，前途無量的苗家二少爺，竟然會這麼愚蠢。不過一想到他恬不知恥地和親嫂子生活在一起這麼多年，還生兒育女，他覺得這人沒腦子也挺正常的。

自詡是聰明人的陳大人，沈默不語，一是他不屑和這樣的人說話，二來也沒有必要了。

「陳大人……」

「時間到了。」

陳大人沒有理會苗延慶，而是對著屬下開口。

在苗延慶父子還來不及阻止的情況下，房門再次被打開。陳大人看著依舊衣衫不整的苗妙，面帶冷笑。以為拖延時間就可以了嗎？

「苗姑娘，要麼現在我立刻讓人把妳拖走，要麼就請妳迅速整理好，跟著我們離開。妳若是一直不動，我就當妳選了前者。」

苗妙的臉色一白。苗夫人臉色難看地瞪著陳大人，只是她一向以溫柔如水示人，因此即使是憤怒，也沒有多少氣勢，何況她的心裡其實也沒底。

「你放肆！」

「苗姑娘。」

陳大人不願意和這一家人多做糾纏，不過他是走正經的科舉之路進入官場的，即使當官這麼些年，骨子裡多多少少還是有些書生秉性；也正是因為這樣，他才會一而再、再而三地給苗妙整理的機會。

只可惜，這姑娘一直坐在床上，沒有任何動作。

「你們好大的膽子，我可是康王的親娘，她是康王的妹妹，你們怎麼敢？」

聽到這話，陳大人真的很想笑。既是親娘、又是嬸娘，既是堂妹、又是同母異父的妹妹，這女人怎麼還有臉說得出口，她難道不覺得羞恥嗎？至於她口中的康王，他還真是怕；不過，既然皇上都過問了，康王的意思就很明顯了。

既然這樣，他還怕什麼？耐心用盡的陳大人，也不管苗妙的衣著整不整齊了。「帶走！」

「你們敢！」苗琪對自家妹妹還是很好的，第一時間跳出來，擋在前面。

「怎麼，苗少爺是想阻止刑部辦案嗎？」陳大人笑著問道。

看著面前陳大人刺目的嘲諷笑容，苗琪想衝上去，卻被苗延慶一把抓住。兒子和女兒，他在陳大人冰冷的目光下立刻就做了選擇。

「拉走！」

「爹！娘！」

雖然陳大人給了苗妙一些時間，但就算是現在，她還是沒有從事情暴露，馬上就要被抓的驚恐中回神過來。直到兩個官兵粗魯地抓著她的手臂，將她從床上拖下來的時候，心裡的恐懼達到了頂點，她再也忍不住淒厲地叫了起來。

苗夫人想要阻止，只是剛剛官兵上前，就把她推倒在地，即使沒怎麼用力，柔弱的她還是怎麼都爬不起來，只得癱坐在地上，眼裡含著淚水，傷心地回應著女兒。「妙妙！妙妙！」

官兵來得快也離開得快，一瞬間，房間裡只剩下苗延慶三人。苗夫人低聲哭泣，苗琪喘著粗氣，苗延慶一臉的陰沈。

「爹，難道我們就這麼看著妹妹過堂嗎？」

那樣的話，妹妹就算是不死，名聲也盡毀了。

苗延慶放開自家兒子，又一臉心疼地把苗夫人扶起來。「夫人，現在不是傷心的時候，為了我們的女兒，只能委屈妳了。」

「夫君，你說的是什麼話？」苗夫人抹著眼淚，開口說道：「只要能救女兒，要我做什麼我都願意。」

「妳是康王的親娘，只要妳開口，康王不可能不答應，這樣妙妙很快就會回來的。」

「嗯，夫君，你放心，我知道該怎麼做了。」苗夫人點頭。

她收拾的時候，苗延慶直接拉著兒子出門。

看著空盪盪的府邸，下人早已經不知道躲到哪裡去了，他整個人茫然極了。什麼時候，威風凜凜的苗府變成現在這副模樣了？

「爹！」苗琪很焦急。這都什麼時候了，爹還在這裡發呆？

「琪兒，你說，我錯了嗎？」苗延慶回頭，看著兒子，開口問道。

苗琪用古怪的目光看著他爹，眉頭皺緊。他並不傻。「爹，你現在說這個是什麼意思？」

「爹發現，都是爹害了你和妙妙！」

自家兒子那麼聰明，為何科舉一直沒上榜，連一個秀才都沒考上？若說這中間沒人做手腳，他是不信的。還有他，之前是朝廷的二品大員，只是從什麼時候起，他的官越做越小，以至於年輕力壯的時候，他就無所事事地待在家裡，吃著祖宗留下來的基業，一事無成。

那個時候，他還可以跟自己說這樣更好，有更多的時間陪著妻兒，一家四口就這麼過著平凡卻又幸福的生活。可是現在，陳大人的話讓他明白，恐怕連這樣平凡的生活都沒有了。

說不上後不後悔，只是看著兒子年輕的面孔，心裡難受得緊。

「爹，別說那些，現在最重要的是想辦法救妙妙！」苗琪開口說道。

「現在也只能看你娘了。」苗延慶現在只能寄希望於苗鈺，希望他看在他們同是苗家人的分上幫他們一把，否則的話，妙妙的下場絕不會好。

苗夫人的動作很快，只是她帶著下人去了康王府，看著府門口那御賜的門匾，含淚的目光閃了閃，他們剛對著守門的侍衛說了來歷，只得到對方一個字。「滾！」

然後，再也沒有人理會她。

他們上前一步，侍衛就用武器對著他們。

兩方人馬就這麼僵持著，直到苗延慶派人來說，苗鈺並不在康王府，而是在第二月的醫館。為了女兒，苗夫人狠狠地瞪了那兩個侍衛之後，才往醫館的方向去。

「苗夫人有什麼事？」

醫館自然是比康王府好進，不過，進門之後，她就被攔住了。

第二月面無表情地看著苗夫人。不管她心裡對苗鈺有多忌憚，但對於面前這位，她真的是生不出一點好感。

「我要見康王。」

第二月看不起苗夫人的同時，苗夫人同樣也看不起第二月，甚至看著她的眼裡有著明顯的厭惡。在她看來，像第二月這樣的千金小姐，不好好地待在閨閣裡，偏偏要出來行醫，就是不守婦道，不安於室的表現。

「妳等等。」第二月開口說道，然後吩咐人將苗夫人領到一邊的休息區，她才上了二樓。

「怎麼了？」

作為忠犬的康興寧，知道苗鈺和王家人都在第二月的醫館時，立刻放下手頭上的事情跑過來，打算等苗鈺離開後，他再離開。

「苗夫人來了。」

「那女人來這裡做什麼？」以前說到苗夫人，康興寧還有可能想到王詩涵，不過，現在他不會那麼想了，現在的王詩涵已經是康王妃。

提到那一位，他也覺得噁心。

「見苗鈺。我瞧著她像是有什麼事情要求他一般。」

聽到這話，康興寧笑了。「她腦子有問題吧？」

第二月跟著點頭。她也不知道，苗夫人哪裡來的信心，覺得苗鈺會幫他們。先不說苗家叔嫂之間的事情已經很讓人難以接受，單單是苗鈺被皇上看重以後，苗家人這些年不遺餘力地往苗鈺身上潑髒水的行為，他們能忘，難不成苗鈺也會選擇忘記，然後不計前嫌地幫他們？想得倒是美。

「我去跟康王說，妳下去看著她，別讓她鬧出事情來，牽連到妳。」

康興寧想了想，比起康王，面對苗夫人應該要更容易一些。

「好，你當心點。」

第七十二章

因為王英傑一直沒醒，苗鈺就在這裡守著，想著等他醒過來以後，再回去告訴王詩涵，這樣也省去了她跟著擔驚受怕。

聽到康興寧的話，苗鈺只丟了四個字。「不用管她。」

「苗妙被抓了，苗夫人見不到你，恐怕不會善罷甘休。」

康興寧有些頭疼地看著苗鈺。他倒是不怕，這裡是小月的醫館，鬧起來了對小月也不好；還有父皇知道他在這裡，若他讓苗鈺吃了虧，以自家父皇的偏心，倒楣的人肯定是他。

所以，無論從哪一方面考慮，他都得幫忙。

「攆出去就是了。」苗鈺開口說道。

康興寧無語，只是一時之間也想不到辦法，只能吩咐人去告訴苗夫人，讓她回去，苗鈺不願見她。雖然他知道這樣效果不大，可他不能作康王的主。

「別讓她上來，我不想看到她。」

苗鈺一直都不算個正常的人，但這一句話讓在場的人都覺得很正常，也很能理解。

「放心。」這一點，康興寧自然知道。不過，他覺得苗夫人應該沒有那麼好打發。

他想到的，王家的幾個人也想到了。

「苗鈺，這事你不要管。」夏雨霖想了想，開口說道。

「我不怕他們。」苗鈺開口說道。

「我知道，只是這事還是我們來處理比較好。」夏雨霖笑著開口。

王英文他們也明白康興寧的意思。「要不，苗鈺，你去皇宮吧，帶著詩涵一起，最好等到事情結束以後再出來。」皇宮對於其他人來說可能是個危險的地方，可對於苗鈺來說，卻是安全得很。

「你的意思是讓我躲著他們？」

「不然呢？」王英文反問。「他們找不到你，只能來找我們。不過，我們家還有一個躲在裡面呢，無論他們怎麼鬧都不占理；可你一出面，就不一樣了。」

王晴嵐跟著點頭，很有道理。

苗鈺看著王家這些人，沈默許久，才點頭。「好吧，我等三哥醒了就離開。」

苗家的人對他已經無關緊要，不過，王詩涵那裡，他還是需要注意。

王家人聽到這話，鬆了一口氣。雖然因為王詩涵的關係，他們當苗鈺是親人，可這個親人身分有些特殊，他們真擔心苗鈺聽不進去他們的話，不管不顧地和苗家人鬧起來。

雖然那樣也不會有什麼實質傷害，可苗鈺的名聲不好了，以後會影響到他們的外孫和外孫女的。好在苗鈺同意了，不然他們也真的沒有辦法。

王英傑這次傷得很重，一直沒醒來，等在下面的苗夫人好幾次都想要上二樓，都被康興寧的人阻止了。

時間一點一滴地流失，她的耐心也漸漸地消失殆盡。

「寧王爺，我要見我兒子。」苗夫人起身，看著一邊跟第二月呢喃細語的康興寧，氣呼呼地說道。

康興寧挑眉，用同樣溫柔的笑容看著她。「苗夫人，妳這是在威脅我嗎？」

只是他的氣勢卻完全變了，看著苗夫人終於臉色發白，才滿意地收回目光。他不願意和這樣的婦人多做糾纏，不代表身為皇子的他就怕了。

一直被苗延慶保護得很好的苗夫人，在康興寧凌厲的目光下，是咬緊了牙關才撐著沒有倒下，看著面前的年輕男女像是沒有看見自己一般，繼續談天說地，心裡難受得緊。不過，剛才的教訓她沒那麼快就忘記，再不甘心，也不敢再說什麼。

就這麼默默地站了好一會兒，才帶著下人出了醫館。

她這樣倒是讓第二月兩人有些詫異。

「就這麼放棄了？不管她女兒了？」

兩人都有些不相信，很快的，他們就知道對方打的是什麼主意。

苗夫人竟然帶著下人跪在醫館前面。

第二月皺眉。「她這是要做什麼？」

「逼苗鈺。」

康興寧突然有些同情苗鈺了。他娘的地位雖不高，也不算聰明，但絕對不會做這樣的事情。親娘想見兒子，竟然要跪著哭求，這不僅是要折苗鈺的壽，更是要坐實了他不孝的名聲。

苗夫人的用心，第二月也猜到了。「以為這樣就能達到目的，作夢。」苗鈺若是能被威脅，他就不是苗鈺了。

「找死。」康興寧直接說出這兩個字。

苗鈺和王家人也知道苗夫人的目的，相對於苗鈺的不覺得奇怪，王家人就有些吃驚了。苗鈺以前的事情，他們雖聽說過，但真正對上苗家人其實只有這一次。之前，王晴嵐和苗妙之間的糾紛，就跟她打第二月一樣，被當作是小姑娘之間的矛盾。

不過這個矛盾，因為這次刺殺而被激化、升級。

「黑子，把她扔到牢裡去和苗妙團聚。」苗鈺面無表情地說道。

「等等。」

夏雨霖開口阻止，她看看自家的人，視線落到兒媳婦身上。「紅梅、翠娘，妳們兩個去跟這位苗夫人鬧，拿出妳們在村子時的本事，不用顧忌，這事我們占理，妳們可以盡情地跟她撒潑。」

宋氏和張氏點頭。

「小芳，妳最笨，下去只有一個任務，不要讓其他人傷到妳大嫂和二嫂。」夏雨霖接著又對著趙氏說道。

黑子見自家主子點頭，也站了回來。

只見王家的三個女人氣勢洶洶地下了樓。

看見宋氏和張氏一副找人吵架的模樣，第二月和康興寧看得一愣一愣的。

三人卻像是沒有看見他們一樣，眼裡只有門外跪在地上的苗夫人。趙氏不明白這其中的彎彎繞繞，可宋氏和張氏卻明白，所以更不能理解，這得有多恨兒子，才能做出這樣的事情來。

想到婆婆的話，宋氏和張氏沒有客氣，以極快的速度衝了上去。在那些下人還沒有反應過來的時候，宋氏伸手抓住了苗夫人的頭髮，一下子把她拎了起來。

張氏隨即對她拳打腳踢，連抓帶撓。

別說看熱鬧的人，包括第二月和康興寧都被她們的簡單粗暴給震驚了；就是苗夫人自己，也被嚇得不知道該怎麼反應了。雖然跟著苗夫人的下人回過神來，不過沒什麼用，有趙氏在，她輕而易舉地將那些下人給打暈了。

苗夫人多麼柔弱美麗的一個女人，被宋氏和張氏這麼一頓揍後，剛剛跪在那裡，如在風雨中顫抖的可憐小苗形象消失不見，變成了被踩進污泥裡的雜草，那份美麗淒楚也沒了。

「妳們、妳們……幹什麼？」

「幹什麼？妳還有臉來，我們家三弟現在還在醫館裡躺著昏迷不醒，妳是不是挺高興的？」

柔弱的苗夫人對上潑悍的宋氏和張氏，沒有半點招架之力。

「大嫂，妳不必跟她說那麼多，能養出殺人的女兒，妳覺得她是個好貨？外表看著人模人樣，骨子裡肯定爛透了，心肝也是黑的。」

兩人一人一句，一邊罵、一邊抓撓。

「可憐我家三弟，多勤勤懇懇、老老實實的一個人，無妄之災啊！」期間還不忘哭訴。

「以為我不知道妳的險惡用心，妳女兒沒能殺了我家三弟，妳就親自跑到這裡來哭喪，詛咒我們家三弟，真是惡毒得很！」

苗夫人想要解釋，可宋氏和張氏絕對不會給她這個機會。

「我告訴妳，天網恢恢，疏而不漏，妳女兒很快就會有報應的！」

「對，你們一家都不得好死。」

兩個人的話看似在胡攪蠻纏，實際上是過了腦子的。從看熱鬧的百姓的表情就可以看得出來，苗鈺早就被他們拋到腦後了，同情也收了起來，看著苗夫人的目光也是看壞人的表情。顯然，他們贊同宋氏的話，女兒敢殺人，親娘能是好人嗎？好人能養出這樣的女兒？雖然這並沒有必然的關係，可在他們眼裡，就是這麼認定的。

「快點滾！不然我們還打妳！」

宋氏一把將苗夫人推到地上，看著對方狼狽不堪的樣子，她很滿意，不過還是不忘威脅。

苗夫人現在渾身都疼，這還不是最關鍵的，她何曾這副模樣過？無論是在家裡還是出門，都是精心打扮過，如今這般披頭散髮、衣衫凌亂，她實在是不能忍受。

目光掃向身後，見自己帶來的人都倒在地上，就知道對方威脅的話是真的，最在意形象的她此時也顧不得女兒了，一溜煙地跑了。

宋氏三人見苗夫人離開，回到了醫館，看見第二月，露出感激的笑容。她們並不知道第二月曾經對他們家做過什麼，所以，她們的感謝非常真誠，倒是讓第二月不知道該怎麼回應。

「王家的人不簡單啊！」看著三人的背影，康興寧開口說道。

「怎麼說？」對於那些感激，第二月經常收到，不過這一次，她心裡卻是有些愧疚的，為自己以前做的事情。

「這是在保護苗鈺的名聲。」康興寧笑了笑。「一直以為苗鈺是王家的靠山，只是苗鈺能娶到王家的女兒，說不定也是他的幸運。」

聽到這話，第二月回想著前世的事情，點點頭。在苗鈺娶妻生子後，他的名聲似乎在不知不覺間慢慢地變好，原來是王家人的功勞啊。

傍晚的時候，王英傑終於醒來，看見家裡人，蒼白的臉露出一個憨厚的笑容，眾人提著的心都放了下來。

王詩涵聽到後，還是嚇了一跳，不過聽到自家三哥沒事後，她便平靜下來，去看過王英傑後，就跟著苗鈺進宮了。

康天卓聽到這事的時候，露出欣慰的表情，看著陪他用晚膳的苗鈺兩口子，他覺得他下了那麼多的賜婚聖旨，在他最關心的孩子的親事上，做得最英明。

晚上，王詩涵睡了以後，苗鈺去了康天卓的書房，卻沒有待多久。苗家的存在就是為了讓苗鈺來折磨的，如今苗鈺覺得沒意思了，自然就該收拾了。

康天卓拿出早些年就已經掌握的關於苗延慶做官時的罪證，放到一邊，他擬了一張聖旨，和罪證放在一起，對著身邊的太監說道：「苗家那姑娘判決下來的時候，就拿去苗府。」

苗延慶雖然因為陳大人的話有些不安，不過他覺得皇上是明君，不會因為苗鈺就莫名地處置自己。

他不願意細想，只把重點放在女兒的事情上。

他和苗琪的焦急擔心，在看到狼狽回來的苗夫人時，又轉移到她的身上。

「夫人，怎麼會弄成這樣？」苗延慶開口問道。

苗夫人張嘴，卻一個字都沒有說出來就暈倒了。

苗家烏雲著頂，王家卻平靜得很，夏雨霖和王晴嵐都沒有過問後續，更多的時間都放在照顧王英傑上面。

苗妙的事情有王英文他們處理就足夠了。

因為皇上關注，一再強調要秉公執法，苗鈺又帶著王詩涵住進宮裡，刑部的人哪裡還能不明白，加上王家呈上的證據，苗妙只在牢裡待了兩天就被帶上了公堂。

只是短短兩天，以前囂張的大小姐，此時像極了受驚的小動物，跪在公堂上縮成一團，看誰的目光都帶著驚恐，一點聲音都能嚇得她渾身發抖。

她這個樣子，讓站在外面看熱鬧的人都露出了同情的目光。不過，王英文兄弟三人卻是一點感覺都沒有。

自家兄弟雖然很幸運地撿回了一條命，但也遭了不小的罪，因此不管這位苗姑娘現在表現得有多可憐，他們都不會放過她。

這個案子恐怕是刑部審理過最簡單、最迅速的案子。

趙家人一上刑部大堂，上面的大人還沒問話，他們就所知道的老老實實地說了出來，即使中間有許多是不需要說的，也全都說了。

指證的時候，完全不管苗家人殺氣騰騰的目光。再怎麼可怕有砍頭來得可怕嗎？最主要的是，這兩天他們想了很多，不僅害怕被砍頭，還擔心無人收屍，落得個斷子絕孫，暴屍荒野的下場，到時就連做孤魂野鬼的資格都沒有，怎麼能不怕？

於是知道今天就要上公堂的他們集思廣益，倒是做了個聰明的決定，其他的都能承認，但殺人的黑鍋他們絕對是不能揹的。

本來這事苗妙做得就不夠周密，她直接叫身邊的人去聯絡趙家人，甚至連傷人的也是同一個人去找的，再加上苗鈺出手查，人證、物證俱在，苗妙就是狡辯也沒用。

判決並非流放，也不是砍頭，而是要在監獄裡關二十年。這是康天卓秘密下的聖旨，也就是說，在審案子之前，這事其實就有了結論。在這個律法是殺人償命的時代，這個判決聽起來很輕，不過仔細一想，就知道其中的殘忍。

本來以苗家的底蘊，就算苗妙因為名聲的問題嫁不出去，當一輩子的老處女，也能過得挺不錯的。只是二十年不見天日的刑期，恰好是她一輩子最美好的時光，她能熬過去就算堅強了。

這不，苗妙和苗夫人一聽到這樣的判刑結果時，直接暈倒了。

至於趙家那一家人，因為王英文他們的求情，結果比他們想像的要輕得太多，只需要在監牢裡關一個月。這簡直可以用驚喜來形容，趙永財也不擺長輩的架子了，對著王英文兄弟三人感激涕零。

「等這事結束後，你們就回趙家村，好好過日子吧。」

王英文他們之所以幫趙家求情，是因為這些人怎麼說都是三弟的岳父、岳母，但這並不代表他們就不介意之前的事情。「沒事就不要來打擾我們了。」

「就是有事，我們也不會幫忙的。」

這話是王英奇補充的。在他看來，以趙家人的秉性，在趙家村沒人能欺負得了他們；加上有縣令大人的關照，只要他們老老實實地過日子，根本就不會有事。

趙家人一個個地點頭。經過這一次的折騰，再加上之前的辛苦，讓趙家二老更顯老態。至於趙家的其他人，是真的怕了，哪裡還敢找死？

對於王家人來說，王英傑的事情在他們走出刑部時就算是告一段落；但對於苗家人來說，惡夢才剛剛開始。

第七十三章

苗延慶和苗琪黑著臉帶著苗夫人離開，剛回到苗府，就看見好些年沒出現在他們面前的太監，此時正拿著明黃的聖旨，笑咪咪地等著他們。

苗延慶的心怦怦直跳。領頭太監的笑容讓他膽戰心驚。

「苗大人，接旨吧。」

太監用尖利的聲音將聖旨唸了一遍，苗延慶的冷汗不住地往下淌。

時隔這麼多年，他一直以為皇上並不知道那些事情，卻沒想到知道得這麼仔細，所有證據明晃晃地擺在那裡，大的小的都有，這其中還有好些他都已經記不起來了。

「苗大人。」聖旨唸完，苗延慶還沒有回神過來，太監提高嗓音，提醒他。「你是想抗旨嗎？」

苗延慶聽到這句話，渾身打了個哆嗦，伸出有些發抖的雙手，接過聖旨。

「苗大人，去收拾一下，我們要查封這裡。」

對苗延慶他們並沒有太多的懲罰，只是查封了苗府，讓他們一家三口一人帶著一百兩離開。當然，這一百兩還包括了他們的衣物和首飾。

聖旨既下，哪怕心裡有再多的想法，他們都不得不開始準備。

「苗大人，看在康王的分上，提醒你一句，這兩天你藏在外面的東西以及財物，已經被皇上給查抄了。」太監看著苗延慶他們拿的都是衣物，搖了搖頭，開口提醒。

苗延慶的動作一僵，臉色一白，眼睛有些發直地看著太監，想問為什麼，卻又發不出聲音來。

「為什麼？」那太監笑得一臉諷刺。「也只有你們蠢，從來就不相信皇上對康王的喜歡。我現在就明明白白地告訴你，面對康王，就是皇子們都要靠後，這能是假的嗎？」

「苗鈺有什麼好的？」苗琪開口，問出了苗延慶心裡想問的話。

苗延慶很喜歡苗夫人，當初眼睜睜地看著自己喜歡的女人嫁給大哥，他的心就猶如泡在苦水裡一般，再也不知道開心為何物。更何況一日日地看著心愛的女人投入自家大哥的懷抱，那種痛苦，就算是現在想起來，都絕望得很。

幸運的是，大哥英年早逝，他和喜歡的女人終於有情人終成眷屬，唯一卡在兩人中間的，不是已經死去了的大哥，而是他留下來的孩子。

因此他對苗鈺的不待見是顯而易見，如今聽到太監這麼說，整個人難受得呼吸都有些困難。

然而太監並沒有住嘴。皇上說要打擊得苗延慶以後再也振作不起來，意思很明顯，就是要廢了這一家人。

雖然太監並不明白皇上為什麼要選擇這麼溫和的方式，就現在的苗家，皇上要廢了他們，不要太容易。

「我是不知道康王爺有什麼好，但他就是得皇上的心。苗延慶，」這個時候，太監也不叫他苗大人了。「你認為，你做出那樣無恥的事情以後，那麼多的御史參你，皇上都沒有處置你，是什麼原因？」

「不是因為我父親嗎？」苗延慶問完，看著對方的笑容，有種想捂耳朵的衝動。他覺得下面這死太監要說的話，一定不是他想要聽的。

「你沒發現嗎？康王爺的日子一天比一天好，而你們家，嘖嘖，也只有你們自己覺得過得不錯，也不出去聽聽，苗延慶你和苗夫人的名聲臭成什麼樣了。別說京城裡的達官貴人，就是普通百姓，提起你，好些都要朝地上吐唾沫的。」

這話很真心，他雖然是個太監，但也很鄙視苗延慶這一家子。

「再瞧瞧你的一雙兒女，年齡都這麼大了，可有一個媒婆上門？你們還覺得別人家的姑娘或者兒子配不上，殊不知，大家一聽是你們家，躲得比誰都快。」

「你閉嘴！」

已經是大齡剩男的苗琪氣得滿臉通紅。就算他心裡已經隱隱地猜到，自己一直娶不到媳婦是因為爹娘，可被這麼光明正大地說出來，他還是忍受不了。

「至於皇上為什麼到現在才處置你們，只有一個原因，那就是康王爺覺得你們無趣了，哪怕是現在，你們倒楣了，也不能讓他開心了。所以，在皇上眼裡，你們就沒有存在的價值了，明白嗎？」

太監這話說得再清楚不過，他們的存在就是為了逗苗鈺開心，給苗鈺解悶，或者讓苗鈺發洩的。

「不可能！」苗延慶衝著太監吼道。

「你要這麼自欺欺人，我也沒辦法。不過苗延慶，康王放過你，皇上也放過了你，不然以你所做的事情，你們一家子都得去陪你女兒。」該說的話都說完了，太監不耐煩地開口說道：「盯緊他們，收拾好了就把他們趕出去，然後把苗府封了。」

太監吩咐完，輕蔑地看著苗延慶。「你們這骯髒的地方，以為我想來嗎？呸！」然後，大搖大擺地離開了。

苗延慶不知道是被太監的話給刺激到了，還是想著以後的日子，整個人抖了幾下，兩眼一翻，暈了過去。

父母都昏迷不醒，剛才同樣被太監的話打擊到的苗琪一時間不知道該怎麼辦，有些無措地看了看守著他們的官兵，再看向其他埋頭貼封條的，個個看他們一家三口的目光都像是看髒東西一般，就知道他們是不會幫自己的。

沒辦法的他最後只能寄希望於家裡的下人。只是，當他的目光看過去的時候，他們雖然沒有那些官兵那般無情，卻是紛紛低下頭，避開過了他的目光。

苗琪若是還不知道這些人的意思，就是傻子了。這樣孤立無援的處境讓他忍不住生出幾分絕望之心。

只是他的心情並沒有人理會。既然苗琪不動手，他們將府裡的東西都登記造冊、貼上封條以後，便將一百兩的銀票強行塞到苗琪的手裡。苗家三人身上佩戴的東西，直接動手都拿了下來，至於苗夫人，則是叫了院子裡的一個婢女拿。

兩個昏迷的人根本沒有反抗，苗琪一副生無可戀的傷心模樣，所以，動手的人很容易就將東西全都清了個乾淨。至於他們三人所穿的衣服，這些人還是很好心地給他們留著。

只是這樣的好心，苗琪卻是一點都感覺不到，僅僅是搜身，他就屈辱得想要跳河。

一刻鐘後，苗府的大門被關上，貼上了封條，官兵帶著府裡的下人十分匆忙地離開。

苗琪站在大門口，兩手一邊一個地扶著爹娘，堅持不了一會兒，就直接坐在地上，讓兩人靠在他身上。

一家三口這麼相偎相依地坐在一起，本來應該挺溫馨的，如今卻充斥著落寞和淒涼。

就在這個時候，一行人行色匆匆地在趕路。

「老爺，真的沒問題嗎？」頭上已經有些許銀絲的婦人，握著身邊男人的手，擔憂地問道。

第二嚴拍了拍她的手，心裡的焦急並沒有表現出來。雖然已經年邁，不過從他的相貌和氣度可以看得出來，年輕時候的第二嚴是非常出色的。「別擔心。」

「嗯。」王姨奶奶點點頭，只是緊皺的眉頭和第二嚴一樣，並沒有鬆開。

第二嚴作為第二府裡的老太爺，他回府並在提前通知了家裡人的情況下，照理說應該有不少人在門口迎接，只是情況正好相反。

也不是一個人都沒有。第二昌站在最前面，左邊站著王姨娘，右邊站著第二仙和第二輝。一家四口的皮相都很好，站在一起倒是賞心悅目，再加上身後不少的奴婢，迎接的隊伍說不上稀少。

只是第二嚴一下馬車，臉色就有些黑。自家夫人不在，還可以說得過去，但公公回家，正經的媳婦和孫女都不出現，實在是太不像話了。

若是王姨娘和第二仙姊弟聽到他心裡的話，估計也不會出來迎接，說得他們很不正經似的。

內院，陳老夫人穩坐在椅子上，閉目捏著手中的佛珠，彷彿沒聽見下人的回報一般，倒是她身邊伺候的嬤嬤明白她的心思。

「行了，下去吧，以後老太爺的事情，就不要來報了。」

「是。」

那稟報的人一轉身，笑臉變苦臉，原本想著來拍馬屁的，沒想到拍到馬腿上了。如今整個第二府都被老夫人給掌控，雖然打理事情的不是她，但從今天，夫人也同樣沒出現的情況看來，兩人明顯是一條心的。

他們這些在第二府當差的奴才，心裡哪裡不明白，這嬤嬤說以後不管老太爺的事情，只是可能嗎？都在一個府邸裡住著呢。

「娘，我們真的不去嗎？」

第二嬌有些忐忑地問道。看著姊姊和娘跟往常一樣，做自己該做的事情，心裡佩服得緊。對於這個祖父，他離開的時候她還小，真的是沒什麼印象了。

「不去。」第二月的話簡單明瞭，想了想又補充了一句。「嬌兒，以後離祖父遠點，他不是好人。」

雖然女兒這麼說長輩的話不好，不過想到自家公公所做的事情，第二夫人也噁心得很。

「聽妳姊姊的。」

聽到娘都這麼說，第二嬌心裡覺得有些奇怪，不過想到娘和爹的相處方式，她又感覺很正常。祖父怎麼樣她不知道，但她清楚，娘和姊姊是不會害她的。

「對了，姊姊，妳和寧王爺到底怎麼樣啊？」

這些日子，姊姊一直和寧王爺同進同出。

寧王爺對第二月的心思雖然從來都沒有明說，可明眼人都知道，不然的話，寧王為什麼所有的空閒時間不是在醫館，就是在他們家。

「快了。」想到之前興寧所說的話，第二月的臉不由得一紅。「他說，等一天皇上心情好的時候，就跟皇上說。」

「皇上那邊？」

想到自家公公所做的事情，第二夫人有些不能確定。她確實覺得寧王是個好女婿人選，最關鍵是他對女兒好。

第二月明白她心裡的顧慮。「沒事，我是我，祖父是祖父。」

這一世，皇上對她的態度依舊沒變，只是，前世是她選錯了人，也做錯了許多的事情，才會落到那個地步。雖然因為前世的關係，她並不懷疑興寧的心，但興寧想不想爭奪皇位她不知道，在興寧跟她說要請皇上賜婚的時候，她就先說了，她是個大夫，能幫他的就只有治病救人。

「那就好。」第二夫人鬆了一口氣。

本來第二嚴是收到皇后被禁足的消息才回來的，結果，現在他臉色漆黑，看著站在面前的兒子，他倒是有些明白為何這蠢貨混得越來越差了。

就憑他剛才的一問三不知，也知道他離開的這些年，兒子是一點長進都沒有。

「那你告訴我，你知道點什麼？」第二嚴沒好氣地問道。一邊的王姨奶奶即便是憂心忡忡，也不時給第二嚴順氣。

「我什麼都不知道，行了吧！」

第二昌是沒什麼長進，不過他長了年齡，更愛面子了，尤其是在晚輩面前，沒有噓寒問暖，父親就這麼一通教訓，在他看來，就是母親也沒這麼無情。

還有第二昌也對王姨娘母子三人產生了不滿之心。這樣的時候，他們就應該迴避，一點眼力都沒有。

第二嚴離家多年再次回來，就被兒子頂嘴，再加上之前的事情，心裡的火氣是越堆越高。「你不是說你母親進宮以後，皇后娘娘才被禁足的嗎？」

第二昌點頭。

第二嚴心頭一跳。這些年，他之所以帶著自己心愛的女人出遊，其中還有一個原因，就是總覺得女兒的事情被夫人知道了，不然她也不會對女兒那麼冷淡。

陳家雖然看起來都是文人，在朝廷似乎也沒有什麼地位，可他清楚，陳家若要對付他們家，他們連反抗的能力都沒有。

所以在把女兒送進宮、坐穩皇后之位後，他就選擇離開。

隨著時間一年年地過去，第二嚴和王姨奶奶都快忘記這件事情的時候，大招才出現。

就算這事他們算計的時候理直氣壯，不過到底還是有幾分作賊心虛，因此別人還會懷疑這事是不是跟陳老夫人有關係，一想到皇后是她的親生女兒，就會立刻否定了。但知道事實真相的第二嚴和王姨奶奶就不這麼想了，看到第二昌點頭，幾乎是一下子就認定了這事跟陳老夫人有關係。

不過他們到底是上了年紀的人，人生閱歷在那裡，就算心底認定了這事實，也非常生氣，卻沒有直接衝到陳老夫人面前去質問。

第二昌也算是步入中老年的人了，如今被第二嚴當著晚輩的面訓斥，心情自然不愉快。送父親回院子後，他拋下王姨娘，氣悶地回到自己的院子發洩情緒去了，完全忽略自家父親奔波回來還沒有吃飯的問題。

王姨娘倒是想到了，只是以她的身分，在第二夫人和陳老夫人出佛堂以後，這個府邸就徹底沒有她說話的分了。

管事的第二夫人都不願意出門迎接，又怎麼會吩咐廚房給他們準備飯食？於是，等到第二嚴和王姨奶奶冷靜下來，仔細商量了許久，都沒有想出切實可行的辦法時，午時已經過去了。

第二嚴和王姨奶奶這兩個主子都感覺腹中饑餓，更別說跟著他們忙前忙後的下人了，那是餓得快頭暈眼花了。

「這都什麼時辰了，午膳怎麼還沒有送過來？」第二嚴這麼問，很明顯是端著第二府當家人的架子。

跟著第二嚴的下人面面相覷。他們也是才回第二府，對府裡的情況並不了解，所以沒有主子的吩咐，並不敢擅自作主。

「去問問。」第二嚴顯然也想到了這一點，吩咐身邊的人去詢問。

結果得到的答案讓他差點吐血。什麼叫午膳時間已過，沒有老夫人和夫人的吩咐，不會再做飯。他還是不是主子了？再次想要發火的第二嚴，原本準備吩咐人去把第二夫人叫來，話到了嘴邊，變成了第二昌。

「去把那個孽子叫過來！」

這個時候第二昌正摟著美妾睡午覺，聽到這話，即使心裡有幾分不滿，還是起身過去。

「爹，你們還沒用膳？」

驚訝地詢問過後，很快又覺得不意外。只是以現在家裡的情況，他真不知道該怎麼跟父親說。

「你說呢？」第二嚴用看不孝之子的目光看著第二昌。

第二昌沒有辦法，只得從袖口裡掏出一張銀票，讓他身邊的人去廚房準備些好吃的，也算是給父親接風洗塵。

只是他這一番動作下來，讓第二嚴和王姨奶奶都看不懂了。怎麼在自家吃飯，還要掏銀子？

「你這是何意？」

知道瞞不住，再加上剛才已經夠丟臉了，第二昌乾脆就破罐子破摔。「爹，現在第二府是母親和我夫人當家，別說是吃的了，府裡的花銷都是分開的，各自用各自的。」

「荒唐！」聽到這話，第二嚴吼出這兩個字。

第二昌滿不在意地站在那裡，心想：爹，你那麼厲害，去跟母親吼啊？反正他是不敢的。至於自己的夫人，他不是沒吼過，不過每次都被對方用看猴戲的目光盯著，次數一多，他也就死心了。

反正他現在還有俸祿，銀子夠用，交就交吧！這樣自己還少生些閒氣。年紀大了，保重身體很重要，還有他想多過幾天清靜的日子，誰愛折騰、誰折騰去。

第二嚴雖然不知道第二昌心裡想的是什麼，不過看他的表情，多少猜到了一些，氣得抓起一邊的茶杯，直接朝著第二昌扔過去。

第二昌俐落地躲過。「爹，你一路辛苦了，好好休息吧。」說完，也不管第二嚴是什麼表情，轉身就走，一聽到身後傳來的怒吼聲，腳步更快了。

他絲毫沒覺得這麼做有什麼不對的。以前，他和第二嚴是有些感情的，可父親離開的時間太長了，再濃的感情也淡了；何況第二昌本來就是個薄情的人，他基本上只管自己輕鬆，至於父親會不會被氣得吐血，他其實並不太關心。

第七十四章

第二嚴這些年的修身養性還是有作用的，至少他並沒有真的吐血。

「老爺，沒事吧？」

第二嚴搖頭，擠出一個很難看的笑容。「沒事，放心吧，我會解決的。」無論如何，第二府裡還輪不到兩個女人來當家。

於是，吃飽喝足又休息了一會兒的第二嚴，派人去把第二府裡所有的主子都叫來。

陳老夫人因為有話要說，所以慢吞吞地來了；第二夫人是得了婆婆的吩咐，帶著兩個女兒一起去了。

走進屋子的時候，晚輩還是要行禮的。第二嚴心裡有氣，有意為難一下。

「起吧，妳們都坐著說話。」陳老夫人一開口，第二月母女三人立刻起身，在她左前方的位置上坐下。

第二嚴眉毛一挑，就連兩個他已經沒有多少印象的孫女，目光裡都沒什麼好奇，更別提其他的表情。

「妳們怎麼回事？」他帶著火氣質問。

「不知父親有何不滿？」

第二夫人看了一眼站在第二嚴身後，動都沒有動的王姨奶奶，心裡充滿了鄙視。千算萬算又有什麼用，沒有當皇后的那個命，卻硬要搶奪，呵呵，以後還有你們得哭呢。

「妳還知道我是妳父親！」被兒媳婦的態度刺激到的第二嚴，聲音更嚴厲起來。

「所有人都退下！」

陳老夫人的聲音並不大，但第二府的下人除了第二嚴和王姨奶奶身邊的人，一個個都十分俐落地退了出去。

然後，陳老夫人的目光沈靜地落在等候第二嚴指示的下人身上。

「我要說的可是會掉腦袋的秘密，你們確定你們有那個命去聽？」

這一句話，反應最大的不是那些低頭跟著離開的下人，而是第二嚴和王姨奶奶。

第二夫人看著兩人的表現，心裡更是覺得不屑。這樣的人如若不是趁婆婆生產的機會，怎麼可能是婆婆的對手，差得實在是太遠了。

第二月的目光同樣冰冷地落在第二嚴身上。上輩子，她的眼睛得有多瞎，才會中了他的奸計，想到他連親女兒都能算計，她也不奇怪前世的祖父會算計自己的行為。

這麼一想，看著第二昌倒是覺得順眼一些。自己這個親爹雖然蠢了一些，無情了一些，但至少他並沒有主動算計害過他們。

第二嬌有些緊張。她都看出來了祖父和王姨奶奶的不對，父親和王姨娘他們怎麼看不見？特別是祖母說了那句話後，氣氛變化實在是太明顯了，這讓她有種不好的感覺。

「既然你們都認為自己是第二府的人，那麼現在，我就告訴你們。」

「妳閉嘴！」第二嚴開口打斷，無論是語氣還是表情都有些慌張。

「那你和她就給我老實一點。這第二府裡的東西，除了月兒和嬌兒的嫁妝外，其他的都由我作主。你們要住在這裡，就給我老老實實地待在自己的院子裡，自己負責一切吃穿用度，有事沒事都不要出現在我的面前。」

陳老夫人一改剛才溫和的語氣，比第二嚴囂張得多。

「妳！」

「你們若是不答應，信不信，明日就會收到皇后娘娘病逝的消息！」憋了這麼多年的氣，如今看著因為聽了自己的話而大變臉色的兩個人，陳老夫人心裡暢快至極。

第二夫人母女三人是知道真相的，所以不覺得意外。

第二昌和王姨娘他們卻有些迷糊了。很顯然，老夫人這麼說，是間接告訴他們，皇后娘娘的禁足就是因為她。但這可能嗎？有哪個親娘會做這樣的事情？

雖然現在她女兒生活美滿幸福，可並不代表之前因為這兩個賤人所受的苦就消失了。她們母女失散多少年，她都要好好地算算，全部還給他們。

「妳瘋了，這事和皇后娘娘有什麼關係？」

第二嚴說得雖然隱晦，不過陳老夫人聽得明白。「想要我放過第二柔，除非你們兩個去死，你們願意嗎？」

兩人的臉一黑，不知道該如何回答這個問題。

「母親，這到底是怎麼回事？」第二昌終於忍不住，將心底的疑惑問了出來。

按理說，皇后娘娘無論是沒進宮之前還是進宮之後，都比他要孝順，母親怎麼會害皇后娘娘？

「這就得問你的好父親，還有王姨奶奶呢。你記住，假貨終究是假貨，別愚蠢的被人耍了還不知道。」

第二昌這個時候管不了母親鄙視的目光，只是有些發懵地問：「母親，什麼假貨？」他的心在顫抖，若真是他聽到那句話，第一時間想到的那樣……

「真沒用。放心，我是你母親，怎麼也會保住你的小命的。」

「真的？」第二昌臉色發白，有些不放心地問道。

「你說呢？」

陳老夫人真的很不想和這個兒子說話，不成器到這副模樣，也是沒救了。「不過還是之前那句話，老老實實的過自己的日子，別自己找死。」

怕死的第二昌連忙點頭，隨後反應過來，這事不對啊！「不是，母親，那王家的妹妹才是真的？」

「嗯。」

陳老夫人這一點頭，讓心存僥倖的王姨娘差點就暈了過去。她不能想像，王姨奶奶哪裡來的那麼大的膽子，竟然把自己的女兒掉包，然後送進皇宮裡當皇后娘娘？啊！」

「父親，你、你……」第二昌看著父親，結巴了半天。「你這是想要害死我們全家

事情真相就這麼被揭開，王姨奶奶幾乎有些站不住。

「這事皇上已經知道了？」

「你說呢？」陳老夫人回答第二嚴的話。

這下，連第二夫人母女三人都跟著慌了起來。

「是妳做的？」

「自然。」陳老夫人開口。她不會告訴他，即使沒有她，皇上也查到了。

「妳什麼時候知道的？」

對於陳老夫人，第二嚴是一點感情都沒有，不然也做不出那樣的事情來。

「孩子是不是自己的，我還能不明白？還有就王姨娘看第二柔那表情，我稍微試探一下，她不知道露出了多少破綻。」陳老夫人帶著一絲絲冰冷的笑容，開口說道。

第二嚴和王姨奶奶聽到這話，倒抽了一口氣；再順著她的話一想，記憶裡許多對方做的事情，似乎都能夠得到解釋。

只是，他們不明白，為什麼她隱忍這麼久才出手？

「我很早就出手了，只是你們不知道。」陳老夫人笑看著兩人。「不然你們以為，為什

麼這麼些年，皇上的皇子一個個出生，皇后娘娘的肚子卻一點動靜都沒有。」

「是妳！」王姨奶奶吃驚地看著陳老夫人，目光中帶著憤恨。

「是又如何，既然是你們選擇的這條路，我自然會幫你們完成心願。至於最後結果會不會如你們所願，呵呵，就不是你們能控制的了。」陳老夫人笑著說。她可不管第二柔是不是無辜，她只會心疼自己女兒所受的苦。

「算妳狠！不過，妳以為我們倒楣，妳和妳兒子的日子就能好過嗎？」第二嚴這話幾乎是從牙齒縫裡擠出來的。

「錯了，你們應該感謝我當初的出手，否則若皇上的嫡子有一個出身低賤的母親，第二嚴，就算是你們家有免死金牌，也只有一個下場。」

陳老夫人輕飄飄的話，讓第二昌跟著點頭。

第二夫人也贊同。要真是第二柔生下兒子，她都不敢想像皇上會噁心成什麼樣子，連她的兩個女兒恐怕都會被牽連，真要感謝老夫人當初出手了。

屋子裡一陣沈默。突然，第二嚴抬頭看著陳老夫人，那表情恨不得吃了她一般。「妳說免死金牌？妳還做了什麼？」

「自然是用來保我兒子和孫女的性命了。」

這話，第二昌心裡一陣感動，果然是親娘；至於親爹，剛剛還用他的命威脅他娘，他可沒有忘記。

「我掐死妳！」

第二嚴聽到這話，眼前一黑，看著陳老夫人，直接撲了過去。只不過他還沒靠近，就被第二昌攔住了。

在第二昌心裡，免死金牌是重要，可那也沒有他的命重要。

「父親，我看你是昏了頭了，那樣大逆不道的事情你都敢做，現在還怪我娘，你好不講道理。」

「啪！」第二嚴氣得一巴掌就打到第二昌的臉上，這巴掌他可是一點都沒有省力。

第二昌一時間也有些懵了。

陳老夫人厭惡地看著第二嚴。「這一巴掌，明天同樣會出現在第二柔的臉上。」

「妳敢！」

「第二嚴，你覺得你現在還有什麼資格同我說這樣的話？」陳老夫人鄙視地看著第二嚴。「不妨告訴你，皇上已將第二府的事情交給我處理。你信不信，今天就算你和王姨奶奶死了，都不會有人過問一聲。」

「妳——」

「老爺！」

王姨奶奶不想死，又擔心宮裡的女兒，更明白大勢已去，在這樣的情況下和對方硬碰硬，實在是太不明智了。

「老實待著，你們應該還有一段清靜日子可以過，否則，別怪我不客氣。」陳老夫人覺得該說的話都說完了，轉頭看向第二夫人。「小月和寧王的婚事趕緊定下來，小嬌的也是。她們有這樣的祖父，拖得越久，對她們越是不好。她們倆的婚事，有需要幫忙的，儘管找我。第二府的男人不成，還有陳家和妳娘家，委屈不了她們。」

第二夫人自然不會不識好歹，連連地點頭。

「祖母，我看著您有些累了，扶您回去休息吧。」第二月上前說道。前世，她娘並沒有活到她成親，就已經去世了。她訂親之前，依舊在佛堂的祖母曾經派人來告訴她，讓她好好考慮，對方並不是良人。

只可惜，那時候的她並沒有聽進去。

第二月一動，第二嬌也跟著上前，姊妹一人一邊地扶著陳老夫人。陳老夫人沒有拒絕。

「第二昌，你好自為之。」

「老夫人。」

看著陳老夫人就快要離開，卻看都沒看她的一雙兒女一眼，王姨娘忍不住開口叫人。

只是她這一聲，引來了三道凌厲的目光，陳老夫人、第二夫人還有第二月。

「走。」

陳老夫人拍了拍第二月的手，完全沒有理會王姨娘。第二輝和第二仙都不是她認可的孫子，甚至在心裡是非常討厭的，她能做的就是在這次的事情上，和第二昌一樣，保住他們的性命；再多，她就不願意了。

「嗯。」第二月點頭。

「老夫人！」王姨娘有些焦急。

「祖母。」第二仙更是明白這其中的厲害，也跟著叫了起來，只是陳老夫人並沒有停下腳步。

「妳們幹什麼，沒看見母親累了嗎？」第二昌從那一巴掌回神過來，不滿地說道：「父親，你好自為之吧。」

原本還想著以後父親院子裡的開支就由自己來出，現在他只覺得自己是傻子。父親能用自己威脅母親，可見在父親的心裡，他這個兒子並沒有王姨奶奶和皇后娘娘重要，既然這樣，他何苦多管閒事？

這麼想著，第二昌就更覺得理直氣壯起來，遷怒地瞪了一眼王姨娘，然後轉身大步離開。

第二嚴氣得差點直接暈過去。

第二夫人看著王姨娘，原本想說幾句奚落的話，可看著她們一臉慌張的樣子，又覺得很無趣。回想起婆婆，從頭到尾都將王姨奶奶忽視到底，她想了想，跟公公行禮之後，也帶著下人離開了。

王姨娘的臉色白得嚇人。她一直以為，皇后娘娘對仙兒好，是因為之前皇后娘娘和姑姑的感情好，但她怎麼也沒有想到，兩人之所以感情好，真相竟然是這個樣子。

「姑姑！」

她不傻，這事皇上已經知道了，並且把這件事情交給老夫人處理，她就知道，她和兒女的前程已經毀於一旦。

「你們先下去吧，我累了。」

王姨奶奶現在哪裡有心情擔心這三人，她的一顆心全部都用在擔心宮裡的女兒身上；更令她接受不了的是，一直以來她都認為，面對老夫人，自己是勝者，哪裡想到對方背著她做了那麼多的事情。

王姨娘一愣，最終什麼也沒說，帶著兒女一臉頹廢地離開。

與想像中不同，第二嚴的回京，不僅在第二府裡沒引起什麼波瀾，在京城更是無人關注。

王家人的生活倒是再一次平靜了下來，出攤的、讀書的、當官的，每天忙碌著各自的事情，就連王晴嵐也有了自己的小店鋪。

店面並不大，裡面的東西卻不便宜。她在空間裡開闢了一塊地，種植各種名貴花種，然後擺在店裡賣。

精心地布置以後，放上一把搖椅，再配上同色的茶几，喝著茶，吃著點心，沒事就看看話本，或者聽聽八卦，再無聊就打打瞌睡。可以說，她是整個王家最懂得享受的。

京城裡達官貴人和有錢人不少，無論是真正的愛花人士，還是附庸風雅的顯擺俗人，雖然上門的不多，但每天總會有零星的那麼一點生意。成本不高，賣出去的價錢卻不低，所以，盈利雖然不是很多，卻也達到她心裡預期的效果了。

不過，她的逍遙日子在每次家裡有人休息的時候，都會結束。

看不慣她一副養老姿態的王家人，會直接用長輩的身分霸占她的店鋪，然後把她打發到家裡的攤子上去幫忙。原本做這件事情的只有王英文兄弟三人，後來，全家人都加入了。

作為晚輩的她，有苦無處訴，只得遵從。

這天，大伯娘笑呵呵地去了她的花店，而她，只得接替大伯娘的工作，賣苦力。

別看只是賣吃食，經過這些日子的經營，王家的攤子物美價廉已經在這一帶傳開了，每到吃飯時候，生意火爆得很。從開始賣到結束，雖然不到一個時辰，可這其間，基本上王家人就是腳不沾地。

送走最後一位客人，王晴嵐顧不得形象，雙手扠著腰，重重地呼出一口氣，整個人都有些癱了。即使不是第一次來幫忙，她覺得自己依舊不習慣這麼陀螺似的忙碌。

難道她天生就是享福的命？王晴嵐不由得在心裡這麼想著。不過，想到還沒有脫貧致富，自己的親弟弟和大伯家的堂弟們可能會因為沒有銀子而上不了學，她又開始反思，自己是不是放鬆得太早了？

自從擺脫了被炮灰的命運，繃緊神經的王晴嵐整個人都懶散下來，只有每次看著家裡人辛苦時，才會反省一下。

就在這個時候，一行十來個人走了進來，看著髒亂的場所，紛紛皺起了眉頭。

王晴嵐見其他長輩都在收拾，立刻揚起燦爛的笑容走上前。「各位，對不起，中午的飯菜已經售完，下次請早。」

「我們不是來吃飯的！」

為首的嬤嬤皺著眉頭說完，招呼後面的小丫鬟上前，兩個小丫鬟拿出帶著香氣的手絹，眉頭皺成山，猶豫了一下，才開始擦最近的桌子。

一邊的王晴嵐看著都為那手絹心疼，不過也沒阻止。這樣穿著，這樣行事的人家，一看就不是光顧他們小攤子的客人。因此就算身分再尊貴，她也懶得伺候，只是在一邊看著兩個丫鬟幾乎將一行人的手絹全都用上，才將桌子和凳子擦到她們滿意的地步。

這時，這一行人才離開，沒一會兒就將他們的主子帶來了，是一對老人。

第二嚴用嫌棄的目光打量著攤子，而一直氣不順的王姨奶奶看到這幅場景，心裡倒是十分爽快。

「小姑娘，我們找夏雨霖。」

王姨奶奶用慈愛的笑容看著王晴嵐，她脫下手腕上的鐲子，忍住噁心，拉起王晴嵐的手，翻過來，把鐲子放到她手上。

玉鐲子挺好的，不僅冰涼且顏色也好看，價值估計不低。若是以前的王晴嵐，可能會忍下對方那一副高高在上施捨的模樣，可現在的她卻是不願意了。

前世是孤兒，對於這樣的目光，她最是敏感不過。以前會忍，是因為生活所迫，明白骨氣和面子不能當飯吃，而現在的她，完全沒有必要忍耐。

「你們是誰？」

王晴嵐直接抽回手，將那玉鐲放到桌上，然後當著王姨奶奶的面，拿出手帕，仔仔細細地將手擦了一遍，擦得對方慈愛的笑容都快要繃不住的時候，才停了下來，開口詢問。

「我找夏雨霖，告訴她，我是她爹。」第二嚴冷哼一聲。果然沒有教養。

王晴嵐一聽這話，瞇起眼，笑了起來，衝著一邊正在收桌子的王英武叫道：「大伯，有人找碴！」

王英武一聽，立刻扛起放好的板凳，跑了過來，瞪著第二嚴一行人。「你們想幹什麼？」

第七十五章

王大虎護著夏雨霖。雖然靠著女婿的關係，他們並不擔心有人惹是生非，可萬一有不長眼的，一打起來，不小心傷到霖霖就不好了。

至於大兒子和孫女，他不擔心。兒子皮糙肉厚，受點傷也不會有什麼大礙；孫女不僅功夫不錯，心眼還多，應該是吃不了虧。

「放肆！」第二嚴從來沒把平民出身的王家放在眼裡，特別是看到他們做生意的地方時，心裡就更輕視了。

「奶奶。」在王英武對付第二嚴的時候，王晴嵐退到夏雨霖身邊。「他是第二嚴，妳親爹。」

王大虎一驚，立刻看向夏雨霖。

而此時看清第二嚴長相的夏雨霖，長長地鬆了一口氣。

跟她記憶裡的爹完全不一樣。當然也不是說她不想前世的爹，只是，想到第二嚴所做的事情，她完全不能夠接受有著和前世爹一樣的臉，卻做出那樣噁心事情的人，她怕會影響自己美好的記憶。

「不認！」

完全是厭惡的語氣，表情也和王晴嵐一般，夏雨霖在一瞬間就做出了決定。

王晴嵐並不意外。以她家奶奶的智慧，做出這個決定是再正常不過了。她看著夏雨霖抬起手，動作十分優雅地攏了攏頭髮，整理了一下衣袖，走了過去。

她摸了摸鼻子，也跟著上前。

「英武，放下。」

王英武回頭，看見娘走近，連忙放下板凳，用袖子仔細地擦了擦，才笑得一臉憨厚地開口。「娘，妳坐。」

夏雨霖笑著坐下。王英武站在她身邊，王晴嵐站在另外一邊，笑看著對面的一群人。嫌棄她奶奶，一會兒肯定會吃癟的。

「不知兩位找我有什麼事？」

笑容很溫柔，問話也非常客氣，她這樣的態度面對陌生人是完全沒有問題。

這裡的環境太糟心，再加上第二嚴極其看不上這一家子，因此也不想廢話，開門見山地說道：「我是妳爹。」

夏雨霖沒有一點意外，甚至笑容都沒有半點變化，點點頭，卻從沒打算開口叫爹，這人不配。

「所以呢？你們屈尊來此，是想要我做什麼？」話雖然是這麼問，但她的心底多少有些猜測。

「妳跟我外孫女說，皇后娘娘是她的親姑姑，讓康王幫忙，在皇上面前多替皇后娘娘說好話。」說完，第二嚴沒有看到夏雨霖噴火的目光，略微停頓了一下。「也讓妳的三個兒子跟丞相說說，讓他多幫幫皇后娘娘。」

在他心裡，若是皇后娘娘有康王和丞相的相助，坐穩皇后的位置是非常容易的。

「你還要不要臉啊！」王英武忍不住衝著他吼道。

夏雨霖和王晴嵐倒不覺得意外。能為了一個女兒而弄死另一個，這點事情對於對方來說正常得很。

「就這事？」夏雨霖笑著反問。

「怎麼，妳不願意？」

第二嚴並不蠢，相反地，他很聰明，很有心計，只是這些年遠離京城這個權力中心，心態還沒改變，一直以為京城還是他離開時的模樣；再加上接二連三的事情，讓他心裡平添了幾分心煩氣躁，饒是如此，現在的他也發現了不對勁。

「當然不願意。」

這個女兒似乎一開始就只有一個表情，和他兒子的莽撞完全不一樣。

夏雨霖帶著溫柔的笑容，拒絕得毫不猶豫。也因為她這樣，本來就不好的氣氛似乎更尷尬了。

「傻子。」

王晴嵐的笑容和夏雨霖的不一樣。她受三位叔伯的影響更多一些，在打擊敵人的時候，從來就不會心軟，更多的是幸災樂禍。

「嵐兒。」夏雨霖的斥責完全沒有一點火氣。

祖孫倆雖然都只說了兩個字，卻讓第二嚴和王姨奶奶更難堪和憤怒。

這些日子，他們不是沒有找以前的熟人幫忙，只可惜他們連大門都沒有進去，還被羞辱了。

不過被那些人羞辱和被面前這幾個人羞辱是不一樣的，畢竟面前這些人，兩人從沒放在眼裡。

可一大把年紀的兩人，看在康王和宇文丞相的分上，為了自家女兒，他們忍了。

「我倒是挺好奇的，康王妃是妳的女兒，怎麼還讓你們做這樣勞累的事情，不會是飛上枝頭就不認你們了吧？」王姨奶奶皮笑肉不笑地說道：「還是說妳女兒在康王面前根本就說不上話？」

「激將法對我沒用。」夏雨霖笑著應對。「以你們的身分，屈尊來到這裡，求我這個早就被拋棄的女兒，我也挺好奇的，你們是不是沒有別的法子了，還是說皇后娘娘死定了？」

雖然一樣是反問，不過夏雨霖卻比王姨奶奶有底氣得多，從對面兩人的臉色就可以看得出來。

夏雨霖卻只當沒看見，慢條斯理地接著說道：「其實我挺感激兩位的，這話絕對是真心的。以前就不說了，就看看現在我和皇后娘娘之間的處境，我子孫滿堂、家庭和睦，相公對我千依百順，兒子、媳婦孝順，孫子、孫女聽話；再過兩年，我家大孫子就要娶妻了，以我們家人丁興旺來看，想必很快我就要當祖奶奶了。」

她每說一句，第二嚴和王姨奶奶的臉色就難看一分。

「聽說，皇后娘娘到現在都沒有孩子，現在又被皇上冷落。如今好些人都知道她的身分，就她一個人蒙在鼓裡，皇宮就算有再多的富貴榮華，也是冷冰冰的，想想她還挺可憐的。你們說，她現在變成這樣，怪誰？」

「她為什麼不能生孩子，妳難道不知道？」王姨奶奶咬牙切齒地說道。

她出手要了陳老夫人的半條命，可陳老夫人一出手，不僅剝奪了她女兒當母親的權利，還讓她和老爺的希望全部落空，她怎麼能不恨？

「那又如何？」夏雨霖愣了下，明白對方的意思，同樣是母親的她，自然能體諒娘的做法。「妳年紀一大把，不會不明白報應兩個字吧？你們做這件事情的時候，就應該想到後果。想要瞞天過海，也要看看你們有沒有那個本事。

「不過你們膽子倒是挺大的，我要是你們，就不會再想去著救皇后娘娘了。皇上那麼尊貴的人，會容得下這麼大的欺騙嗎？皇后娘娘如今只是被禁足，若是皇上忘記了她的存在，還能好好活著；若經常有人在他面前提起，噁心他，歷史上早死的皇后可是很多，雖然，依皇后娘娘現在的年紀，也不算早死。」

夏雨霖可不是好心提醒他們。皇上心裡的打算，她多多少少猜到了，也不信他們會不清楚，只是他們這般努力，是真的疼愛皇后娘娘，還是不願意放棄榮華富貴，她就不知道了，也不想知道。

第二嚴並沒有放棄，只是沒料到這麼一個從小沒受什麼教導的晚輩，竟然會如此聰慧，心裡不斷地想著應對方法，才會沈默下來。

而對於夏雨霖來說，想說的也就這麼多。

就在雙方都沈默的時候，陳老夫人的聲音響起。

「你們找死！」

夏雨霖看著氣息有些不順的娘，立刻站起身來。

王晴嵐很有眼色地準備了白開水，等她端過來的時候，陳老夫人已經被扶著坐在夏雨霖原來的位置。

「娘，您著急什麼，我又不傻，會讓他們算計到。」

夏雨霖在一邊安撫情緒有些激動的陳老夫人。

「我知道妳不傻，可我就是擔心他們傷到妳，妳現在年紀也不小了。」想到前些日子被刺殺的外孫，她都作了好幾個晚上的惡夢。當然，陳老夫人不好過的時候，就不免會多多「照顧」一下被趕出去的苗家人，以及在監獄裡的苗妙。「要多注意，就算是磕著碰著都夠妳難受的。」

「我哪有那麼嬌氣。」夏雨霖笑著說道：「再說，還有虎哥和英武在，怎麼會讓人傷到我。」

被點名的兩人連連點頭。

自從找到女兒，陳老夫人就想過給女兒一些錢，讓他們開一家酒樓，請一些人，這樣女兒和她的家人就不會這麼辛苦，卻被拒絕了。曾經她還因此傷心過，又被身邊的嬤嬤勸住了。

不管怎麼樣，女兒臉上幸福的笑容是騙不了人的。她找到女兒，只是想要女兒更幸福，並不是指手畫腳，成為她的困擾和煩惱。

「我先帶他們回去，晚上再去找你們。注意身體，回去休息一下，別太累了。」

陳老夫人並沒有多待。「第二嚴，跟我回去。」對第二嚴，她的臉色可就沒有那麼好看了。

第二嚴倒是不想走，可他並沒有反抗的資本。因為陳老夫人帶來的人當中，不僅有陳家的人，還有皇上的，沒了免死金牌，他不敢再像以前那麼囂張。

「你們為皇后娘娘做了那麼多，只是不知道，若是她知道一切後，會不會感謝你們？」

在第二嚴和王姨奶奶離開的時候，夏雨霖問了這麼一句話。至於這個問題的答案，顯而易見。

一直強撐著的王姨奶奶，終於忍不住暈倒了，就是第二嚴的背脊也彎了許多。

王家並沒有過多關注第二府的事情，反正王晴嵐再一次見到他們的時候，已經是好幾年以後。

那時的他們，身上完全沒有半點貴氣，落魄得甚至連京城最普通的老人都不如。不過，王晴嵐一點也不同情他們。

三天後，攤子上迎來了一位最尊貴的客人。

雖然早就知道王家人在擺攤，但看著這環境，身為皇帝的他難得地生出一絲愧疚。就算少了夏雨霖的身分，想想王家人做的事情，似乎也是他占了大便宜。

「坐。」

康天卓並沒有隱瞞身分。王大虎看著他，有些畏懼也有些警惕。

他這樣的表現，讓夏雨霖和康天卓都覺得有幾分好笑。

不管怎麼樣，他們現在都這把年紀了，並且各有各的家庭、生活，王大虎擔心的事情是怎麼都不會發生的。

康天卓問了他們好些問題，原本是帶著補償心，想著王家要是有什麼苦難，他這個皇帝一句話的事情就可以幫忙。可是說著說著，就說到自家的孩子身上了。

想到王家那兄妹幾個之間的感情，康天卓是滿滿的羨慕。

「我們只是普通的小老百姓，他們怎麼能跟王爺們相比？」夏雨霖明白這其中的道理。

「他們有出息我高興，沒出息只要腳踏實地，也沒什麼不好。不過王爺們就不一樣了，他們之中有人是要繼承你的大位，責任重大，自然要經過各種磨練，殘酷地競爭，這樣才能挑選出最優秀的繼承人。」

康天卓點頭。他有些明白，苗鈺為什麼會尊敬面前這兩人了。

幾人聊得很愉快，到最後，康天卓也直接告訴夏雨霖，她的身分恐怕一輩子都只能像陳老夫人對外說的那樣。

夏雨霖點頭，表示理解。

家醜不外揚，何況事關皇家的尊嚴。令王家人沒想到的是，康天卓來了一次後，經常會出現在他們的小攤子上，並且吃著他們家的吃食。

這讓聽到風聲的達官貴人們驚恐不已，然後，就有忠心耿耿的大臣，以各種各樣的方式前去王家的攤子，照顧他們家的生意，打賞的錢越來越多，目的只有一個，讓王家人盡快有資本，開個酒樓。

王家的吃食確實是不錯，但他們總不能一直讓皇帝在那樣的環境下吃飯吧？那樣會讓滿腔忠心的大臣們食不下咽，睡不安穩的。

每次收到賞錢時，王家人都有些發懵。最後還是按照他們的計劃，在資金差不多的時候，準備買下一間小鋪子。

聽到消息的大臣們跑去察看，那還沒有他們家臥室大的鋪子，怎麼能容得下皇帝？然後，忠心一湧上來，他們哪裡會管王家有一個康王女婿，直接暗中搞破壞。
最終，苗鈺看不下去，把自己的一家鋪子租給王家，這事才算消停下來。
而王家人聽到事情真相時，有些驚訝。
「我覺得皇上在攤子上吃得挺開心的啊？」和皇上越是熟悉，王英武就越覺得皇上是個好人。或許是皇上總是用看晚輩的目光看著自己，因此他從沒有想過他們家的小攤子配不上皇上的身分。
不怪他這麼想，就是夏雨霖他們也是如此。
不過王晴嵐在一邊想著，他們家這算是得了便宜又賣乖嗎？
不管怎麼樣，王家的酒樓總算是開了起來。因為請了人，再加上有皇上這位活招牌在，不用擔心生意，王家的人倒是沒有之前那麼累了。
生活再次平靜下來後，王晴嵐也開始一點點地存著旅費，準備一過十五歲的生日，就四處去走走。
這其間，第二月隆重的婚事看得她羨慕不已。倒不是因為盛大，而是因為康興寧那位忠犬。
她茫然地看看四周，她的忠犬到底什麼時候才會出現啊？
結果忠犬沒有出現，流氓倒是一下子來了兩個——宇文樂和蕭久平。
王晴嵐雖然沒怎麼談過戀愛，可看著整天無所事事跟在自己屁股後面轉的兩個人，多少還是明白的。

對此，王晴嵐一點也不覺得高興。她的追求者即便沒有男主角那麼優秀，但能不能正常點，難道她的魅力就是專門吸引紈袴子弟嗎？

原本以為兩人只是圖新鮮，或者想要耍著她玩，可是直到她十五歲了，這兩人還是沒有放棄，以至於整個京城的人都知道他們的事情。

這也導致原本條件越來越好的王晴嵐，求親的人應該不少，實際上卻一個都沒有。

宇文樂背後有宇文丞相撐腰，蕭久平和康王走得近，這兩人是京城有權貴的人都不願意得罪的，更不用說比他們條件更差的了；再加上王家還有他們自己的規矩，王晴嵐的長相在京城最多也就算中等而已，衡量一下就覺得不值得冒險。

王晴嵐並不著急，只是更積極地準備她的旅行，準備擺脫那兩個纏人精，偷偷地離開。

她不知道的是，計劃趕不上變化。

「你確定了？」宇文皓看著面前的弟弟，微微有點驚訝，更多的是高興。

宇文樂點頭。「確定。」

看著弟弟許久，他才笑著問道：「我會請媒婆上門的。」

「哥，你能不能親自去？」宇文樂有幾分不好意思。

「為什麼？」

「王晴嵐那死丫頭，對你非常崇拜。之前好幾次，我都看到她盯著你，像白癡似的流口水。」想到王晴嵐對自己哥哥的評價，就兩個字：完美。

當然，每次說完這句話，她還會鄙視地看著他，意思是若是沒有他這個弟弟的話，就更完美了。

對此，宇文樂並不生氣，還挺高興的。自家兄長可不就是完美嗎？這樣他們成親以後就不用擔心兩人會相處不來。

宇文皓聽到這話，嘴角一抽。他若是沒理解錯的話，自家弟弟這是準備讓他用美男計去為他提親？不過回想起以前去王家的時候，那小姑娘似乎真的像弟弟所說的那樣。

「你就不擔心？」

宇文樂搖頭。「不擔心。她跟我說過，你是男神，只可遠觀，不能褻瀆。」

雖然心裡贊同，可配得上他家兄長的姑娘什麼時候才會出現啊？原本想著一輩子不成親陪著兄長，誰能想到他這麼一個紈袴少爺會栽在一個死丫頭手裡。

為此不能陪兄長一起光棍到老，他心裡多少有些愧疚。

他有那麼好嗎？宇文皓可不這麼認為。

「大哥，你一定要親自去。你也知道，蕭久平那個陰險的傢伙，肯定會找康王出面的。」

原來是這樣啊，宇文皓笑了。「我去，不過蕭久平那裡，你並不需要擔心。先不說王家小姑娘怎麼選，王家人就不會同意的，蕭家太亂了。」以他對王家人的了解，他們不會讓自家姑娘嫁入那般複雜的家庭。

「我也是這麼覺得。」

第七十六章

另外一邊，苗鈺看著面前已經瘦下來的蕭久平，沈默了許久之後，才開口說道：「我會幫你說，不過你別抱太大的希望，你和嵐丫頭的婚事，我並不贊同。」

「為什麼？」蕭久平沒想到連康王都不支持自己。

「你們家太亂。」

這是事實，蕭久平不知道該怎麼反駁。「我想著，王姑娘或許……」

他未說的話，苗鈺明白。「你覺得可能嗎？都跟在她身後兩年了，你覺得嵐丫頭是那種會輕易動心的人嗎？」

王家人之中，就那位姑娘是最現實的一位，她是絕對不會自找麻煩的。

「我……」蕭久平也知道希望渺茫。

事情就有那麼巧，康王和宇文皓同時登王家的門。

康王一句話都還沒說，就看著宇文皓把他認為最現實的姑娘迷得神魂顛倒，竟然連點頭答應了什麼都不知道，作為姑父的他，真是覺得分外丟人。

「至於我家弟弟之前的事情，你們可以放心，他雖然胡鬧，但真正傷天害理的事情一件都沒有做。」

宇文皓清楚，如果不說明白，就算是小姑娘同意了，王家人也不會點頭的。康王並沒有反對。宇文樂的事情他很清楚。

王家人最介意的就是之前宇文樂紈袴的身分，只是經過丞相解釋以後，倒成了可憐的孩子。別說他沒有真正地對那些姑娘動手，甚至對京城裡那些不正經地方的女人，都沒有動手；他會上前騷擾，是因為對方在某一方面跟早逝的親娘相似。

王晴嵐聽了很無語。原本想要問那次騷擾她姑姑的事情，不過姑父在這裡，她就把話吞了下去。後來才知道，那是因為她家姑姑溫柔的笑容。

王晴嵐相信男神大人，可王家人卻在猶豫掙扎，畢竟他們家從來沒有出過紈袴子弟。

「丞相大人，親事的事情先不提，我過段日子就要出京，四處去走走，短則三年，長則五年，這事我家裡人也是知道的，我沒打算在這之前成親。」

王家人點頭。

「妳一個人？」宇文皓愣了一下，問道。

王晴嵐點頭。

「那這樣，我讓宇文樂陪妳一起去。」宇文皓開口說道：「反正他整天無所事事，這樣你們也好有個照應，也有時間相處，至於合不合適，等你們回來再說。」

丞相大人，你是穿越來的吧？這不就是變相的自由戀愛嗎？雖然這樣很合她的心意，可真的好嗎？

「要是不合適呢？」

「那也是他活該。」

「真的？」對於這一點，王晴嵐表示懷疑。要知道她的男神大人，在面對他弟弟的時候，可能就會變得不理智。還有更關鍵的一點。「丞相大人，他的安全我不會負責的啊！」

要是在這其間，宇文樂出了點什麼問題，殘了或者死了，丞相大人一定會瘋了的。

「這些我會處理好的。」宇文皓接著說道。

王晴嵐還是很猶豫。

「我知道妳的顧慮，既然今天康王也在場，妳不相信我，也應該相信他。」

苗鈺挑眉。宇文皓看出了嵐丫頭的顧慮，才把他拉進來說話。不過，他怎麼想都覺得這件事情對嵐丫頭沒什麼損失，因為他真的不擔心自家的鬼丫頭會被宇文樂迷得無法自拔。

於是，在王晴嵐看過來的時候，他點點頭。「除去你之前所說的，他們兩人的事情不能有其他人知曉。」

女孩子的名聲可是很重要的，即便是嵐丫頭回來後說和宇文樂不合適，年齡又有些大了，但有他在，不愁找不到一個好相公。

原本還在猶豫的夏雨霖他們也覺得不錯。這樣下來，怎麼想對自家姑娘都沒有半點不好的。

於是，事情就這麼定了下來。

宇文皓走了以後，苗鈺才說了蕭久平的事情。說一個是帶，兩個也不多，反正這兩年，他們三人不是經常這樣嗎？

這一次，王晴嵐卻是毫不猶豫地拒絕。「六姑父，別傻了，蕭久平和宇文樂可不一樣，他不會捨得他的世子之位的。」

苗鈺不說話了。

「蕭久平不考慮，他們家太複雜了。」

王英文搖頭，王家其他人跟著點頭。王晴嵐臉上除了贊同，並沒有別的表情。其實也不能怪王晴嵐，這兩年，三人間雖然沒有多大的曖昧關係，但多多少少算是有點了解。

有一段時間，蕭久平的父親想把世子之位傳給他喜歡的兒子。蕭久平鬱悶的時候，跟他們兩人在花店裡提起過。

當時，宇文樂嗤笑。「不就是個世子之位嗎？多大點事情。」

「你會怎麼做？」蕭久平問道。

雖然宇文樂是個紈袴，可很明顯和宇文皓是親兄弟，腦子非常聰明。

「要是我，就直接跑去皇宮，告訴皇上，蕭家不要承襲爵位。你是嫡子，你父親不給你，你就乾脆讓誰也得不到。」宇文樂笑呵呵地說道：「我都能想像，你們蕭家那一家子會因此難過成什麼樣子。」

王晴嵐聽到這話，就一個字：狠，但深得她心。與其和那群不要臉的人糾纏不清，還不如這麼一招釜底抽薪。自己痛快了不說，還能噁心到對手。

「你說得容易。」蕭久平卻沒有答應。

「很難嗎？爵位算個屁，你看看我哥，什麼名頭都沒有，但若是我和你對上，你覺得你的後臺大一些，還是我的？」宇文樂得意洋洋地說道。

蕭久平沒有回答，王晴嵐卻明白，王爺聽起來挺像那麼回事，京城裡的王爺不多，但也不少。但王爺和王爺之間，地位卻有著天差地別。就像蕭家那樣空有王爺名號，沒有半點實權的，就是最底層的，也就嚇嚇普通老百姓有用，對上宇文皓，那是一點勝算都沒有。

「這能一樣嗎？」蕭久平有些難受。看得出來，他很在意世子之位。

「怎麼不一樣，你就算是沒有了爵位，皇上還能虧待你？至少，你這一輩子吃喝不愁。」

王晴嵐看得出來，宇文樂這個時候看著蕭久平的眼神有些不屑，還是鄙視。

「你也說了，就我這一輩子，那我的下一代呢？」說到這裡，蕭久平非常隱晦地看了一眼王晴嵐。

也就是這個時候，王晴嵐徹底將他排除了。

她對相公有許許多多的要求，人品、家庭、性格什麼都要看，她的理想型其中一條就是希望腦子聰明，長相要好，這樣生下來的孩子也不至於太笨、太難看，也不會在先天的條件上就輸給別的孩子。
但這只是她希望的，若真是緣分來的話，上天安排個醜八怪給她，她也會高興地接受。只是蕭久平這話，她卻不能接受。他給自己和親人掙爵位不要緊，難不成還希望下一代也靠著爵位過日子？
「你腦子是不是有病啊？你也不想想，朝堂上真正有本事的，除了皇家之人，有幾個身上是有爵位的？想要兩樣都占，想得美。」雖然是奚落的話，可宇文樂說得十分隱晦。
蕭久平和王晴嵐都聽懂了。凡是有腦子的皇帝都不會允許這樣的事情發生，即使是機會非常小，他們也會杜絕一切造反的源頭。
聽了宇文樂的話，王晴嵐沒說話，卻是贊同的。如今聽到姑父提起，她才會這麼說。
王晴嵐自個兒沒發覺，王家人和苗鈺卻聽出來了。若一定要在這兩人當中選的話，自家姑娘更傾向於宇文樂。
不過，想著宇文家就宇文樂兄弟兩人，家庭簡單，倒也不錯。
只是，宇文樂這樣無所事事，真的沒有問題嗎？
「有宇文皓在，餓不死他們。」這是苗鈺的話。「一門雙傑這樣的事情，還是少出為好。」
這話王家有人聽不懂，有人卻明白。這不僅是在說宇文樂的事情，也在提醒王英文他們，無論現在的皇上怎麼看重他們，有些事情還是要有所選擇。

另一邊，宇文樂聽了大哥的話，第一反應就是問宇文皓。「那大哥你呢？」

「你不會是讓我跟著你一起去吧？」宇文皓笑著問道。

宇文樂點頭。

「不可能，我這兒事情太多了。」

「我知道啊。」可是想到要放下大哥一個人在家裡，他心裡就難受。「大哥，要不你給我找個大嫂吧！」

「胡說八道。」宇文皓笑著說道：「你管好自己的事情就好，這事能不能成還不一定呢，你可要努力。」

「大哥……」

「行了，別做這副姿態，爭取早些把王姑娘娶進門。」宇文皓笑著說道。

面對蕭久平，苗鈺並沒有說起宇文樂的事情，而是把王晴嵐要出去旅遊的事情說了一遍，並且告訴他，這是一個機會。

只可惜，他並沒有出人意料。蕭家的事情，他依舊放不下。

直到王晴嵐離開了，同時離開的還有宇文樂，蕭久平才明白，他是真的沒有機會了。難過是有，不過卻也不後悔。

王晴嵐和宇文樂在外面兜兜轉轉了四年，差不多所有的地方都去過了，朝夕相處之下，對方的優缺點都一清二楚，感情也慢慢地積累。

這其間，京城也發生了許多的事情。

太子終於定了下來，壓根兒不是之前那幾位爭鬥得最凶的王爺。第二月的仇人一個個落馬，康興寧自從落敗之後，除了公務之外，也不再多想，不是圍著第二月轉，就是在陪孩子。

等到王晴嵐旅遊回來，她家二伯和四叔整天就在閒散部門打混，悠閒地領著朝廷的俸祿，日子過得比她還要舒心；倒是小叔的發展非常不錯。

「走吧，我們該回去了。」

至於王晴嵐和宇文樂婚後的生活，則是平靜而有趣。

宇文樂這人，有時候想法比她這個穿越者還要驚世駭俗，但是個十分逗趣的。她時常因為他的行為而笑得前仰後合，或許是相互影響，王晴嵐也逐漸朝著這方面發展，也過得越來越好了……

——全書完

2024年3月出版

醫路福星

文創風 1244~1245

林菀沒想到剛穿越過來，就要為自己的人生大事做決定，
秀才李硯好心救了落水的她，卻被逼著要為她負責，
唉，這不是為難人家嗎？而且就算不結婚，她也有信心能在這裡站穩腳跟，
因為她發現，這裡有許多名貴中藥野長在山上，乏人問津，
這裡的村民太不識貨了，這些可都是《本草綱目》裡的神藥啊！

君心如我心，莫負相思意／夏雨梧桐

林菀覺得一頭霧水，她明明在醫院值完夜班累得半死，回家倒頭就睡，
怎麼一睜開眼，就到了這奇怪的地方？難道自己也趕時髦穿越了？
可她無法從原身的身上，搜尋到和這個世界有關的任何訊息，
不行，她得先搞清楚這是哪裡、她是誰，才能應付接下來的難關。
透過原身的幼弟，她得知這是大周，他們住的地方叫林家村，
父親被徵召戰死，母親不久也死了，姊弟三人由懂醫術的祖父撫養長大，
祖父死前安排好了大姊的婚事，如今家中僅剩十六歲的她和幼弟，
而原身採藥時意外跌入河中死了，然後她穿來，被路過的同村秀才所救，
恩人李硯將她一路抱回家，還好心地花錢從鎮上找了大夫來醫治她，
可問題來了，男女授受不親，這一抱瞬間流言四起，難道她要以身相許嗎？

2024年3月出版

千金好本事

文創風 1241～1243

沒有白吃的瓜，當然也沒有白占的便宜。
想欺負人，總不能什麼代價都不付，
她敲鑼搞事剛好而已，戲要熱鬧才好看嘛！

鑼聲一響，好戲開場／青杏

說到濛北縣的雨神祭慶典，蟬聯七屆的雨神娘娘沈晞可是大人物，
能踩穩三丈高的木樁，甩袖跳起豐收舞，誰不誇她一句好本事啊！
這全得感謝去世的師父，偷偷收了穿越的她為徒，調教成武功高手，
她才能藉著武藝自創舞步登場表演，賺賺銀子照顧疼愛她的養父母。
慶典結束隔日，她偷閒去河邊釣魚，竟撈了個美人……不，是美男上岸。
她一時善心大發，帶全身濕透的他回家換衣裳，卻遇歹人襲擊，
看似弱不禁風的美男立時替她解圍，好身手又讓她驚豔了一把，
原來他是大梁顏值最高的紈袴王爺趙懷淵，因離京遊玩而意外落水，
為報答她的救命之恩，他乾脆幫到底，孰料審問歹人時挖出天大的八卦——
她的身世不簡單，並非普通的鄉野村姑，居然是侍郎府的正牌千金?!

風 文創

1260

我們一家不炮灰 3 完

國家圖書館出版品預行編目資料

我們一家不炮灰 / 白梨著. --
初版. -- 臺北市 : 狗屋出版社有限公司, 2024.05
冊 ; 公分. --(文創風 ; 1258-1260)
ISBN 978-986-509-523-9(第3冊 : 平裝). --

857.7　　113004190

著作者	白梨
編輯	張蕙芸
校對	沈毓萍
發行所	狗屋出版社有限公司
地址	台北市104中山區龍江路71巷15號1樓
電話	02-2776-5889～0
發行字號	局版台業字845號
法律顧問	蕭雄淋律師
總經銷	知遠文化事業有限公司
電話	02-2664-8800
初版	2024年5月
國際書碼	ISBN-13　978-986-509-523-9

本著作物由北京晉江原創網絡科技有限公司授權出版

定價290元
狗屋劃撥帳號：19001626
網址：love.doghouse.com.tw　E-mail：love@doghouse.com.tw